Publicado originalmente em 1935

AGATHA CHRISTIE
MORTE NA MESOPOTÂMIA

· TRADUÇÃO DE ·
Samir Machado de Machado

Rio de Janeiro, 2022

Título original: *Death in Mesopotamia*
Copyright © 1936 Agatha Christie Limited. All rights reserved.
Copyright de tradução © 2021 Harper Collins Brasil

THE AC MONOGRAM and AGATHA CHRISTIE are registered trademarks of Agatha Christie Limited in the UK and/or elsewhere. All rights reserved.

Todos os direitos desta publicação são reservados à Casa dos Livros Editora LTDA. Nenhuma parte desta obra pode ser apropriada e estocada em sistema de banco de dados ou processo similar, em qualquer forma ou meio, seja eletrônico, de fotocópia, gravação etc., sem a permissão do detentor do copyright.

Diretora editorial: *Raquel Cozer*
Gerente editorial: *Alice Mello*
Editora: *Lara Berruezo*
Copidesque: *Julia Vianna*
Revisão: *Isabela Sampaio*
Design gráfico de capa e miolo: *Túlio Cerquize*
Produção de imagens: *Buendía Filmes*
Produção de Objetos: *Fernanda Teixeira e Yves Moura*
Fotografia: *Vinicius Brum*
Diagramação: *Abreu's System*

Dados Internacionais de Catalogação na Publicação (CIP)
(Câmara Brasileira do Livro, SP, Brasil)

Christie, Agatha, 1890-1976
  Morte na Mesopotâmia / Agatha Christie; tradução de Samir Machado de Machado. – Rio de Janeiro: HarperCollins Brasil, 2021.

  Título original: Murder in Mesopotamia
  ISBN 978-65-5511-198-9

  1. Ficção policial e de mistério (Literatura inglesa) I. Título.

21-72533   CDD-823.0872

Índices para catálogo sistemático:
1. Ficção policial e de mistério : Literatura inglesa   823.0872
Cibele Maria Dias – Bibliotecária – CRB-8/9427

Os pontos de vista desta obra são de responsabilidade de seu autor, não refletindo necessariamente a posição da HarperCollins Brasil, da HarperCollins Publishers ou de sua equipe editorial.

HarperCollins Brasil é uma marca licenciada à Casa dos Livros Editora LTDA.
Todos os direitos reservados à Casa dos Livros Editora LTDA.
Rua da Quitanda, 86, sala 218 – Centro
Rio de Janeiro, RJ – CEP 20091-005
Tel.: (21) 3175-1030
www.harpercollins.com.br

Dedicado a meus muitos amigos da arqueologia,
no Iraque e na Síria

Sumário

Prefácio, por Giles Reilly, doutor em Medicina   9

1. Frontispício	11
2. Apresentando Amy Leatheran	13
3. Fofocas	19
4. Minha chegada em Hassanieh	24
5. Tell Yarimjah	34
6. Primeira noite	39
7. O homem na janela	50
8. Alerta noturno	59
9. A história de Mrs. Leidner	66
10. Sábado à tarde	75
11. Uma coisa peculiar	80
12. "Eu não acreditei..."	86
13. Chega Hercule Poirot	91
14. Um de nós?	101
15. Poirot faz uma sugestão	109
16. Os suspeitos	117
17. A mancha no lavatório	123
18. Chá na casa do Dr. Reilly	131
19. Uma nova suspeita	143
20. Miss Johnson, Mrs. Mercado, Mr. Reiter	152
21. Mr. Mercado, Richard Carey	164
22. David Emmott, Padre Lavigny e uma descoberta	173

23.	Eu viro médium	185
24.	Matar é um hábito	195
25.	Suicídio ou assassinato?	200
26.	A próxima serei eu!	209
27.	O início de uma viagem	215
28.	O fim de uma viagem	240
29.	*L'Envoi*	248

Notas sobre *Morte na Mesopotâmia*   251

Prefácio

por Giles Reilly,
doutor em Medicina

Os eventos registrados nesta narrativa ocorreram há cerca de quatro anos. As circunstâncias tornaram necessário, em minha opinião, que um relato direto delas fosse entregue ao público. Tem circulado os rumores mais descabelados e ridículos, sugerindo que evidências importantes foram suprimidas, e outras bobagens desse tipo. Tais erros de interpretação têm aparecido com mais frequência na imprensa americana.

Por razões óbvias, era preferível que o relato não viesse da parte de alguém da equipe da expedição, que poderia ser, com alguma razão, considerado tendencioso.

Sugeri, portanto, à Miss Amy Leatheran que se encarregasse da tarefa. Ela era obviamente a pessoa correta para isso. Seu profissionalismo era do mais alto nível, não era influenciada por qualquer ligação anterior com a Expedição da Universidade de Pittstown ao Iraque, e era uma testemunha ocular observadora e inteligente.

Não foi muito fácil convencer Miss Leatheran a assumir essa tarefa — na verdade, convencê-la foi uma das tarefas mais difíceis de minha carreira profissional —, e, mesmo depois de concluída, ela demonstrou uma curiosa relutância em me deixar ver o manuscrito. Descobri que isso se devia em parte a alguns comentários críticos que ela fizera a respeito de minha filha Sheila. Eu logo a tranquilizei quanto a isso, garantindo a ela que, como hoje em dia os filhos criticam seus pais livremente na imprensa, os pais ficam muito felizes quando seus filhos recebem sua cota de críticas! Sua outra objeção foi devido a sua extrema modéstia quanto a seu estilo literário. Ela esperava que eu "corrigisse a gramática e tudo mais". Eu, pelo contrário, me recusei a alterar uma única palavra. O estilo da senhorita Leatheran, em minha opinião, é vigoroso, individual e totalmente adequado. Se ela chamar Hercule Poirot de "Poirot" em um parágrafo e de "Mr. Poirot" no próximo, tal variação é interessante e sugestiva. Em um momento ela está, por assim dizer, "lembrando-se de seus modos" (e enfermeiras hospitalares são grandes defensoras da etiqueta), e no seguinte, seu interesse no que está contando é puramente o de um ser humano qualquer — sem touca ou luvas!

A única coisa que fiz foi tomar a liberdade de escrever um primeiro capítulo — auxiliado por uma carta gentilmente fornecida por uma das amigas de Miss Leatheran. A intenção é de que sirva de frontispício — ou seja, ele fornece um esboço aproximado do narrador.

Capítulo 1

Frontispício

No saguão do Hotel Palácio Tigris em Bagdá, uma enfermeira hospitalar terminava uma carta. Sua caneta-tinteiro correu riscando sobre o papel.

...bem, querida, acho que essas são todas as minhas novidades mesmo. Devo dizer que tem sido agradável ver um pouco do mundo — mesmo que prefira toda a vida a Inglaterra, obrigada. Você não iria acreditar o que é a sujeira e a confusão em Bagdá — e nada romântica como se pode pensar das Mil e uma noites! É claro, é bonita perto do rio, mas a cidade em si é horrorosa — e não tem nenhuma loja decente. O Major Kelsey me levou pelos bazares, e é claro que não se pode negar que eles são pitorescos — mas é só um monte de lixo, e ficam batendo em panelas de cobre até fazer sua cabeça doer — e não são do tipo que eu mesma usaria antes de me certificar da limpeza. A gente tem que ter muito cuidado com o azinhavre em panelas de cobre. Escreverei e lhe informarei se o trabalho de que o Dr. Reilly falou der em algo. Ele disse que esse cavalheiro americano está em Bagdá agora e pode vir me ver hoje à tarde. É para sua esposa — ela tem "caprichos", disse o Dr. Reilly. Ele não falou mais do que isso, e é claro, querida, a gente sabe o que isso geralmente significa (mas espero que não seja de fato delirium tremens de bebida!). É claro, o Dr.

Reilly não disse nada, mas ele fez uma cara, se entende o que quero dizer. Esse Dr. Leidner é um arqueólogo e está cavando num morro em algum lugar no deserto, para algum museu americano.

Bem, querida, vou encerrar agora. Achei que aquilo que me contou do pequeno Stubbins foi de matar! O que a administradora respondeu?

Sem mais por ora.

Da sua, sempre amiga,
Amy Leatheran

Colocando a carta num envelope, ele o endereçou para Irmã Curshaw, no Hospital de St. Christopher, em Londres.

Conforme ela tampava a caneta-tinteiro, um dos meninos nativos se aproximou dela.

— Um cavalheiro veio vê-la. O Dr. Leidner.

A enfermeira Leatheran se virou. Ela viu um homem de altura mediana com ombros levemente caídos, barba castanha e olhos gentis, cansados.

O Dr. Leidner viu uma mulher de 35 anos, de postura rígida e confiante. Ele viu um rosto bem-humorado com olhos azuis levemente saltados e um cabelo castanho sedoso. "Ela parecia ser", pensou ele, "exatamente como uma enfermeira hospitalar para casos nervosos deve ser". Alegre, robusta, astuta e pragmática.

"A enfermeira Leatheran", pensou ele, "iria servir".

Capítulo 2

Apresentando Amy Leatheran

Não vou fingir que sou escritora ou que sei algo sobre escrita. Estou fazendo isso apenas porque o Dr. Reilly me pediu, e de algum modo, quando o Dr. Reilly pede que a gente faça algo, você não gostaria de recusar.

— Oh, mas, doutor — falei. — Não sou do tipo literária, nem um pouco.

— Bobagem! — disse ele. — Trate como se fossem anotações de um caso, se preferir.

— Bem, sim, a gente *pode* ver dessa forma.

O Dr. Reilly continuou. Disse que um relato simples, nu e cru, do negócio de Tell Yarimjah era extremamente necessário.

— Se alguma das partes envolvidas escrever, não será levado a sério. Vão dizer que é tendencioso de uma forma ou de outra.

E é claro que isso também era verdade. Eu participei de tudo e ainda assim era um olhar externo, por assim dizer.

— Por que não escreve o senhor mesmo, doutor? — perguntei.

— Eu não estava no local. A senhorita estava. Além disso — ele acrescentou com um suspiro —, minha filha não me deixaria.

A maneira como ele se apega àquela menina imatura dele é absolutamente vergonhosa. Pensei em dizer isso quando vi que seus olhos estavam brilhando. Isso era o pior no Dr. Reilly. A gente nunca sabia se ele estava brincando ou não.

Ele sempre dizia as coisas da mesma maneira lenta e melancólica, mas em metade das vezes havia um brilho por baixo disso.

— Bem — falei, receosa. — Suponho que eu *poderia*.

— É claro que poderia.

— Só que não sei bem como fazer isso.

— Há um bom precedente para isso. Comece do início, vá até o fim e depois pare.

— Eu nem sei bem onde e qual foi o começo — falei, receosa.

— Pode acreditar em mim, enfermeira, a dificuldade de começar não será nada comparada à dificuldade de saber como parar. Pelo menos é assim comigo, quando preciso fazer um discurso. Alguém precisa agarrar as abas do meu casaco e me puxar para baixo com toda a força.

— Oh, o senhor está de brincadeira, doutor.

— Estou falando totalmente a sério. E agora?

Havia outra coisa me preocupando. Depois de hesitar por um ou dois instantes, falei:

— Sabe, doutor, receio que eu possa vir a ser... bem, um pouco pessoal às vezes.

— Deus que me perdoe, mulher, quanto mais pessoal for, melhor! Esta é uma história sobre seres humanos, não de manequins! Seja pessoal, seja preconceituosa, seja maliciosa, seja o que quiser! Escreva a coisa do seu jeito. Podemos sempre remover as partes que forem difamatórias depois! Vá em frente. A senhorita é uma mulher sensata e fará um relato sensato da coisa toda, com bom senso.

Então foi assim, e prometi fazer o meu melhor.

E aqui estou começando, mas como disse ao médico, é difícil saber por onde começar.

Acho que devo dizer uma ou duas palavras sobre mim. Tenho 32 anos e meu nome é Amy Leatheran. Fiz meu treinamento em St. Christopher e depois disso passei dois anos em maternidades. Fiz uma certa quantidade de trabalho privado e estive por quatro anos na casa de saúde de Miss Bendix, em Devonshire Place. Eu vim para o Iraque com Mrs. Kelsey. Cuidei dela quando seu bebê nasceu. Ela estava vindo para Bagdá com o marido e já havia contratado uma babá para as crianças, que estava há alguns anos com amigos dela lá. Seus filhos estavam voltando para casa e indo para a escola, e a babá concordou em ir para a Mrs. Kelsey quando eles fossem embora. Mrs. Kelsey era delicada e estava nervosa com a ideia de viajar com uma criança tão pequena, então o Major Kelsey combinou que eu deveria ir junto e cuidar dela e do bebê. Eles pagariam minha passagem para casa, a menos que encontrássemos alguém que precisasse de uma enfermeira para a viagem de volta.

Bem, não há necessidade de descrever os Kelsey. O bebê era um amorzinho e Mrs. Kelsey era bem legal, embora fosse do tipo preocupada. Gostei muito da viagem. Nunca havia feito uma longa viagem no mar antes.

O Dr. Reilly estava a bordo do barco. Ele era um homem de cabelos pretos e rosto comprido que dizia todo tipo de coisas engraçadas com uma voz baixa e triste. Acho que ele gostava de brincar comigo e costumava fazer as declarações mais extraordinárias para ver se eu engolia. Ele era cirurgião civil em um lugar chamado Hassanieh, a um dia e meio de viagem de Bagdá.

Eu estava havia cerca de uma semana em Bagdá quando cruzei seu caminho e ele perguntou quando eu estaria deixando os Kelsey. Falei que era curioso ele perguntar isso porque, na verdade, os Wright (as outras pessoas que mencionei) iriam para casa mais cedo do que pretendiam e sua babá estava livre para vir imediatamente.

Ele disse que tinha ouvido falar dos Wright e foi por isso que me perguntou.

— Na verdade, enfermeira, tenho um possível trabalho para a senhorita.

— Um caso?

Ele franziu o rosto como se pensasse a respeito.

— Dificilmente se poderia chamar de caso. É apenas uma senhora que tem, digamos, caprichos?

— Oh! — falei.

Em geral a gente sabe o que isso significa: bebida ou drogas! O Dr. Reilly não explicou mais. Ele foi muito discreto.

— Sim — disse ele. — Uma Mrs. Leidner. O marido é americano. Um sueco-americano, para ser exato. Ele é o chefe de uma grande escavação americana.

E explicou como essa expedição estava escavando o local de uma grande cidade assíria, algo como Nínive. O centro da expedição não ficava muito longe de Hassanieh, mas era um local isolado e o Dr. Leidner estava preocupado havia algum tempo com a saúde de sua esposa.

— Ele não foi muito claro quanto a isso, mas parece que ela tem esses acessos de terrores nervosos recorrentes.

— Ela é deixada sozinha o dia todo entre os nativos? — perguntei.

— Oh, não, há bastante gente, sete ou oito pessoas. Acho que ela nunca esteve sozinha em casa. Mas parece não haver dúvida de que ela chegou a um estado estranho. Leidner tem muito trabalho sobre os ombros, mas é louco pela esposa e o preocupa saber que ela está neste estado. Ele sentiu que ficaria mais feliz se soubesse que alguma pessoa responsável, com conhecimento especializado, está de olho nela.

— E o que a própria Mrs. Leidner pensa sobre isso?

O Dr. Reilly respondeu gravemente:

— Mrs. Leidner é uma senhora muito adorável. Ela raramente pensa a mesma coisa sobre algo por mais do que dois dias. Mas, no geral, está de acordo com a ideia. — Ele acrescentou: — Ela é uma mulher estranha. É cheia de afetações e, imagino, uma mentirosa compulsiva, mas Leidner parece honestamente acreditar que está amedrontada com uma coisa ou outra.

— O que ela mesma disse ao senhor, doutor?

— Oh, ela não me consultou! Ela não gosta de mim, de todo modo, por vários motivos. Foi Leidner quem veio até mim e propôs esse plano. Bem, enfermeira, o que acha da ideia? A senhorita poderia conhecer algo desse país antes de voltar para casa. Eles cavarão por mais dois meses. E a escavação é um trabalho bastante interessante.

Depois de um momento de hesitação, enquanto eu revirava o assunto em minha mente, falei:

— Bem, acho realmente que posso tentar.

— Esplêndido — disse o Dr. Reilly, levantando-se. — Leidner está em Bagdá agora. Vou dizer a ele para vir e ver se pode acertar as coisas com a senhorita.

O Dr. Leidner veio ao hotel naquela tarde. Ele era um homem de meia-idade com modos um tanto nervosos e hesitantes. Havia algo de gentil, amável e bastante indefeso nele.

Ele parecia muito dedicado à esposa, mas foi muito vago sobre o que estava acontecendo com ela.

— Veja só — disse ele, puxando a barba de uma maneira um tanto perplexa, algo que mais tarde descobri ser uma característica sua. — Minha esposa está realmente muito nervosa. Eu... estou muito preocupado com ela.

— Ela está com boa saúde física? — perguntei.

— Sim, oh, sim, creio que sim. Não, não tenho motivos para pensar que haja algo de errado com ela, fisicamente. Mas ela... bem... imagina coisas, sabe.

— Que tipo de coisas? — perguntei.

Mas ele se esquivou do assunto, apenas murmurando perplexo:

— Ela está se exasperando por nada... Realmente não consigo ver nenhuma base para esses medos.

— Medo de quê, Dr. Leidner?

Ele disse vagamente:

— Ah, apenas... crises nervosas, sabe.

Aposto dez contra um, pensei comigo mesma, que envolve drogas. E ele não percebe! Muitos homens não percebem.

Apenas se perguntam por que suas esposas estão tão nervosas e têm mudanças de humor tão extraordinárias.

Perguntei se a própria Mrs. Leidner aprovava a ideia de minha vinda.

Seu rosto se iluminou.

— Sim. Eu fiquei surpreso. Muito agradavelmente surpreso. Ela disse que era uma ideia muito boa. Disse que se sentiria muito mais segura.

A palavra me surpreendeu de um modo esquisito. *Segura*. Uma palavra muito esquisita de se usar. Comecei a supor que Mrs. Leidner poderia ser um caso de problemas mentais.

Ele continuou, numa espécie de ansiedade infantil.

— Tenho certeza de que se dará muito bem com ela. Ela é realmente uma mulher muito charmosa. — Ele sorriu de forma cativante. — Ela crê que a senhorita será um grande conforto para ela. Pensei o mesmo assim que a vi. A senhorita, se me permite dizer isso, parece tão esplendidamente saudável e cheia de bom senso. Tenho certeza de que é a pessoa certa para Louise.

— Bem, podemos apenas tentar, Dr. Leidner — falei alegremente. — Tenho certeza de que serei útil para sua esposa. Talvez ela fique nervosa com os nativos?

— Oh, meu Deus, não. — Ele balançou a cabeça, divertido com a ideia. — Minha esposa gosta muito de árabes, ela aprecia sua simplicidade e seu senso de humor. Esta é apenas a segunda temporada dela. Estamos casados há menos de dois anos, mas ela já fala bastante árabe.

Fiquei em silêncio por um ou dois momentos, então tentei mais uma vez.

— O senhor não pode me dizer do que é que sua esposa tem medo, Dr. Leidner? — perguntei.

Ele hesitou. Então disse, devagar:

— Espero, acredito, que ela mesma lhe diga.

E isso foi tudo que consegui arrancar dele.

Capítulo 3

Fofocas

Ficou acertado que eu deveria ir a Tell Yarimjah na semana seguinte.

Mrs. Kelsey estava se acomodando em sua casa em Alwiyah e fiquei feliz por poder tirar algumas preocupações de seus ombros.

Durante esse tempo, ouvi uma ou duas alusões à expedição de Leidner. Um amigo de Mrs. Kelsey, um jovem líder de esquadrão aéreo, contraiu os lábios, surpreso, enquanto exclamava:

— Linda Louise. Então essa é a última! — Ele se virou para mim. — Esse é nosso apelido para ela, enfermeira. Ela sempre foi conhecida como Linda Louise.

— Ela é muito bonita, pelo visto? — perguntei.

— Se levar em conta a opinião que ela tem de si mesma. Ela *pensa* que é!

— Vamos, não seja maldoso, John — disse Mrs. Kelsey. — Sabe que não é só ela que pensa assim! Muitas pessoas já se apaixonaram por ela.

— Talvez esteja certa. Ela é um pouco dentuça, mas tem seu charme.

— O senhor era totalmente caidinho por ela — disse Mrs. Kelsey, rindo.

O líder de esquadrão corou e admitiu, um tanto envergonhado:

— Bem, ela sabe fazer as coisas do jeito dela. Quanto ao próprio Leidner, ele beija o chão que ela pisa, e todo o resto da expedição tem que fazer o mesmo! É o que se espera deles!

— Quantos são ao todo? — perguntei.

— Todos os tipos e nacionalidades, enfermeira — disse o líder de esquadrão, com alegria. — Um arquiteto inglês, um padre francês de Cartago... ele faz as inscrições, tabuletas e coisas assim, sabe. E então há Miss Johnson. Ela também é inglesa, uma espécie de faz-tudo. E um homenzinho rechonchudo que fotografa, ele é americano. E o casal Mercado. Só Deus sabe de que nacionalidade eles são, algum tipo de latinos! Ela é muito jovem, uma criaturinha com ares de serpente, e ah!, como ela odeia a Linda Louise! E há alguns jovens, e isso é tudo. Um pessoal meio estranho, mas agradáveis em geral, não concorda, Pennyman?

Estava se dirigindo a um homem idoso que estava sentado girando pensativamente um pincenê.

Este deu um sobressalto e ergueu os olhos.

— Sim, sim, muito agradáveis mesmo. Se tomados individualmente, digo. Claro, Mercado é um tipo estranho...

— Ele tem uma barba *muito* estranha — disse Mrs. Kelsey. — Um tipo esquisito e hesitante.

O Major Pennyman continuou sem notar sua interrupção.

— Os jovens são boa gente. O americano é bastante silencioso e o garoto inglês fala um pouco demais. Engraçado, geralmente é o contrário. O próprio Leidner é um sujeito encantador... tão modesto e despretensioso. Sim, individualmente eles são pessoas agradáveis. Mas, de uma forma ou de outra, pode ter sido minha imaginação, mas da última vez que fui vê-los, tive a estranha impressão de que algo estava errado. Não sei o que era exatamente... Ninguém parecia muito natural. Havia uma estranha atmosfera de tensão. Posso explicar melhor o que quero dizer, dizendo que todos passaram a manteiga uns para os outros com educação em excesso.

Corando um pouco, porque não gosto muito de expor minhas próprias opiniões, falei:

— Quando as pessoas ficam confinadas por muito tempo, se tornam irritadiças. Sei disso por experiência própria no hospital.

— Isso é verdade — disse o Major Kelsey —, mas ainda está no início da temporada, dificilmente é tempo para aquela irritação em particular ter se estabelecido.

— Uma expedição é provavelmente como nossa vida aqui, em miniatura — disse o Major Pennyman. — Tem suas panelinhas, rivalidades e ciúmes.

— Parece que eles tiveram muitos recém-chegados este ano — disse o Major Kelsey.

— Deixe-me ver. — O líder de esquadrão contou-os nos dedos. — O jovem Coleman é novo, assim como Reiter. Emmott entrou no ano passado e os Mercado também. O Padre Lavigny é um recém-chegado. Ele veio no lugar do Dr. Byrd, que estava doente este ano e não pôde vir. Carey, é claro, é veterano. Ele participa desde o início, cinco anos atrás. Miss Johnson está lá há quase tantos anos quanto Carey.

— Sempre achei que eles se davam tão bem em Tell Yarimjah — comentou o Major Kelsey. — Eles pareciam uma família feliz, o que é realmente surpreendente quando se considera o que é a natureza humana! Tenho certeza de que a enfermeira Leatheran concorda comigo.

— Bem — falei —, talvez o senhor esteja certo! As brigas que vi no hospital muitas vezes começavam com nada mais do que uma disputa sobre um bule de chá.

— Sim, as pessoas tendem a ser mesquinhas em comunidades pequenas — disse o Major Pennyman. — Mesmo assim, sinto que deve haver algo mais nesse caso. Leidner é um homem tão gentil e despretensioso, com um tato realmente notável. Ele sempre conseguiu manter sua expedição feliz e em boas relações uns com os outros. Mesmo assim, eu *notei* aquela sensação de tensão outro dia.

Mrs. Kelsey riu.

— E o senhor não vê a explicação? Ora, salta aos olhos!

— O que a senhora quer dizer?

— Mrs. Leidner, é claro.

— Oh, vamos, Mary — disse o marido. — Ela é uma mulher encantadora, não é do tipo briguenta.

— Eu não disse que ela era briguenta. Ela causa brigas!

— De que maneira? E por que ela o faria?

— Por quê? Por quê? Porque ela está entediada. Ela não é arqueóloga, apenas esposa de um deles. Ela está entediada, afastada de qualquer emoção e então cria seu próprio drama. Ela se diverte colocando os outros com as orelhas quentes.

— Mary, não tem como você saber isso. Está apenas supondo.

— Claro que estou supondo! Mas você descobrirá que estou certa. A Linda Louise não se parece com a Mona Lisa à toa! Ela pode não fazer mal, mas gosta de ver o circo pegar fogo.

— Ela é dedicada a Leidner.

— Oh! Creio que sim, não estou sugerindo intrigas vulgares. Mas ela é uma *allumeuse*, aquela mulher.

— As mulheres são tão amáveis umas com as outras — disse o Major Kelsey.

— Eu sei. Línguas venenosas, é o que vocês, homens, dizem. Mas geralmente estamos certas sobre nosso próprio sexo.

— Ao mesmo tempo — disse o Major Pennyman, pensativo —, presumindo que todas as suposições pouco caridosas de Mrs. Kelsey sejam verdadeiras, eu não acho que isso explicaria totalmente essa curiosa sensação de tensão. É como a sensação que existe antes de uma tempestade. E tive a forte impressão de que a tempestade poderia cair a qualquer minuto.

— Ora, não assuste a enfermeira — disse Mrs. Kelsey. — Ela vai para lá em três dias e você vai espantá-la de imediato.

— Oh, vocês não vão me assustar — falei, rindo.

Mesmo assim, pensei muito sobre o que havia sido dito. O uso curioso do Dr. Leidner da palavra "segura" me ocorreu novamente. Seria o medo oculto de sua esposa, talvez ainda não reconhecido ou expresso, que estava afetando o restante da equipe? Ou era a tensão real (ou talvez a causa desconhecida dela) que estava afetando seus nervos?

Eu pesquisei a palavra *allumeuse* que Mrs. Kelsey havia usado em um dicionário, mas não consegui tirar nenhum sentido dela.

"Bem", pensei comigo mesma, "tenho de esperar para ver".

Capítulo 4

Minha chegada em Hassanieh

Três dias depois, parti de Bagdá.

Lamentei deixar Mrs. Kelsey e a bebê, que era um amorzinho e estava se desenvolvendo maravilhosamente, ganhando seu peso adequado toda semana. O Major Kelsey me levou até a delegacia e me acompanhou. Eu deveria chegar a Kirkuk na manhã seguinte e alguém iria me receber.

Dormi mal, nunca durmo muito bem em um trem e sempre tenho sonhos agitados.

Na manhã seguinte, porém, quando olhei pela janela, estava um dia lindo e fiquei interessada e curiosa sobre as pessoas que veria.

Enquanto estava na plataforma, hesitando e olhando em volta, vi um jovem vindo em minha direção. Ele tinha um rosto redondo e rosado e, de fato, em toda minha vida, nunca vi alguém que se parecesse tão exatamente com um rapaz saído de um dos livros do Sr. P. G. Wodehouse.

— Olá, olá, olá — disse ele. — A senhorita é a enfermeira Leatheran? Bem, digo, deve ser... posso ver isso. Rá, rá! Meu nome é Coleman. O Dr. Leidner me mandou. Como está se sentindo? Viagem horrível e tudo o mais? Sei como são esses trens! Bem, cá estamos... Tomou café da manhã? Este é seu equipamento? Digo, terrivelmente modesto, não é? Mrs. Leidner tem quatro malas e um baú, para não falar de uma caixa de chapéu e um travesseiro especial, e mais isso ou aquilo. Estou falando demais? Vamos até o bom e velho ônibus.

Ali estava o que mais tarde escutei ser chamado de furgão, esperando do lado de fora. Era um pouco carroça, um pouco caminhão e um pouco carro. Mr. Coleman me ajudou a entrar, explicando que era melhor eu me sentar ao lado do motorista, onde sacudia menos.

E como sacudia! Não sei como aquela engenhoca toda não se desfez em pedaços! E nada que parecesse uma estrada, apenas uma espécie de trilha, cheia de sulcos e buracos. O Oriente Glorioso, de fato! Quando pensei em nossas esplêndidas estradas vicinais na Inglaterra, fiquei com muita saudade de casa.

Mr. Coleman se inclinava à frente de seu assento atrás de mim e berrava nos meus ouvidos.

— A estrada está em muito boas condições — gritou ele, logo depois de termos sido jogados para o alto em nossos assentos até quase tocarmos o teto.

E aparentemente ele estava falando muito sério.

— Faz bem pra gente, estimula o fígado — disse ele. — A senhorita deve saber disso, enfermeira.

— Um fígado estimulado não vai ser muito bom para mim se minha cabeça arrebentar — observei asperamente.

— Deveria vir aqui depois que chove! As derrapagens são maravilhosas. Na maioria das vezes, a pessoa viaja de lado.

Não respondi a isso.

Agora tínhamos que atravessar o rio, o que fizemos no *ferry-boat* mais maluco que se pode imaginar. Na minha opinião, foi só por misericórdia que passamos, mas todos pareciam achar que era tudo bastante normal.

Levamos cerca de quatro horas para chegar a Hassanieh, que, para minha surpresa, era um lugar bem grande. Parecia muito bonito, também, antes de chegarmos lá do outro lado do rio. Era bastante branco e com ares de conto de fadas, com seus minaretes. Era um pouco diferente, porém, quando alguém cruzava a ponte e chegava direto. Aquele cheiro, tudo em ruínas e desmoronando, lama e bagunça por toda parte.

Mr. Coleman me levou para a casa do Dr. Reilly, onde, disse ele, o médico estava me esperando para almoçar.

O Dr. Reilly estava bem como sempre, e sua casa era bonita também, com um banheiro e tudo impecável. Tomei um bom banho e, quando voltei a vestir o uniforme e desci, estava me sentindo bem.

O almoço estava pronto e entramos, o médico pedindo desculpas pela filha, que dizia estar sempre atrasada.

Tínhamos acabado de comer um prato muito bom de ovos com molho quando ela entrou e o Dr. Reilly disse:

— Enfermeira, esta é minha filha Sheila.

Ela me cumprimentou, dizendo esperar que eu tivesse feito uma boa viagem, tirou o chapéu, deu um aceno frio para Mr. Coleman e se sentou.

— Bem, Bill — disse ela. — Como está tudo?

Ele começou a falar com ela sobre uma festa ou outra que aconteceria no clube e eu a examinei.

Não posso dizer que gostei muito dela. Eu a achei muito fria para meu gosto. Um tipo de garota indiferente, embora bem-apessoada. Cabelo preto e olhos azuis, um tipo de rosto pálido e a habitual boca com batom. Ela tinha um jeito frio e sarcástico de falar que me irritava um pouco. Eu tive uma aprendiz como ela certa vez, uma garota que trabalhava bem, admito, mas cujos modos sempre me irritaram.

Pareceu-me que Mr. Coleman tinha uma quedinha por ela. Ele gaguejou um pouco e sua conversa tornou-se um pouco mais idiota do que antes, se é que isso era possível! Ele me lembrava um cachorro grande e tolo, balançando o rabo e tentando agradar.

Depois do almoço, o Dr. Reilly foi para o hospital e Mr. Coleman tinha algumas coisas para comprar na cidade, e Miss Reilly me perguntou se eu gostaria de dar uma volta pela cidade ou se preferia ficar em casa. Mr. Coleman, disse ela, estaria de volta para me buscar em cerca dê uma hora.

— Há algo para ver? — perguntei.

— Há alguns cantos pitorescos — disse Miss Reilly. — Mas não sei se a senhorita se importaria com eles. São extremamente sujos.

A maneira como ela disse isso me irritou. Eu nunca achei que o pitoresco fosse desculpa para ser sujo.

No final, ela me levou ao clube, que era bastante agradável, com vista para o rio, e havia jornais e revistas ingleses lá.

Quando voltamos para casa, Mr. Coleman ainda não estava lá, então nos sentamos e conversamos um pouco. De certo modo, não foi fácil.

Ela me perguntou se eu já conhecia Mrs. Leidner.

— Não — eu disse. — Só o marido dela.

— Oh — disse ela. — Me pergunto, o que a senhorita vai pensar dela?

Não falei nada quanto a isso. E ela continuou:

— Eu gosto bastante do Dr. Leidner. Todo mundo gosta dele.

"Isso é o mesmo que dizer", me ocorreu, "que você não gosta da esposa dele".

Eu ainda não havia dito nada e logo ela perguntou, de modo abrupto:

— Qual é o problema com ela? O Dr. Leidner lhe contou?

Eu não ia começar a fofocar sobre um paciente antes mesmo de chegar lá, então falei, de modo evasivo:

— Eu entendo que ela está um pouco abatida e precisa de cuidados.

Ela riu. Uma risada desagradável, forte e abrupta.

— Meu Deus — ela falou. — Nove pessoas cuidando dela não são o bastante?

— Suponho que todos tenham trabalho a fazer — falei.

— Trabalho a fazer? Claro que eles têm trabalho a fazer. Mas Louise vem primeiro, ela cuida bem para que seja assim.

"Não", pensei comigo mesma, "você não gosta dela".

— Mesmo assim — continuou Miss Reilly. — Não vejo o que ela quer com uma enfermeira profissional. Eu pensava que assistência amadora fosse mais do estilo dela; não alguém que enfia um termômetro na boca, conta seu pulso e transforma tudo em fatos.

Bem, devo admitir que fiquei curiosa.

— A senhorita acha que não há nada de errado com ela? — perguntei.

— Claro que não há nada de errado com ela! A mulher é forte como um touro. "A Linda Louise não dormiu." "Ela está com olheiras escuras sob os olhos." Sim, ela que as colocou lá com um lápis azul! Qualquer coisa para chamar a atenção, para ter todo mundo pairando ao redor dela, criando caso com ela!

Havia algo nisso, é claro. Eu já havia me deparado (e que enfermeira não se deparou?) com muitos casos de hipocondríacos, cujo prazer era manter uma casa inteira no seu ritmo. E se um médico ou enfermeira dissesse a eles: "Não há problema nenhum com você!" Bem, para começar, eles não acreditavam, e sua indignação seria tão genuína quanto pudesse ser.

Claro que era bem possível que Mrs. Leidner fosse um caso desses. O marido, naturalmente, seria o primeiro a ser enganado. Os maridos, descobri, são muito crédulos quando se trata de doenças. Mas, mesmo assim, não combinava com o que eu tinha escutado. Não se encaixava, por exemplo, na palavra "*segura*".

Engraçado como essa palavra ficou meio que presa na minha mente. Refletindo sobre isso, perguntei:

— Mrs. Leidner é uma mulher nervosa? Ela está nervosa, por exemplo, de morar longe de tudo?

— O que há para ficar nervoso? Céus, eles são dez! E eles também têm guardas... por causa das antiguidades. Oh, não, ela não está nervosa, ao menos...

Ela pareceu tomada por algum pensamento e fez uma pausa, continuando lentamente depois de um ou dois minutos.

— É estranho a senhorita dizer isso.

— Por quê?

— O Tenente-aviador Jervis e eu cavalgamos até lá outro dia. Foi pela manhã. A maioria deles estava na escavação. Ela estava sentada escrevendo uma carta e suponho que não nos ouviu chegando. O menino responsável pelas visitas não estava de prontidão e fomos direto para a varanda. Aparentemente, ela viu a sombra do Tenente-aviador Jervis contra a parede e gritou bastante! Pediu desculpas, é claro. Disse que achava que fosse um homem estranho. Um pouco inusitado isso. Quer dizer, mesmo que fosse um homem estranho, qual o problema disso?

Balancei a cabeça, pensativa.

Miss Reilly ficou em silêncio, então soltou tudo de repente:

— Não sei o que há de errado com eles este ano. Todos estão sobressaltados. Johnson anda tão taciturna que não consegue abrir a boca. David nunca fala nada, se puder evitar. É claro que Bill nunca para e, de alguma forma, sua tagarelice deixa os outros piores. Com Carey, parece que algo vai estourar a qualquer minuto. E todos eles olham uns para os outros como se... como se... Oh, não sei, mas é esquisito.

"Era estranho", pensei, "que duas pessoas tão diferentes como Miss Reilly e o Major Pennyman tenham tido a mesma impressão".

Só então Mr. Coleman entrou agitado. Agitado era a palavra certa para isso. Se sua língua estivesse pendurada para fora e ele de repente produzisse um rabo para abanar, não se ficaria surpreso.

— Alô, alô — disse ele. — Com certeza o melhor comprador do mundo... sou eu. Mostrou à enfermeira todas as belezas da cidade?

— Ela não ficou impressionada — disse Miss Reilly, seca.

— Não a culpo — disse Mr. Coleman, cordial. — Não há lugar mais mixuruca!

— Você não é um amante do pitoresco ou das antiguidades, é, Bill? Não consigo entender por que é arqueólogo.

— Não me culpe por isso. Culpe meu tutor. Ele é um tipo estudado... pesquisador acadêmico, folheia livros de pantufas... esse tipo de homem. Um pouco chocante para ele ter um pupilo como eu.

— Acho que foi terrivelmente estúpido da sua parte se deixar forçar para uma profissão com a qual não se importa — disse a garota bruscamente.

— Não fui forçado, Sheila, minha cara, não fui forçado. O velho perguntou se eu tinha alguma profissão particular em mente e eu disse que não, então ele armou uma temporada aqui para mim.

— Mas você não tem ideia do que realmente gostaria de fazer? Deve ter!

— Claro que tenho. Minha ideia seria não ter que trabalhar por completo. O que eu gostaria de fazer é ter muito dinheiro e entrar no automobilismo.

— Você é um absurdo! — disse Miss Reilly. Ela parecia bastante zangada.

— Oh, sei que está completamente fora de questão — disse Mr. Coleman, alegremente. — Então, se tenho que fazer algo, não me importo muito com o que seja, contanto que não seja me aborrecer num escritório o dia todo. Eu estava bastante satisfeito em ver um pouco do mundo. Falei: vamos lá, e vim.

— Só imagino o quanto você deve ser útil!

— Aí que você está errada. Posso ficar de pé na escavação gritando "Y'Allah" melhor do que ninguém! E, na verdade, não sou nada mau como desenhista. Imitar caligrafias costumava ser minha especialidade na escola. Eu teria me saído um falsificador de primeira. Oh, bem, ainda posso chegar nisso. Se meu Rolls-Royce jogar lama em você enquanto espera o ônibus, saberá que fui levado ao crime.

Miss Reilly disse friamente:

— Não acha que já está na hora de você ir, em vez de falar tanto?

— Somos hospitaleiros, não é, enfermeira?

— Tenho certeza de que a enfermeira Leatheran está ansiosa para se instalar.

— Você sempre tem certeza de tudo — retrucou Mr. Coleman com um sorriso.

Isso era verdade, pensei. Uma mocinha arrogante e convencida. Eu disse, seca:

— Talvez seja melhor irmos, Mr. Coleman.

— Certo, enfermeira.

Apertei a mão de Miss Reilly, agradeci e partimos.

— Que garota atraente, essa Sheila — disse Mr. Coleman.

— Mas sempre irritando os colegas.

Saímos da cidade e logo pegamos uma espécie de trilha entre as plantações verdejantes. Era bem acidentado e cheio de buracos.

Depois de cerca de meia hora, Mr. Coleman apontou para uma grande colina na margem do rio à nossa frente e disse:

— Tell Yarimjah.

Eu podia ver pequenas figuras pretas movendo-se como formigas.

Enquanto eu olhava, elas de repente começaram a correr todas juntas pela lateral da colina.

— Escavadores — disse Mr. Coleman. — Fim do trabalho. Paramos uma hora antes do pôr do sol.

A casa da expedição ficava um pouco atrás do rio.

O motorista dobrou uma esquina, deparando-se com um arco extremamente estreito, e lá estávamos nós.

A casa foi construída em torno de um pátio. Originalmente, ocupava apenas o lado sul do pátio, com alguns prédios externos sem importância no leste. A expedição continuou a construção nos outros dois lados. Como a planta da casa se mostraria de especial interesse mais tarde, anexei um esboço dela aqui.

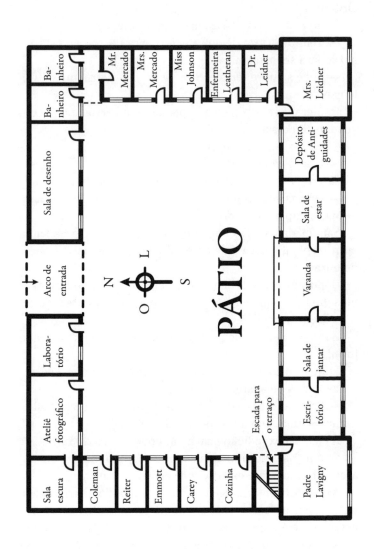

Todos os cômodos davam para o pátio, assim como a maioria das janelas, com exceção do prédio sul original, onde também havia janelas que davam para o exterior. Essas janelas, no entanto, eram gradeadas do lado de fora. No canto sudoeste, uma escada subia até um terraço longo e plano com um parapeito ao longo do lado sul do edifício, que era mais alto do que os outros três lados.

Mr. Coleman conduziu-me ao longo do lado leste do pátio, e contornou até onde uma grande varanda aberta ocupava o centro do lado sul. Ele empurrou uma porta ao lado dela e entramos em uma sala onde várias pessoas estavam sentadas ao redor de uma mesa de chá.

— Tcharam! — disse Mr. Coleman. — Aqui está nossa Sairey Gamp.

A mulher que estava sentada à cabeceira da mesa levantou-se e veio cumprimentar-me.

E tive meu primeiro vislumbre de Louise Leidner.

Capítulo 5

Tell Yarimjah

Não me importo de admitir que minha primeira impressão ao ver Mrs. Leidner foi de absoluta surpresa. É difícil evitar imaginar uma pessoa, quando se ouve falar dela. Eu coloquei firmemente na minha cabeça que Mrs. Leidner era um tipo de mulher sombria e infeliz. Do tipo nervosinha, cheia de não-me-toques. E também, eu esperava que ela fosse... bem, para ser franca, um pouco vulgar.

Ela não era nada como a imaginei! Para começar, ela era muito loira. Não era sueca, como o marido, mas poderia ter sido, no que tangesse à aparência. Ela tinha aquela beleza loira escandinava que a gente não vê com frequência. Não era uma mulher jovem. Entre os 30 e os 40, arrisco dizer. Seu rosto estava bastante abatido e havia alguns cabelos grisalhos misturados com a beleza. Seus olhos, entretanto, eram adoráveis. Eles foram os únicos olhos que já encontrei que se pode realmente descrever como violeta. Eles eram muito grandes e havia leves sombras embaixo deles. Ela era muito magra e parecia frágil, e se eu disser que ela tinha um ar de intenso cansaço e era ao mesmo tempo muito viva, parece um absurdo, mas foi essa a sensação que tive. Também senti que ela era uma dama por completo. E isso significa algo, mesmo hoje em dia.

Ela estendeu a mão e sorriu. Sua voz era baixa e suave, com um sotaque americano.

— Estou tão feliz por ter vindo, enfermeira. Aceita um pouco de chá? Ou a senhorita gostaria de ir para seu quarto primeiro?

Eu disse que tomaria chá e ela me apresentou às pessoas sentadas em volta da mesa.

— Esta é Miss Johnson e este é Mr. Reiter. Mrs. Mercado. Mr. Emmott. Padre Lavigny. Meu marido chegará em breve. Sente-se aqui entre o Padre Lavigny e Miss Johnson.

Fiz o que me foi pedido, e Miss Johnson começou a falar comigo, perguntando sobre minha jornada e assim por diante.

Eu gostava dela. Ela me lembrava uma administradora que tive em meus dias de estágio, a quem todos admirávamos e para quem trabalhávamos duro.

Ela estava chegando aos 50, acho eu, e tinha uma aparência bastante masculina, com cabelos grisalhos cortados curtos. Ela tinha uma voz abrupta e agradável, de tom bastante grave. Tinha um rosto feio e áspero com um nariz arrebitado que era quase risível, que costumava esfregar com irritação quando algo a incomodava ou deixava perplexa. Ela usava um casaco de tweed e uma saia de cortes um tanto masculinos. Ela me falou na ocasião que era natural de Yorkshire.

Já Padre Lavigny achei um pouco alarmante. Ele era um homem alto com uma grande barba preta e pincenê. Eu havia escutado Mrs. Kelsey dizer que havia um monge francês lá, e agora vi que o Padre Lavigny estava vestindo uma túnica de monge de algum material de lã branca. Isso me surpreendeu bastante, porque sempre entendi que monges entravam em mosteiros e não saíam mais.

Mrs. Leidner falava com ele principalmente em francês, mas ele falava comigo em um inglês bastante razoável. Percebi que ele tinha olhos astutos e observadores, que se moviam de um rosto para o outro.

À minha frente estavam os outros três. Mr. Reiter era um jovem robusto e loiro, de óculos. Seu cabelo era bastante comprido e encaracolado, e ele tinha olhos azuis muito redondos. Ocorre-me que ele deve ter sido um bebê adorável, mas não tinha muito mais o que se olhar agora! Na verdade, ele era um pouco como um porco. O outro jovem tinha cabelo muito curto cortado rente. Ele tinha um rosto comprido e bem-humorado e dentes muito bons, e parecia muito atraente quando sorria. Porém falou muito pouco, apenas acenava com a cabeça se falassem com ele e respondia em monossílabos. Como Mr. Reiter, ele era americano. A última pessoa foi Mrs. Mercado, e eu não conseguia dar uma boa olhada nela porque sempre que olhava na sua direção, a encontrava me olhando com uma espécie de olhar faminto que era um pouco desconcertante, para dizer o mínimo. Parecia até que uma enfermeira hospitalar era um animal exótico, pelo pelo jeito que ela ficava olhando para mim. Sem educação nenhuma!

Ela era muito jovem, não tinha mais de 25 anos, e era morena e de aparência furtiva, se é que me entendem. De certa forma, era bastante bonita. Ela estava com um pulôver muito vívido e suas unhas combinavam com a cor. Ela tinha um rosto ansioso e magro como o de um pássaro, com olhos grandes e uma boca bastante tensa e desconfiada.

O chá era muito bom, uma mistura boa e forte, não como as coisas chinesas fracas que Mrs. Kelsey costumava tomar e que haviam sido uma dura provação para mim.

Havia torradas, geleia, um prato de *rock cakes* e um bolo. Mr. Emmott foi muito educado, passando-me as coisas. Por mais quieto que estivesse, ele sempre parecia notar quando meu prato estava vazio.

Logo Mr. Coleman entrou apressado e ocupou o lugar ao lado de Miss Johnson. Não parecia haver nada de errado com os nervos *dele*. Ele falava pelos cotovelos.

Mrs. Leidner deu um suspiro e lançou um olhar cansado na direção dele, mas não surtiu efeito. Nem tampouco o fato de que Mrs. Mercado, a quem ele estava dirigindo a maior parte de sua conversa, estava ocupada demais me observando para poder fazer mais do que dar respostas superficiais.

Quando estávamos terminando, o Dr. Leidner e Mr. Mercado chegaram da escavação.

O Dr. Leidner me cumprimentou com seu jeito gentil e cordial. Vi seus olhos irem rápida e ansiosamente para o rosto de sua esposa e ele pareceu estar aliviado com o que viu ali. Em seguida, sentou-se na outra ponta da mesa, e Mr. Mercado se sentou no lugar vago de Mrs. Leidner. Ele era um homem alto, magro e melancólico, bem mais velho do que a esposa, de pele pálida e uma barba esquisita, macia e sem forma. Fiquei feliz quando ele entrou, pois sua esposa parou de olhar para mim e transferiu sua atenção para ele, observando-o com uma espécie de impaciência ansiosa que eu achei bastante estranha. Ele próprio mexeu o chá com ar sonhador e não disse absolutamente nada. Um pedaço de bolo estava intocado em seu prato.

Ainda havia um lugar vago, e logo a porta se abriu e um homem entrou.

No momento em que vi Richard Carey, senti que ele era um dos homens mais bonitos que eu já tinha visto em muito tempo, mas duvido que fosse realmente assim. Dizer que um homem é bonito e ao mesmo tempo dizer que ele se parece com o rosto da morte soa uma contradição grosseira, mas era verdade. Sua cabeça dava o efeito de ter a pele esticada invulgarmente sobre os ossos — mas eram lindos ossos. A linha magra da mandíbula, têmpora e testa era tão bem-delineada que ele me lembrava uma estátua de bronze. Desse rosto bronzeado e esguio despontavam o par de olhos azuis mais brilhantes e intensos que já vi. Ele tinha cerca de um metro e oitenta e, imagino, pouco menos de 40 anos.

— Enfermeira, este é o Sr. Carey, nosso arquiteto — disse o Dr. Leidner.

Ele murmurou algo num tom inglês agradável e inaudível, e sentou-se ao lado de Mrs. Mercado.

— Temo que o chá esteja um pouco frio, Mr. Carey — disse Mrs. Leidner.

— Oh, está tudo bem, Mrs. Leidner — disse ele. — Minha culpa por estar atrasado. Eu queria terminar de desenhar aquelas paredes.

— Geleia, Mr. Carey? — disse Mrs. Mercado.

Mr. Reiter empurrou a torrada.

E me lembrei do Major Pennyman dizendo: "Posso explicar melhor o que quero dizer, dizendo que todos passaram a manteiga um para o outro com educação demais."

Sim, havia algo um pouco estranho nisso...

Um tom formal...

Poderia-se dizer que eram um grupo de estranhos e não de pessoas que se conheciam, alguns deles havia vários anos.

Capítulo 6

Primeira noite

Após o chá, Mrs. Leidner levou-me para conhecer meu quarto. Talvez seja melhor eu dar uma breve descrição da disposição dos quartos. Era muito simples e podia ser facilmente compreendido por uma referência à planta-baixa. De cada lado da grande varanda aberta, havia portas que conduziam às duas salas principais. A da direita conduzia à sala de jantar, onde tomamos chá. A do outro lado levava a uma sala exatamente igual (eu a chamei de sala de estar) que era usada como sala de descanso e como uma espécie de sala de trabalho informal — ou seja, um pouco de desenho (em acréscimo aos que eram estritamente arquitetônicos) era feito ali, e as peças mais delicadas de cerâmica eram trazidas para serem colocadas juntas. Por essa sala passava-se para a sala de antiguidades, onde todos os achados da escavação eram trazidos e armazenados em prateleiras e escaninhos, e também dispostos em grandes bancos e mesas. Da sala de antiguidades não havia saída, exceto pela sala de estar.

Além da sala de antiguidades, mas com acesso por uma porta que dava para o pátio, ficava o quarto de Mrs. Leidner. Este, como os outros cômodos daquele lado da casa, tinha algumas janelas gradeadas com vista para o campo arado. Virando a esquina ao lado do quarto de Mrs. Leidner, mas sem nenhuma porta de comunicação real, ficava o quarto do Dr. Leidner. Este era o primeiro dos quartos no lado leste do edifício. Ao lado dele estava o quarto que seria meu. Ao meu lado estava Miss Johnson, com Mr. e Mrs. Mercado mais adiante. Depois disso, vieram dois dos assim chamados banheiros.

(Quando uma vez usei esse último termo na audiência do Dr. Reilly, ele riu de mim e disse que ou era ou não era um banheiro! Mesmo assim, quando a gente se acostuma com as torneiras e o encanamento adequado, parece estranho chamar de *banheiros* algumas saletas enlameadas, com uma banheira de latão em cada uma, e água pardacenta trazida em latas de querosene!)

Todo esse lado do prédio fora adicionado pelo Dr. Leidner à casa árabe original. Os quartos eram todos iguais, cada um com uma janela e uma porta que dava para o pátio. Ao longo do lado norte ficavam a sala de desenho, o laboratório e as salas para fotografias.

De volta à varanda, a disposição dos quartos era praticamente a mesma do outro lado. Havia a sala de jantar que dava para o escritório, onde os arquivos eram guardados e era feita a catalogação e digitação. Contíguo ao quarto de Mrs. Leidner estava o do Padre Lavigny, a quem foi dado o maior quarto; ele o usava também para a decodificação, ou como quer que se chame, das tabuletas.

No canto sudoeste ficava a escada que subia até o terraço. No lado oeste ficavam primeiro os aposentos da cozinha e depois quatro pequenos quartos usados pelos rapazes — Carey, Emmott, Reiter e Coleman.

No canto noroeste ficava o ateliê fotográfico, com a sala escura ligada a ele. Ao lado disso, o laboratório. Então vinha a única entrada, o grande portal em arco pelo qual havíamos passado. Do lado de fora havia quartos de dormir para os servos nativos, a casa da guarda para os soldados, e estábulos e tudo o mais para os cavalos que traziam água. A sala de desenho ficava à direita da arcada ocupando o resto do lado norte.

Eu me detive nos arranjos da casa detalhadamente aqui, porque não quero ter que repassá-los novamente mais tarde. Como disse, a própria Mrs. Leidner me levou ao redor do prédio e por fim me instalou em meu quarto, cuidando para que eu pudesse ficar confortável e ter tudo que queria.

O quarto era agradável, ainda que mobiliado com simplicidade: uma cama, uma cômoda, uma pia e uma cadeira.

— Os meninos trarão água quente para a senhorita antes do almoço e do jantar. E pela manhã, claro. Se quiser em qualquer outro momento, saia e bata palmas, e quando o menino vier, diga, *jib mai' har*. Acha que consegue se lembrar disso?

Falei que achava que sim e repeti um pouco hesitante.

— Isso mesmo. E certifique-se de gritar. Árabes não entendem nada se for dito num tom de voz "inglês" comum.

— As línguas são coisas engraçadas. Parece estranho haver tantas outras diferentes.

Mrs. Leidner sorriu.

— Há uma igreja na Palestina na qual o Pai Nosso está escrito em, acho eu, noventa idiomas diferentes.

— Ora! — falei. — Devo escrever e dizer isso à minha velha tia. Ela *vai ficar* interessada.

Mrs. Leidner tocou no jarro e na bacia de modo distraído e moveu a saboneteira alguns centímetros.

— Espero que a senhorita seja feliz aqui — disse ela. — E que não fique muito entediada.

— Não fico entediada com frequência — garanti. — A vida não é longa o suficiente para isso.

Ela não respondeu. Continuou a brincar com a pia como se estivesse distraída.

De repente, ela fixou seus olhos violeta-escuros no meu rosto.

— O que exatamente meu marido lhe disse, enfermeira?

Bem, em geral se responde a mesma coisa para perguntas desse tipo.

— Eu percebi que a senhora estava um pouco abatida e tudo mais, Mrs. Leidner — falei sem hesitar. — E que só queria alguém para cuidar da senhora e tirar qualquer preocupação de suas mãos.

Ela abaixou a cabeça lenta e pensativamente.

· MORTE NA MESOPOTÂMIA ·

— Sim — disse ela. — Sim, isso vai servir muito bem.

Isso foi um pouco enigmático, mas eu não iria questionar. Em vez disso, falei:

— Espero que me deixe ajudá-la com tudo o que há para fazer na casa. A senhora não deve me deixar ficar ociosa.

Ela sorriu um pouco.

— Obrigada, enfermeira.

Então ela se sentou na cama e, para minha surpresa, começou a me interrogar de modo bastante atento. Digo que fiquei surpresa porque, desde o momento em que a vi, tive certeza de que Mrs. Leidner era uma dama. E em minha experiência, é muito raro que uma dama demonstre curiosidade sobre os assuntos privados da gente.

Mas Mrs. Leidner parecia ansiosa para saber tudo o que havia para saber sobre mim. Onde treinei e há quanto tempo. O que me trouxe para o Oriente. Como foi que o Dr. Reilly me recomendou. Ela até me perguntou se eu já tinha estado na América ou se tinha algum parente na América. Ela me fez uma ou duas outras perguntas que pareciam totalmente sem propósito na ocasião, mas das quais percebi o significado mais tarde.

Então, de repente, seus modos mudaram. Ela sorriu. Um sorriso caloroso e solar, e disse, com bastante doçura, que estava muito feliz por eu ter vindo e que tinha certeza de que eu seria um conforto para ela.

Ela se levantou da cama e falou:

— Gostaria de subir ao terraço e ver o pôr do sol? Geralmente é muito bonito nessa época.

Concordei de bom grado.

Quando saímos da sala, ela perguntou:

— Havia muitas outras pessoas no trem de Bagdá? Algum homem?

Falei que não tinha notado ninguém em particular. Havia dois franceses no vagão-restaurante na noite anterior. E um grupo de três homens que, pela conversa, deduzi que tinham algo a ver com o oleoduto.

Ela assentiu e deixou escapar um som fraco. Soou como um pequeno suspiro de alívio.

Subimos juntas para o terraço.

Mrs. Mercado estava lá, sentada no parapeito, e o Dr. Leidner estava curvado olhando um monte de pedras e cerâmicas quebradas dispostas em fileiras. Havia coisas grandes que ele chamava de moinhos de mão, pilões, enxós e machados de pedra, e pedaços de cerâmica quebrados tendo neles os padrões mais estranhos que já vi.

— Venham aqui — chamou Mrs. Mercado. — Não é lindo?

Certamente era um lindo pôr do sol. Hassanieh à distância parecia um conto de fadas com o sol poente atrás, e o rio Tigre fluindo entre suas margens largas parecia um rio de sonho em vez de um rio real.

— Não é lindo, Eric? — disse Mrs. Leidner.

O médico olhou para cima com olhos absortos, e murmurou "adorável, adorável" superficialmente, continuando a separar os fragmentos de cerâmica. Mrs. Leidner sorriu e disse:

— Os arqueólogos só olham para o que está sob seus pés. O céu e o firmamento não existem para eles.

Mrs. Mercado deu uma risadinha.

— Oh, eles são pessoas muito esquisitas, a senhorita logo descobrirá *isso*, enfermeira — disse ela, que fez uma pausa e acrescentou: — Estamos todos muito contentes pela senhorita ter vindo. Estamos todos muito preocupados com nossa querida Mrs. Leidner, não é, Louise?

— Estão?

Sua voz não soou muito empolgada.

— Ah, estamos, sim. Ela realmente tem estado *bem* mal, enfermeira. Com todo tipo de sobressaltos e digressões. Sabe quando alguém fala de outra pessoa: "É só nervosismo", eu sempre digo: mas e o que pode ser *pior*? Os nervos são o cerne e o centro da pessoa, não são?

"Tsc, tsc", pensei comigo mesma.

— Bem, não precisa mais se preocupar comigo, Marie — disse Mrs. Leidner, seca. — A enfermeira vai cuidar de mim.

— Certamente vou — falei com alegria.

— Tenho certeza de que isso fará toda a diferença — disse Mrs. Mercado. — Todos nós achávamos que ela deveria consultar um médico ou fazer *alguma coisa*. Seus nervos realmente estão em frangalhos, não é, Louise querida?

— Tanto que parece que perturbei os *seus* nervos — disse Mrs. Leidner. — Vamos conversar sobre algo mais interessante do que meus males miseráveis?

Percebi então que Mrs. Leidner era o tipo de mulher que poderia facilmente criar inimizades. Havia uma rudeza fria em seu tom (não que eu a culpasse por isso), que trouxe um rubor às bochechas um tanto pálidas de Mrs. Mercado. Ela gaguejou alguma coisa, mas Mrs. Leidner havia se levantado e se juntado ao marido no outro lado do terraço. Duvido que ele a tenha ouvido chegar até que ela colocasse a mão em seu ombro, então ele olhou para cima rapidamente. Havia afeto e uma espécie de questionamento ansioso em seu rosto.

Mrs. Leidner acenou com a cabeça suavemente. Agora, com o braço dela no dele, eles flanaram até o parapeito mais distante e finalmente desceram os degraus juntos.

— Ele é dedicado a ela, não é? — disse Mrs. Mercado.

— Sim — falei. — É muito bonito de se ver.

Ela estava olhando para mim com um olhar esquisito e bastante ansioso.

— O que a senhorita acha que é realmente o problema dela, enfermeira? — perguntou ela, baixando um pouco a voz.

— Oh, não acho que seja nada grave — falei alegremente. — Apenas um pouco cansada, suponho.

Seus olhos ainda estavam fixos em mim, como no chá. Ela disse abruptamente:

— A senhorita é enfermeira de saúde mental?

— Oh, céus, não! — falei. — O que a fez pensar isso?

Ela ficou em silêncio por um momento, então disse:

— A senhorita sabe como ela anda esquisita? O Dr. Leidner lhe contou?

Não gosto de fofocar sobre meus pacientes. Por outro lado, sei por experiência que muitas vezes é bastante difícil arrancar a verdade dos parentes e, até que se saiba a verdade, muitas vezes a gente fica trabalhando no escuro e não fazendo o bem. Claro, quando há um médico responsável, é diferente. Ele diz o que é necessário que se saiba. Mas, neste caso, não havia um médico responsável. O Dr. Reilly nunca foi chamado profissionalmente. E, na minha cabeça, não tinha certeza de que o Dr. Leidner havia me dito tudo o que poderia ter dito. Muitas vezes é o instinto do marido ser reticente — e que bom para ele, devo dizer. Mas, mesmo assim, quanto mais eu soubesse, melhor poderia dizer qual linha seguir. Mrs. Mercado (que, na minha cabeça, considerei uma sujeitinha totalmente rancorosa) estava obviamente morrendo de vontade de falar. E, francamente, tanto pelo lado humano quanto pelo profissional, eu queria ouvir o que ela tinha a dizer. Pode-se dizer que eu estava apenas curiosa como qualquer um.

— Creio que Mrs. Leidner não tenha estado muito normal ultimamente? — falei.

Mrs. Mercado deu uma risada desagradável.

— Normal? Devo dizer que não. Tem nos assustado aos montes. Numa noite, eram dedos batendo em sua janela. E depois uma mão sem um braço preso. Mas quando se tratou de um rosto amarelado pressionado contra a janela, que já não estava mais lá quando ela correu até a janela, bem, eu lhe pergunto, é um *pouco* assustador para todos nós.

— Talvez alguém estivesse pregando uma peça nela — sugeri.

— Oh, não, ela imaginou isso tudo. E há apenas três dias, no jantar, eles estavam atirando na aldeia, a quase um quilômetro de distância, e ela deu um pulo e gritou. Isso nos assustou de morte. Quanto ao Dr. Leidner, ele correu para ela e se comportou da maneira mais ridícula. "Não é nada, querida, não é nada", ele dizia. Eu acho, sabe, enfermeira, que os homens às vezes encorajam as mulheres nessas fantasias histéricas. É uma pena, porque é uma coisa ruim. Delírios não devem ser encorajados.

— Não se eles *forem* delírios — falei, seca.

— E o que mais eles poderiam ser?

Não respondi porque não sabia o que dizer. Era uma coisa engraçada. Os tiros e os gritos eram bastante naturais — para qualquer um que estivesse nervoso, claro. Mas essa história estranha de rosto e mão espectrais era diferente. Parecia-me uma de duas coisas: ou Mrs. Leidner havia inventado a história (exatamente como uma criança que se exibe contando mentiras sobre algo que nunca aconteceu, para se tornar o centro das atenções) ou então era, como eu havia sugerido, uma brincadeira real e deliberada. Era o tipo de coisa, refleti, que um jovem robusto e sem imaginação como Mr. Coleman poderia achar muito engraçado. Decidi ficar de olho nele. Pacientes nervosos podem ficar quase loucos de medo por uma piada boba.

Mrs. Mercado disse com um olhar de soslaio para mim:

— Ela tem uma aparência muito romântica, enfermeira, não acha? O tipo de mulher a quem as coisas *acontecem*.

— Acontecem muitas coisas com ela? — perguntei.

— Bem, seu primeiro marido foi morto na guerra quando ela tinha apenas 20 anos. Acho isso muito patético e romântico, não acha?

— É um modo de dourar a pílula — falei, seca.

— Oh, enfermeira! Que observação extraordinária!

E era uma verdade, mesmo. A quantidade de mulheres que a gente escuta dizer: "Se Donald, ou Arthur, ou qualquer que fosse seu nome, tivesse sobrevivido." E às vezes penso, mas se ele tivesse, provavelmente teria sido um marido brutamontes nada romântico, de pavio curto e de meia-idade.

Estava escurecendo e sugeri que descêssemos. Mrs. Mercado concordou e perguntou se eu gostaria de ver o laboratório.

— Meu marido vai estar lá, trabalhando.

Eu disse que gostaria muito e fomos até lá. O lugar estava iluminado por uma lâmpada, mas estava vazio. Mrs. Mercado me mostrou alguns dos aparelhos e alguns enfeites de cobre que estavam sendo tratados, e também alguns ossos revestidos de cera.

— Onde se meteu o Joseph? — disse Mrs. Mercado.

Ela olhou para a sala de desenho, onde Carey trabalhava. Ele mal ergueu os olhos quando entramos e fiquei impressionada com a extraordinária aparência de tensão em seu rosto. Na mesma hora me ocorreu: "Este homem está no seu limite. Logo, algo vai estourar." E lembrei que mais alguém havia notado a mesma tensão nele.

Quando saímos novamente, virei a cabeça para dar uma última olhada nele. Estava curvado sobre o papel, seus lábios pressionados muito juntos, e aquela sugestão de "rosto da morte" devido à sua constituição óssea marcante. Talvez estivesse fantasiando, mas achei que ele parecia um cavaleiro de antigamente que estivesse indo para a batalha e soubesse que seria morto.

E novamente senti nele um extraordinário e inconsciente poder de atração.

Encontramos Mr. Mercado na sala de estar. Ele estava explicando a ideia de um novo processo para Mrs. Leidner. Ela estava sentada em uma cadeira de madeira com espaldar reto, bordando flores em sedas finas, e fiquei outra vez impressionada com sua aparência estranha, frágil e sobrenatural. Ela parecia uma criatura de contos de fadas, mais do que carne e sangue.

Mrs. Mercado disse, com a voz alta e estridente:

— Oh, aí está você, Joseph. Achamos que o encontraríamos no laboratório.

Ele deu um pulo, parecendo assustado e confuso, como se a entrada dela tivesse quebrado um feitiço. Ele falou, gaguejando:

— E-eu... preciso ir agora. Estou no meio de... no meio de...

Ele não completou a frase, mas se virou para a porta.

Mrs. Leidner disse com sua voz suave e arrastada:

— Precisa terminar de me contar isso outra hora. Foi muito interessante. — Ela olhou para nós, sorriu com doçura mas de uma maneira distante e se voltou novamente para o bordado. Em alguns minutos, falou: — Há alguns livros aí, enfermeira. Temos uma seleção muito boa. Escolha um e sente-se.

Fui até a estante. Mrs. Mercado ficou por algum tempo e então, virando-se de modo abrupto, saiu. Quando passou por mim, vi seu rosto e não gostei do aspecto. Ela parecia numa fúria selvagem.

Apesar de tudo, lembrei-me de algumas coisas que Mrs. Kelsey dissera e insinuara sobre Mrs. Leidner. Não gostava de pensar que eram verdadeiras porque gostava de Mrs. Leidner, mas fiquei me perguntando, contudo, se talvez não houvesse alguma verdade por trás delas.

Não achava que fosse tudo culpa dela, mas o fato era que a gentil e feinha Miss Johnson e aquela espirituosa e comum Mrs. Mercado não eram páreo para ela em aparência e atratividade. E afinal, homens são homens em qualquer lugar do mundo. A gente cedo vê um bocado disso na minha profissão.

Mercado era um peixe pequeno e creio que Mrs. Leidner não estava nem aí em receber sua admiração — mas sua esposa estava. Salvo engano, ela se importava e muito, e estaria bastante disposta a colocar Mrs. Leidner em maus lençóis, se pudesse.

Olhei para Mrs. Leidner sentada ali, bordando suas belas flores, tão absorta e distante e alheia. Senti que deveria alertá-la de algum modo. Senti que talvez ela não soubesse o quão tolo, irracional e violento podem ser os ciúmes e o ódio — e o quão pouco é necessário para incendiá-los. E então disse a mim mesma: "Amy Leatheran, você é uma tola. Mrs. Leidner não é nenhuma ingênua. Ela está beirando os 40 e deve saber tudo o que há para se saber da vida."

Mas apesar disso, senti que talvez ela não soubesse.

Ela tinha uma aparência tão esquisita e intocada.

Comecei a imaginar como sua vida devia ter sido. Eu sabia que ela recém havia se casado com o Dr. Leidner havia dois anos. E, de acordo com Mrs. Mercado, seu primeiro marido havia morrido há uns quinze anos. Eu fui até ela e sentei perto com um livro, depois saí e fui lavar minhas mãos para o jantar. Foi uma boa refeição — um curry realmente excelente. Fiquei feliz que todos eles foram cedo para a cama, pois eu estava cansada.

O Dr. Leidner veio até meu quarto para ver se eu tinha tudo o que precisava.

Ele me cumprimentou calorosamente e disse, ansioso:

— Ela gosta da senhorita, enfermeira. Ela gostou da senhorita na hora. Fico muito feliz. Sinto que tudo ficará bem agora.

Sua ansiedade era quase infantil.

Eu também senti que Mrs. Leidner havia gostado de mim e fiquei feliz que fosse assim.

Mas eu não compartilhava tanto assim de sua confiança. Eu sentia que, de algum modo, havia algo ali para além do que ele soubesse. Havia *algo*, algo que eu não conseguia captar. Mas sentia no ar.

Minha cama era confortável, mas não dormi bem com tudo aquilo. Sonhei demais.

As palavras de um poema de Keats, que precisei aprender quando criança, ficavam voltando à minha cabeça. Eu ficava lembrando delas errado e isso me incomodava. Era um poema que eu sempre detestei, suponho que por precisar aprendê-lo querendo ou não. Mas, de algum modo, quando acordei no escuro, vi uma espécie de beleza nele pela primeira vez.

"*Oh, diga o que te perturba, cavaleiro armado, sozinho e...* (o que era?)... *vagando pálido...*?" Vi pela primeira vez o rosto do cavaleiro em minha mente — era o rosto de Mr. Carcy —, um rosto sombrio, tenso e bronzeado como o daqueles pobres rapazes que me lembro de quando era menina durante a guerra... e senti pena dele. E então caí no sono outra vez e vi que o rosto da *Belle dame sans merci* era o de Mrs. Leidner se inclinando de lado em seu cavalo com um bordado de flores em suas mãos — e então o cavalo tropeçou e tudo o que havia eram ossos cobertos de cera. Acordei com a pele toda arrepiada e tremendo e disse a mim mesma que curry *nunca* me caía bem à noite.

Capítulo 7

O homem na janela

Creio que seja melhor deixar claro desde cedo que não haverá nenhum toque local nesta história. Eu não sei nada sobre arqueologia e não sei se quero saber muito. Ficar mexendo com pessoas e locais que estão mortos e enterrados não faz sentido para mim. Mr. Carey costumava dizer que eu não tinha cabeça para arqueologia e não tenho dúvida de que ele estava bastante correto.

Logo na primeira manhã após minha chegada, Mr. Carey me perguntou se eu gostaria de ir dar uma olhada no palácio que ele estava... planificando, creio que foi como ele disse. Como que se desenha uma coisa que aconteceu há muito tempo pode ter certeza de que eu não sei! Bem, eu disse que gostaria e, para dizer a verdade, fiquei um pouco empolgada com isso. Ao que parece, esse palácio tinha quase 3 mil anos de idade. Pergunto-me que tipo de palácios eles tinham naqueles tempos e se seriam como as fotografias que vi da mobília na tumba de Tutancâmon. Mas, acredite, não havia nada para se ver além de *lama*! Muros sujos de lama com cerca de sessenta centímetros de altura e isso era tudo o que havia. Mr. Carey me levou para todo lado contando-me coisas, como isso era o grande pátio, e havia algumas câmaras aqui e um andar superior e vários outros quartos que davam para o pátio central. E tudo o que eu pensava era "mas como ele *sabe*?", ainda que, é claro, eu fosse educada demais para perguntar. Mas posso dizer-lhe que *foi* uma decepção! A escavação toda me pareceu ser nada além de lama. Nenhum mármore ou ouro nem nada bonito — a casa de minha tia em Cricklewood teria servido como uma ruína muito mais imponente! E esses antigos assírios, ou seja lá quem fossem, se chamavam *reis*. Quando Mr. Carey já havia me mostrado seu velho "palácio", ele me passou para Padre Lavigny, que me mostrou o restante da colina. Eu tinha um pouco de medo de Padre Lavigny, sendo monge e estrangeiro e tendo uma voz tão grave e tudo o mais, mas ele era muito gentil, ainda que um tanto vago. Às vezes eu tinha a impressão de que aquilo não era mais real para ele do que era para mim.

Mrs. Leidner me explicou isso mais tarde. Ela contou que Padre Lavigny estava interessado apenas em "documentos escritos", como ela os chamava. Eles escreviam tudo em argila, essa gente, marcas esquisitas, de aspecto pagão também, mas bastante sensíveis. Havia até mesmo tabuletas escolares — a lição do professor de um lado e o trabalho do aluno no verso. Confesso que isso me interessou mais — me parecia tão humano, se entende o que quero dizer.

Padre Lavigny caminhou ao redor do local de trabalho comigo e me mostrou o que haviam sido templos ou palácios e o que haviam sido casas particulares, e também um local que ele disse ter sido um antigo cemitério acádio. Ele falava de um jeito engraçado, aos solavancos, largando pedaços de informações e então voltando-se para outros assuntos.

— É estranho que a senhorita tenha vindo aqui — ele disse. — Mrs. Leidner está mesmo doente, então?

— Não exatamente doente — falei, com cautela.

— Ela é uma mulher estranha. Uma mulher perigosa, eu acho — ele disse.

— Ora, o que o senhor quer dizer com isso? — falei. — Perigosa? Quão perigosa?

Ele balançou a cabeça, pensativo.

— Acho que ela é implacável — disse ele. — Sim, acho que ela poderia ser absolutamente implacável.

— Com sua licença — falei. — Acho que o senhor está falando bobagem.

Ele balançou a cabeça.

— A senhorita não conhece as mulheres como eu — disse ele.

Isso era uma coisa engraçada para um monge dizer, pensei. Claro, suponho que ele deva ter ouvido muitas coisas em confissão. Mas isso me intrigou bastante, porque eu não tinha certeza se monges ouviam confissões ou se eram apenas padres. Suponho que ele seja um monge, com aquela longa túnica de lã — varrendo toda a poeira — e com rosário e tudo!

— Sim, ela poderia ser implacável — disse ele, pensativo. — Tenho certeza disso. E mesmo assim, embora ela seja tão dura, como pedra, como mármore, ela ainda está com medo. Do que ela tem medo?

Isso, pensei, é o que todos gostaríamos de saber! Era possível que ao menos o marido dela soubesse, mas não creio que ninguém mais.

Ele me encarou de repente com um olhar sombrio e penetrante.

— É estranho aqui? A senhorita acha isso tudo estranho? Ou muito natural?

— Não é muito natural — respondi, considerando. — É confortável o suficiente no que diz respeito aos arranjos, mas não há uma grande sensação de conforto.

— Isso deixa *a mim* desconfortável. Eu tenho a impressão — ele de repente se tornou um pouco mais estranho — de que algo está se preparando. O Dr. Leidner, também, não tem sido ele mesmo. Algo o preocupa também.

— A saúde da esposa?

— Talvez isso. Mas tem mais. Existe, como direi, um mal-estar.

E era só isso, havia um mal-estar.

Não dissemos mais nada naquele momento, pois o Dr. Leidner veio em nossa direção. Ele me mostrou o túmulo de uma criança que acabava de ser descoberto. Era tudo bastante patético, os ossinhos e um ou dois potes e alguns grãozinhos que o Dr. Leidner me disse serem um colar de contas.

Quem me fazia rir eram os trabalhadores. Nunca se viu tal bando de espantalhos, todos usando saiotes compridos e farrapos, e as cabeças amarradas como se estivessem com dor de dente. E a toda hora, conforme eles iam e vinham carregando cestos com terra, começavam a cantar — ao menos, suponho que fosse essa a intenção — um tipo esquisito de canto monótono que ficava se repetindo sem parar. Percebi que em maioria seus olhos eram terríveis, todos cobertos com secreções, e um ou outro pareciam meio cegos. Eu estava justamente pensando que povinho mais miserável eles eram, quando o Dr. Leidner disse "um povinho bem-apessoado, esses homens, não?" e pensei que mundo esquisito é esse e como duas pessoas diferentes podem cada uma ver a mesma coisa por ângulos opostos. Não me expressei bem, mas deu para entender o que quis dizer.

Depois de um tempo, o Dr. Leidner disse que voltaria para casa para tomar sua xícara de chá do meio da manhã. Então nós voltamos juntos e ele me contou coisas. Quando explicou, foi tudo muito diferente. Eu meio que *vi* tudo como costumava ser, as ruas e as casas, e ele me mostrou fornos onde assavam pão e disse que os árabes usavam quase o mesmo tipo de fornos hoje em dia.

Voltamos para casa e descobrimos que Mrs. Leidner havia se levantado. Ela estava com uma aparência melhor hoje, não tão magra e cansada. O chá chegou quase de imediato e o Dr. Leidner contou-lhe o que acontecera durante a manhã na escavação. Depois voltou ao trabalho e Mrs. Leidner perguntou-me se gostaria de ver algumas das descobertas que fizeram até então. Claro que falei "sim", então ela me levou para a sala de antiguidades. Havia um monte de coisas espalhadas, na maioria potes quebrados ao que me pareceu, ou então daqueles que foram consertados estando todos colados. O lote inteiro poderia ser jogado fora, pensei.

— Ai, ai — falei. — É uma pena que estejam todos tão quebrados, não é? Vale mesmo a pena mantê-los?

Mrs. Leidner deu um sorrisinho e disse:

— Não deixe que Eric a ouça. Potes o interessam mais do que qualquer outra coisa e alguns desses são as coisas mais antigas que temos, com talvez até 7 mil anos de idade.

E ela explicou como alguns deles vieram de um corte muito profundo dentro da colina, e como, milhares de anos atrás, eles foram quebrados e remendados com betume, mostrando que as pessoas valorizavam suas coisas tanto quanto hoje.

— E agora — disse ela — vamos te mostrar algo mais emocionante.

Ela baixou da estante uma caixa e me mostrou uma linda adaga de ouro com pedras azul-escuras no cabo.

Suspirei empolgada. Mrs. Leidner riu.

— Sim, todo mundo gosta de ouro! Exceto meu marido.

— Por que o Dr. Leidner não gosta?

— Bem, entre outros motivos, porque é caro. É preciso pagar o trabalhador que o encontra o peso do objeto em ouro.

— Minha nossa — exclamei. — Mas por quê?

— Ah, é o costume. Por um lado é bom, os impede de roubar. Veja bem, se eles *de fato* roubarem, não será pelo valor arqueológico, mas pelo valor intrínseco. Eles podem derretê-lo. Então tentamos facilitar sua honestidade.

Ela baixou outra bandeja e me mostrou uma taça de ouro realmente bonita, com o desenho de cabeças de carneiro nela.

Outra vez suspirei.

— Sim, é linda, não é? Esta veio do túmulo de um príncipe. Nós encontramos outros túmulos reais, mas a maioria foi saqueada. Esta taça é um dos nossos melhores achados. É uma das mais adoráveis já encontradas em qualquer lugar. Início do período acádio. Inigualável.

De repente, franzindo o cenho, Mrs. Leidner aproximou a taça dos olhos e raspou a superfície com a unha.

— Que extraordinário! Tem cera grudada aqui. Alguém deve ter estado aqui com uma vela. — Ela desgrudou o pequeno floco de cera e recolocou a taça em seu lugar.

Depois disso, ela me mostrou algumas estatuetas esquisitas de terracota, mas a maioria delas eram apenas grosseiras. Que mente suja tinha aquela gente antiga, na minha opinião.

Quando voltamos para a varanda, Mrs. Mercado estava sentada polindo as unhas. Ela as estava erguendo diante de si, admirando o efeito. Da minha parte, pensei que dificilmente se poderia imaginar algo mais horrível do que aquele vermelho-alaranjado.

Mrs. Leidner trouxe da sala de antiguidades um pires muito delicado, quebrado em vários pedaços, e então começou a juntá-los. Eu a observei por um ou dois minutos e então perguntei se poderia ajudar.

— Oh, sim, há muito mais. — Ela foi buscar um grande suprimento de cerâmica quebrada e começamos a trabalhar. Eu logo peguei o jeito e ela elogiou minha habilidade. Suponho que a maioria das enfermeiras é hábil com os dedos.

— Como todos estão ocupados! — disse Mrs. Mercado. — Isso faz com que eu me sinta terrivelmente ociosa. Claro, eu *estou* ociosa.

— E por que não estaria, se quisesse? — disse Mrs. Leidner. Sua voz era bastante desinteressada.

Ao meio-dia almoçamos. Em seguida, o Dr. Leidner e Mr. Mercado limparam um pouco da cerâmica, despejando sobre ela uma solução de ácido clorídrico. Um vaso ficou com uma linda cor de ameixa e um padrão de chifres de touros surgiu em outro. Foi realmente muito mágico. Toda a lama seca, que nenhuma lavagem removeria, espumou e evaporou.

Mr. Carey e Mr. Coleman saíram para a escavação e Mr. Reiter foi para o ateliê fotográfico.

— O que vai fazer agora, Louise? — perguntou o Dr. Leidner à esposa. — Suponho que vai descansar um pouco?

Concluí que Mrs. Leidner costumava se deitar todas as tardes.

— Vou descansar por cerca de uma hora. Então, talvez eu saia para dar um pequeno passeio.

— Bom. A enfermeira irá com a senhora, não é?

— Claro — eu disse.

— Não, não — disse Mrs. Leidner. — Gosto de ir sozinha. A enfermeira não deve se sentir tão ocupada a ponto de eu não poder sair de suas vistas.

— Oh, mas eu gostaria de ir — falei.

— Não, sério, eu preferiria que a senhorita não fosse. — Ela foi bastante firme, quase peremptória. — Preciso ficar sozinha de vez em quando. É necessário para mim.

Não insisti, é claro. Mas, enquanto eu mesma saía para dormir um pouco, pareceu-me estranho que Mrs. Leidner, com seus terrores nervosos, ficasse satisfeita em caminhar sozinha, sem nenhum tipo de proteção.

Quando saí do meu quarto às 15h30, o pátio estava deserto, exceto por um garotinho com uma grande banheira de cobre onde lavava cerâmica, e Mr. Emmott, que estava separando e arrumando tudo. Enquanto eu ia na direção deles, Mrs. Leidner entrou pela arcada. Ela parecia mais animada do que já a tinha visto. Seus olhos brilhavam e ela parecia empolgada, quase alegre.

O Dr. Leidner saiu do laboratório e juntou-se a ela. Ele estava mostrando a ela um grande prato com chifres de touros.

— As camadas pré-históricas estão sendo extraordinariamente produtivas — disse ele. — Tem sido uma boa temporada até agora. Encontrar aquela tumba logo no início foi um verdadeiro golpe de sorte. A única pessoa que pode reclamar é o Padre Lavigny. Quase não tivemos tabuletas até agora.

— Ele não parece ter feito muita coisa com as poucas que tivemos — disse Mrs. Leidner, seca. — Ele pode ser um excelente epigrafista, mas é bastante preguiçoso. Ele passa todas as tardes dormindo.

— Estamos sentindo falta do Byrd — disse o Dr. Leidner.

— Este homem me parece um pouco heterodoxo, embora, é claro, eu não seja competente para julgar. Mas uma ou duas de suas traduções foram surpreendentes, por assim dizer. Não consigo acreditar, por exemplo, que ele esteja certo sobre a inscrição daquele tijolo, mas ele deve saber.

Depois do chá, Mrs. Leidner me perguntou se eu gostaria de caminhar até o rio. Achei que talvez ela temesse que sua recusa em me deixar acompanhá-la no início da tarde pudesse ter ferido meus sentimentos.

Eu queria que ela soubesse que eu não era do tipo sensível, então aceitei imediatamente.

Foi um entardecer adorável. Uma trilha levava por entre campos de cevada e depois por algumas árvores frutíferas em flor. Finalmente chegamos à beira do rio Tigre. Imediatamente à nossa esquerda estava Tell Yarimjah, com os trabalhadores cantando seu canto monótono esquisito. Um pouco à nossa direita havia um grande moinho d'água que fazia um barulho estranho. Costumava me fazer cerrar os dentes no começo. Mas no final passei a gostar dele e teve um estranho efeito calmante em mim. Para além do moinho d'água havia a aldeia de onde vinha a maioria dos trabalhadores.

— É bem bonito, não acha? — disse Mrs. Leidner.

— É muito pacífico — falei. — É engraçado para mim estar tão longe de todos os lugares.

— Longe de todos os lugares — repetiu Mrs. Leidner. — Sim. Pelo menos aqui se pode esperar que se esteja seguro.

Olhei para ela bruscamente, mas acho que ela estava falando mais para si mesma do que para mim, e não acho que percebeu que suas palavras foram reveladoras.

Começamos a voltar para casa.

De repente, Mrs. Leidner agarrou meu braço com tanta violência que quase gritei.

— Quem é aquele ali, enfermeira? O que ele está fazendo?

A alguma distância à nossa frente, exatamente onde o caminho passava perto da casa da expedição, um homem estava parado. Ele usava roupas europeias e parecia estar na ponta dos pés e tentando olhar por uma das janelas.

Enquanto o observávamos, ele olhou em volta, nos avistou e imediatamente continuou o caminho em nossa direção. Senti a mão de Mrs. Leidner me apertar.

— Enfermeira — ela sussurrou. — Enfermeira...

— Está tudo bem, minha querida, está tudo bem — falei, de modo tranquilizador. O homem veio e passou por nós. Ele era iraquiano e, assim que o viu por perto, Mrs. Leidner relaxou com um suspiro.

— Era só um iraquiano, afinal — disse ela.

Seguimos nosso caminho. Eu olhei para as janelas enquanto passava. Não apenas estavam barradas, mas também estavam muito acima do chão para permitir que alguém enxergasse, pois o nível do solo era mais baixo aqui do que no interior do pátio.

— Deve ter sido apenas curiosidade — falei.

Mrs. Leidner assentiu.

— Era só isso. Mas por um instante eu pensei... — Ela se interrompeu.

Pensei comigo mesma: "O *que* você pensou? Isso é o que eu gostaria de saber. *O quê foi* que você pensou?"

Mas eu sabia de uma coisa agora: que Mrs. Leidner tinha medo de uma pessoa definitivamente de carne e osso.

Capítulo 8

Alerta noturno

É um pouco difícil saber exatamente o que registrar da semana que se seguiu à minha chegada a Tell Yarimjah.

Olhando em retrospecto, com tudo o que sei agora, posso ver muitos pequenos sinais e indicações para os quais eu estava completamente cega na época.

Para contar a história de maneira adequada, no entanto, creio que devo tentar recapturar a visão que eu tinha então — perplexa, inquieta e cada vez mais consciente de que havia *algo* de errado.

Pois uma coisa *era* certa, aquela curiosa sensação de tensão e sufocamento *não era* imaginação. Era genuína. Até Bill Coleman, um insensível, comentou sobre isso.

— Este lugar me dá nos nervos — o ouvi dizer. — Eles são sempre assim tão taciturnos?

Era com David Emmott que ele falava, o outro assistente. Eu havia simpatizado bastante com Mr. Emmott, mas seus modos taciturnos não eram, eu tinha certeza, hostis. Havia algo nele que parecia muito firme e reconfortante, em uma atmosfera onde não se sabia o que alguém estava sentindo ou pensando.

— Não — disse ele em resposta a Mr. Coleman. — Não foi assim ano passado.

Mas ele não se aprofundou no tema, nem disse mais nada.

— O que não consigo entender é do que se trata — disse Mr. Coleman, num tom de preocupação.

Emmott encolheu os ombros, mas não respondeu.

Tive uma conversa bastante esclarecedora com Miss Johnson. Gostei muito dela. Ela era capaz, prática e inteligente. E tinha, isso era bastante óbvio, uma adoração pelo Dr. Leidner como por um herói.

Nessa ocasião, ela me contou a história de sua vida desde a juventude. Ela conhecia cada local que ele cavara e os resultados da escavação. Eu quase arriscaria dizer que ela poderia citar todas as palestras que ele proferiu. Ela o considerava, isso ela me disse, o melhor arqueólogo de pesquisa de campo vivo.

— E ele é tão simples. Tão completamente desapegado das coisas. Ele não conhece o significado da palavra presunção. Só um homem grandioso pode ser tão simples.

— Isso é verdade — falei. — Pessoas grandiosas não precisam se preocupar com isso.

— E ele é tão espirituoso também, não posso te dizer o quanto nos divertíamos, ele, Richard Carey e eu, nos primeiros anos que estivemos aqui. Éramos uma equipe tão feliz. Richard Carey trabalhou com ele na Palestina, é claro. A amizade deles é de cerca de dez anos. Oh, bem, eu o conheço há sete.

— Que homem bonito é Mr. Carey — falei.

— Sim, suponho que sim — disse ela, de modo brusco.

— Mas ele é um pouco quieto, não acha?

— Ele não costumava ser assim — disse Miss Johnson rapidamente. — Foi só desde...

Ela parou abruptamente.

— Foi só desde...? — eu a instiguei.

— Ah, bem. — Miss Johnson fez seu característico movimento de ombros. — Muitas coisas mudaram hoje em dia.

Não respondi. Eu esperava que ela continuasse, e ela continuou, precedendo suas observações com uma risadinha, como se para diminuir-lhes a importância.

— Receio que sou uma velha conservadora. Eu às vezes acho que, se a esposa de um arqueólogo não está realmente interessada, seria mais sensato que ela não acompanhasse a expedição. Isso com frequência leva a atritos.

— Mrs. Mercado... — sugeri.

— Oh, ela! — Miss Johnson descartou a sugestão. — Eu estava realmente pensando em Mrs. Leidner. Ela é uma mulher muito charmosa, e pode-se entender por que o Dr. Leidner "ficou caidinho por ela", para usar uma gíria. Mas não posso deixar de sentir que ela está deslocada aqui. Ela... isso perturba as coisas.

Portanto, Miss Johnson concordava com Mrs. Kelsey que era Mrs. Leidner a responsável pela atmosfera tensa. Mas então, de onde vieram os próprios temores nervosos de Mrs. Leidner?

— Isso perturba *ele* — disse Miss Johnson seriamente. — Claro que sou... bem, sou como um velho cão fiel porém ciumento. Não gosto de vê-lo tão esgotado e preocupado. Toda a sua mente deveria estar voltada para o trabalho, não para a esposa e seus medos bobos! Se ela está nervosa por vir para lugares remotos, deveria ter ficado na América. Não tenho paciência para pessoas que vêm a um lugar e depois não fazem nada além de reclamar disso!

E então, um pouco receosa por ter dito mais do que pretendia, ela continuou:

— É claro que eu a admiro muito. Ela é uma mulher adorável e sabe ser encantadora, quando quer.

E nisso o assunto morreu.

Pensei comigo mesma que é sempre a mesma coisa, onde quer que mulheres sejam colocadas juntas, há de ocorrer ciúmes. Miss Johnson claramente não gostava da esposa de seu chefe (isso talvez fosse natural), e a não ser que eu estivesse enganada, Mrs. Mercado genuinamente a odiava.

Outra pessoa que não gostava de Mrs. Leidner era Sheila Reilly. Ela foi algumas vezes à escavação, uma vez de carro e duas com algum rapaz a cavalo — digo, em dois cavalos, no caso. Eu tinha a leve impressão de que ela tinha um fraco pelo jovem americano quieto, Emmott. Quando ele estava trabalhando na escavação, ela costumava ficar falando com ele e eu acho que também *ele* admirava *ela*.

Um dia, de modo um tanto imprudente, na minha opinião, Mrs. Leidner fez um comentário sobre isso no almoço.

— A jovem Reilly ainda está caçando David — disse ela, com uma risadinha. — Pobre David, ela te persegue até na escavação! Como as garotas são tolas!

Mr. Emmott não respondeu, mas seu rosto ficou bastante vermelho sob o bronzeado. Ele ergueu os olhos e olhou diretamente para os dela com uma expressão muito curiosa, um olhar direto e firme, com algo de desafiador.

Ela deu um sorriso fraco e desviou o olhar.

Escutei o Padre Lavigny murmurar algo, mas quando eu disse "Perdão?", ele apenas balançou a cabeça e não repetiu seu comentário.

Naquela tarde, Mr. Coleman me disse:

— Para ser sincero, não gostei muito de Mrs. L. no início. Ela costumava pular no meu pescoço toda vez que eu abria minha boca. Mas comecei a entendê-la melhor agora. Ela é uma das mulheres mais gentis que já conheci. Antes que a gente perceba, está contando a ela todas as bobagens em que já se meteu. Ela pega no pé de Sheila Reilly, eu sei, mas Sheila foi um bocado rude com ela algumas vezes. Isso é o pior em Sheila, ela não tem modos. E um temperamento dos diabos!

Isso eu consigo acreditar. O Dr. Reilly a mimava.

— É claro que ela acabaria ficando um tanto convencida, sendo a única mulher jovem no lugar. Mas isso não é desculpa para ela falar com Mrs. Leidner como se Mrs. Leidner fosse sua tia-avó. Mrs. L não é exatamente garotinha, mas é uma mulher um bocado atraente. Um pouco como aquelas fadas que emergem dos pântanos em meio a luzes e nos enfeitiçam. — Ele acrescentou, amargo: — A senhorita não verá Sheila enfeitiçando ninguém. Tudo o que ela consegue é alfinetar as pessoas.

Eu só lembro de outros dois incidentes com algum tipo de relevância.

Um foi quando fui ao laboratório buscar acetona para tirar a cola de meus dedos por remendar a cerâmica. Mr. Mercado estava sentado a um canto, a cabeça apoiada nos braços, e imaginei que estivesse dormindo. Peguei a garrafa que queria e saí com ela.

Naquela noite, para minha grande surpresa, Mrs. Mercado me abordou.

— Você pegou um frasco de acetona do laboratório?

— Sim — falei. — Peguei, sim.

— Sabe muito bem que tem sempre um pequeno frasco guardado na sala de antiguidades.

Ela falou com bastante raiva.

— Tem? Não sabia.

— Sabia, sim! Você só queria ficar bisbilhotando. Sei o que são as enfermeiras hospitalares.

Eu a fiquei a encarando.

— Não sei do que está falando, Mrs. Mercado — falei, com dignidade. — Estou certa de que não pretendo espionar ninguém.

— Ah, não! É claro que não. Acha que não sei para que está aqui?

Sério, por um instante achei que ela tivesse bebido. Fui embora sem dizer mais nada. Mas achei muito estranho.

A outra coisa não era nada de mais. Eu estava tentando atrair um filhote de vira-lata com um pedaço de pão. Contudo, ele era bastante tímido, como todos os cães árabes, e estava convencido de que eu não tinha boas intenções. Ele escapuliu e eu o segui, através da arcada e dobrando a esquina da casa. Virei tão rápido que antes de perceber, tinha dado de cara com Padre Lavigny e um outro homem, parados ali, juntos. E na hora percebi que o segundo homem era o mesmo que Mrs. Leidner e eu tínhamos notado aquele dia, tentando espiar pela janela.

Pedi desculpas e o Padre Lavigny sorriu e, com uma palavra de despedida ao outro homem, voltou para casa comigo.

— A senhorita sabe — disse ele. — Estou muito envergonhado. Sou um estudante de línguas orientais e nenhum dos homens no trabalho consegue me entender! É humilhante, não acha? Eu estava testando meu árabe com aquele homem, que vem da cidade, para ver se me saía melhor, mas ainda não tive muito sucesso. Leidner disse que meu árabe é puro demais.

Isso foi tudo. Mas me ocorreu que era estranho que o mesmo homem ainda estivesse andando ao redor da casa.

Naquela noite, tivemos um susto.

Devia ser cerca de duas da manhã. Tenho o sono leve, como a maioria das enfermeiras precisa ter. Eu estava acordada e sentada na cama quando minha porta se abriu.

— Enfermeira, enfermeira!

Era a voz de Mrs. Leidner, baixa e urgente. Risquei um fósforo e acendi a vela.

Ela estava parada junto à porta num longo roupão azul. Parecia petrificada de terror.

— Há alguém... alguém... no quarto ao lado do meu... eu o ouvi... arranhando a parede.

Eu pulei da cama e fui até ela.

— Está tudo bem — falei. — Estou aqui. Não tenha medo, minha querida.

Ela sussurrou:

— Chame Eric.

Assenti e corri para bater em sua porta. Num instante ele estava conosco. Mrs. Leidner estava sentada em minha cama, sua respiração saindo em grandes arfadas.

— Eu o ouvi — disse ela. — Eu o ouvi... arranhando a parede.

— Alguém na sala de antiguidades? — indagou o Dr. Leidner.

Ele saiu correndo no mesmo instante e me saltou aos olhos o quão diferente esses dois reagiram. O medo de Mrs. Leidner era totalmente pessoal, mas a mente do Dr. Leidner foi direto para seus preciosos tesouros.

— A sala de antiguidades! — suspirou Mrs. Leidner. — É claro! Como fui estúpida!

E se levantando e puxando o vestido em volta de si, ela me pediu para ir com ela. Todos os traços do seu medo induzido pelo pânico haviam desaparecido.

Chegamos à sala de antiguidades e encontramos o Dr. Leidner e Padre Lavigny. Este último também ouviu um barulho, levantou-se para investigar e imaginou ter visto uma luz na sala de antiguidades. Ele demorou para calçar os chinelos e pegar uma lanterna e não encontrou ninguém quando chegou ali. A porta, aliás, estava devidamente trancada, como deveria ser à noite.

Enquanto se assegurava de que nada fora levado, o Dr. Leidner juntou-se a ele.

Não havia mais nada para se saber ali. A porta externa da arcada estava trancada. O guarda jurou que ninguém poderia ter entrado por fora, mas como eles provavelmente estavam dormindo, isso não era conclusivo. Não havia marcas ou vestígios de um intruso e nada havia sido levado.

Era possível que o que alarmou Mrs. Leidner tenha sido o barulho de Padre Lavigny retirando as caixas das prateleiras para se assegurar de que tudo estava em ordem.

Por outro lado, o próprio Padre Lavigny tinha certeza de que (a) tinha escutado passos passando por sua janela, e (b) tinha visto o piscar de uma luz, possivelmente uma lanterna, na sala de antiguidades.

Ninguém mais tinha ouvido ou visto nada.

O incidente tem valor em minha narrativa porque fez com que Mrs. Leidner desabafasse comigo no dia seguinte.

Capítulo 9

A história de Mrs. Leidner

Tínhamos recém terminado de almoçar. Mrs. Leidner foi até seu quarto para descansar, como de costume. Eu a acomodei em sua cama com muitos travesseiros e seu livro, e estava saindo do quarto quando ela me chamou de volta.

— Não vá, enfermeira. Há algo que gostaria de lhe contar.

Voltei para o quarto.

— Feche a porta.

Obedeci.

Ela se levantou da cama e começou a caminhar por todo o quarto. Eu podia ver que ela estava se decidindo sobre algo e não queria interrompê-la. Ela visivelmente passava por uma grande indecisão mental.

Por fim, ela pareceu se acalmar até o ponto necessário. Voltou-se para mim e disse, de modo abrupto:

— Sente-se.

Sentei-me à mesa em silêncio. Ela começou, nervosa:

— Deve estar se perguntando sobre o que é isso tudo.

Eu apenas assenti, sem dizer nada.

— Eu decidi que vou lhe contar… tudo! Eu preciso contar para alguém, ou vou enlouquecer.

— Bem — falei —, eu acho que seria o melhor. Não é fácil saber o que é melhor para alguém quando se é mantido no escuro.

Ela cessou sua andança inquieta e me encarou.

— Sabe do que eu tenho medo?

— Um homem — falei.

— Sim... mas eu não disse de quem, eu disse do quê.

Eu aguardei. Ela disse:

— *Eu tenho medo de ser assassinada!*

Bem, estava claro agora. Não me cabia demonstrar nenhuma preocupação em especial. Ela já beirava a histeria do modo como estava.

— Minha nossa — falei. — Então é isso, não é?

Então ela começou a rir. Ela riu e riu, e lágrimas escorreram por seu rosto.

— O jeito que a senhorita fala isso! — ela ofegou. — O jeito que diz...

— Pronto, pronto — falei. — Não adianta ficar assim — falei com firmeza. Eu a fiz sentar-se, fui até a pia e trouxe uma esponja fria com que umedeci sua testa e seus pulsos.

— Chega de bobagens — falei. — Conte-me tudo de modo calmo e sensato.

Isso a fez parar. Endireitou-se e falou com sua voz normal:

— A senhoria vale ouro, enfermeira. Faz com que eu me sinta com 6 anos. Vou lhe contar tudo.

— Isso mesmo — falei. — Tome seu tempo e não se afobe.

Ela começou a falar, de modo lento e deliberado.

— Quando eu tinha 20 anos, me casei. Um rapaz que trabalhava num de nossos ministérios. Isso foi em 1918.

— Eu sei — disse. — Mrs. Mercado me contou. Ele foi morto na guerra.

Mas Mrs. Leidner balançou a cabeça,

— Isso é o que ela pensa. É o que todos pensam. A verdade é um pouco diferente. Eu era uma menina de patriotismo exaltado, cheia de idealismo. Após alguns meses de casada, eu descobri, por um acidente do acaso, que meu marido era um espião a soldo da Alemanha. Eu descobri que uma informação fornecida por ele levou direto ao afundamento de um navio de transporte americano e à perda de centenas de vidas. Não sei o que outras pessoas teriam feito... mas vou lhe contar o que eu fiz. Fui direto até meu pai, que era do Ministério da Guerra, e contei-lhe a verdade. Frederick *foi* morto na guerra, sim, mas ele foi morto na América... fuzilado como espião.

— Minha nossa senhora! — exclamei. — Que coisa horrível!

— Sim — disse ela. — Foi horrível. Ele era tão querido, tão... gentil... E o tempo todo... mas eu nunca hesitei. Talvez eu estivesse errada.

— É difícil dizer — falei. — Eu certamente não sei o que se deveria fazer.

— O que estou lhe contando nunca foi muito sabido fora do ministério. Para todos os efeitos, meu marido foi para o front e foi morto. Eu recebi muita bondade e gentileza como viúva de guerra.

Sua voz era amarga e eu assenti, compreensiva.

— Muitos queriam se casar comigo, mas eu sempre recusei. Foi um choque muito grande. Não sentia que eu poderia *confiar* em alguém outra vez.

— Sim, posso imaginar como é sentir-se assim.

— E então comecei a gostar muito de um certo rapaz. Eu cedi. E uma coisa incrível aconteceu! Recebi uma carta anônima, de Frederick, dizendo que se eu me casasse com outro homem, ele me mataria!

— De Frederick? Do seu marido morto?

— Sim. Claro, de início pensei que estava louca ou sonhando... Por fim, fui até meu pai. Ele me disse a verdade. Afinal, meu marido não havia levado um tiro. Ele fugiu. Mas sua fuga não lhe serviu de nada. Ele se envolveu em um acidente de trem algumas semanas depois e seu cadáver foi encontrado entre outros. Meu pai escondeu de mim o fato de sua fuga e, como o homem havia morrido de qualquer modo, ele não vira nenhuma razão para me contar qualquer coisa até então. Mas a carta que recebi abriu possibilidades inteiramente novas. Seria talvez verdade que meu marido ainda estivesse vivo? Meu pai abordou a questão do modo mais cuidadoso possível. E declarou que, tanto quanto se podia ter certeza, o corpo que foi enterrado como o de Frederick era de Frederick. Estava um tanto desfigurado, de modo que não podia dizer com absoluta certeza, mas reiterou sua crença solene de que Frederick estava morto e que esta carta era uma farsa cruel e mal-intencionada. A mesma coisa aconteceu mais de uma vez. Se eu parecesse criar intimidade com qualquer homem, recebia uma carta ameaçadora.

— Com a caligrafia do seu marido?

— Isso é difícil de dizer — ela falou devagar. — Eu não tinha cartas dele. Eu só tinha minha memória para ajudar.

— Nenhuma alusão ou palavras em especial que fossem usadas e que pudesse dar-lhe certeza?

— Não. *Havia* certos termos privados entre nós, apelidos, por exemplo. Se um desses tivesse sido usado ou citado, então eu poderia ter certeza.

— Sim — falei pensativa. — Isso é estranho. Parece que não era seu marido. Mas há mais alguém que pudesse ser?

— Há uma possibilidade. Frederick tinha um irmão mais novo, um menino de 10 ou 12 anos na época de nosso casamento. Ele adorava Frederick e Frederick era dedicado a ele. O que aconteceu com este menino, William era seu nome, não sei. Parece-me possível que, por adorar seu irmão tão fanaticamente como adorava, ele possa ter crescido me considerando a responsável direta por sua morte. Ele sempre teve ciúme de mim e pode ter inventado esse esquema como forma de punição.

— É possível — falei. — É impressionante o modo como as crianças se lembram das coisas, quando sofrem um choque.

— Eu sei. Esse menino pode ter dedicado sua vida à vingança.

— Por favor, continue.

— Não há muito mais para contar. Conheci Eric três anos atrás. Eu pretendia nunca me casar. Eric me fez mudar de ideia. Até o dia do nosso casamento, esperei por outra carta ameaçadora. Nenhuma veio. Decidi que quem quer que fosse o escritor, ele estava morto ou cansado de seu esporte cruel. *Dois dias depois do nosso casamento, recebi isso.*

Puxando uma pequena maleta de couro que estava sobre a mesa, ela a destravou, retirou uma carta e me entregou.

A tinta estava ligeiramente desbotada. Estava escrito com uma caligrafia bastante feminina, inclinada para a frente.

Você desobedeceu. Agora não há como escapar. Você deve ser somente a esposa de Frederick Bosner! Você tem que morrer.

— Eu fiquei com medo, mas não tanto quanto estava no começo. Ficar com Eric fez eu me sentir segura. Então, um mês depois, recebi uma segunda carta.

Eu não esqueci. Estou fazendo meus planos. Você tem que morrer. Por que você desobedeceu?

— Seu marido sabe disso?

Mrs. Leidner respondeu devagar.

— Ele sabe que estou sendo ameaçada. Mostrei a ele as duas cartas quando a segunda veio. Ele estava inclinado a pensar que a coisa toda era uma farsa. Também pensou que poderia ser alguém que quisesse me chantagear, fingindo que meu primeiro marido estava vivo. — Ela fez uma pausa e continuou. — Poucos dias após receber a segunda carta, escapamos por pouco de morrer envenenados por gás. Alguém entrou em nosso apartamento depois que havíamos dormido e ligou o gás. Felizmente, acordei e senti o cheiro de gás a tempo. Então perdi minha valentia. Contei a Eric como fui perseguida por anos e disse a ele que tinha certeza de que aquele louco, seja quem for, de fato queria me matar. Acho que, pela primeira vez, realmente achei que fosse Frederick. Sempre havia algo um pouco cruel por trás de sua gentileza. Eric ainda estava, acredito, menos preocupado do que eu. Ele queria ir até a polícia. Naturalmente, eu não queria nem ouvir falar disso. Ao final, nós concordamos que eu deveria acompanhá-lo aqui e que seria sábio se eu não voltasse aos Estados Unidos no verão, mas ficasse em Londres e Paris. Nós seguimos com nosso plano e tudo correu bem. Eu tinha certeza de que agora tudo ficaria bem. Afinal, nós havíamos colocado metade do planeta entre nós e meu inimigo. E então, mais ou menos há três semanas, recebi uma carta, com um selo iraquiano nela. Ela me entregou a terceira carta.

Você pensou que poderia escapar. Você estava errada. Você não pode me enganar e viver. Eu sempre a avisei. A morte chegará em breve.

— E há uma semana... *isto!* Simplesmente largado ali na mesa. Nem sequer foi colocada no correio.

Tirei a folha de papel dela. Havia apenas uma frase rabiscada nela.

Eu cheguei.

Ela me encarou.

— Percebe? A senhorita entende? Ele vai me matar. Pode ser Frederick, pode ser o pequeno William, *mas ele vai me matar.*

Sua voz se elevou com um tremor. Eu tomei seu pulso.

— Pronto, pronto — falei em advertência. — Não se deixe levar. Vamos cuidar da senhora. A senhora tem sais de cheiro?

Ela assentiu com a cabeça na direção do lavabo e eu dei-lhe uma boa dose.

— Assim é melhor — falei, enquanto a cor voltava às suas bochechas.

— Sim, estou melhor agora. Mas, ah, enfermeira, entende por que estou neste estado? Quando vi aquele homem olhando pela minha janela, pensei: ele chegou... Mesmo quando a senhorita veio, fiquei desconfiada. Achei que pudesse ser um homem disfarçado...

— Que ideia!

— Ah, sei que parece absurdo. Mas a senhorita poderia ter estado aliada a ele, talvez nem fosse uma enfermeira hospitalar.

— Mas isso é um absurdo!

— Sim, talvez. Mas eu estava fora de mim.

Fui tomada por uma ideia repentina, e disse:

— A senhora reconheceria seu marido, suponho?

Ela respondeu devagar.

— Nem isso eu sei. São mais de quinze anos. Posso nem reconhecer seu rosto.

Então ela estremeceu.

— Eu o vi uma noite, mas era o rosto de um morto. Houve batidinhas na janela. E então vi um rosto, um rosto morto, medonho e sorridente contra a vidraça. Eu gritei e gritei... E eles disseram que não havia nada lá!

Lembrei-me da história de Mrs. Mercado.

— Não acha — falei, hesitando — que a senhora pode ter sonhado isso?

— Tenho certeza que não!

Eu não tinha tanta certeza. Era o tipo de pesadelo muito provável, dadas as circunstâncias, e que facilmente poderia ser confundido com algo ocorrido acordada. No entanto, nunca contradigo um paciente. Acalmei Mrs. Leidner o melhor que pude e observei que, se algum estranho aparecesse na vizinhança, certamente ficaríamos sabendo.

Creio que a deixei um pouco tranquilizada, fui em busca do Dr. Leidner e contei-lhe nossa conversa.

— Estou feliz que ela lhe contou — disse ele, simplesmente. — Isso me causava uma preocupação terrível. Tenho certeza de que todos aqueles rostos e batidas na vidraça foram pura imaginação da parte dela. Não sei como agir da melhor maneira. O que a senhorita acha de tudo isso?

Não entendi muito bem o tom de sua voz, mas respondi prontamente.

— É possível — falei — que essas cartas sejam apenas uma farsa cruel e maliciosa.

— Sim, é bem provável. Mas o que devemos fazer? Eles a estão deixando louca. Eu não sei o que pensar.

Eu tampouco. Ocorreu-me que era possível haver uma mulher envolvida. Aquelas cartas tinham um tom feminino nelas. Estava pensando em Mrs. Mercado. Supondo-se que por acaso ela tivesse ficado sabendo dos fatos sobre o primeiro casamento de Mrs. Leidner? Ela poderia estar cedendo ao seu desprezo, aterrorizando a outra mulher.

Eu não quis sugerir tal coisa ao Dr. Leidner. É difícil saber como as pessoas vão reagir às coisas.

— Ah, bem — falei, alegremente. — Temos que esperar pelo melhor. Creio que Mrs. Leidner já parece estar mais feliz apenas por falar a respeito. Isso sempre ajuda, sabe. É guardar as coisas que nos prejudica os nervos.

— Estou muito feliz que ela tenha lhe contado — ele repetiu. — É um bom sinal. Isso mostra que ela gosta e confia na senhorita. Eu estava quebrando a cabeça para saber como proceder do melhor modo.

Estava na ponta da minha língua perguntar se ele havia pensado em trocar uma palavrinha com a polícia local, mas depois fiquei feliz por não ter perguntado isso.

O que aconteceu foi isso. No dia seguinte, Mr. Coleman estava indo para Hassanieh para pegar o pagamento dos trabalhadores. Ele também estava pegando todas as nossas cartas para levá-las ao correio aéreo. As cartas, conforme escritas, eram colocadas em uma caixa de madeira no parapeito da janela da sala de jantar. A última coisa a ser feita naquela noite por Mr. Coleman era recolhê-las, e estava separando-as em montes e colocando elásticos em volta delas.

De repente, ele deu um grito.

— O que foi? — perguntei.

Ele estendeu uma carta com um sorriso.

— É a nossa Linda Louise, ela *realmente* não está batendo bem. Ela endereçou uma carta a alguém na rua 42 em Paris, na França. Isso não tem como estar certo, não acha? A senhorita se importaria em levar a carta até ela e perguntar o que *realmente* quis dizer? Ela acabou de ir para a cama.

Peguei a carta com ele e fui até Mrs. Leidner, e ela alterou o endereço.

Foi a primeira vez que vi a caligrafia de Mrs. Leidner e fiquei me perguntando à toa onde a tinha visto antes, pois certamente era-me bastante familiar.

Não foi senão no meio da noite que, de repente, me ocorreu.

Exceto por ser uma letra maior e um tanto mais dispersa, era *extraordinariamente parecida com a escrita nas cartas anônimas.*

Novas ideias passaram pela minha cabeça.

Seria possível que Mrs. Leidner tivesse escrito aquelas cartas sozinha?

E será que o Dr. Leidner não suspeitara um pouco disso?

Capítulo 10

Sábado à tarde

Mrs. Leidner me contou sua história na sexta-feira. Na manhã de sábado havia uma leve sensação de anticlímax no ar.

Mrs. Leidner, em particular, tendeu a ser muito ríspida comigo e evitava de maneira bastante enfática qualquer possibilidade de um *tête-à-tête*. Bem, *isso* não me surpreendeu! Já aconteceu comigo várias vezes. As mulheres contam coisas às enfermeiras em uma explosão súbita de confiança e depois se sentem desconfortáveis com isso e prefeririam não ter contado! É só a natureza humana.

Tive muito cuidado para não aludir ou lembrá-la de modo algum do que ela havia me contado. Mantive minha conversa o mais prosaica possível intencionalmente

Mr. Coleman partiu para Hassanieh pela manhã, indo no caminhão com as cartas na mochila. Ele também tinha algumas encomendas a fazer para os membros da expedição. Era dia de pagamento para os homens e ele teria que ir ao banco tirar o dinheiro em moedas de pequeno valor. Tudo isso era uma coisa demorada e não se esperava que ele voltasse antes da tarde. Suspeitei que ele pudesse estar almoçando com Sheila Reilly.

O trabalho na escavação geralmente não era muito movimentado na tarde do dia de pagamento, pois às 15h30 começava o pagamento.

O garotinho, Abdullah, cuja função era lavar panelas, instalou-se como de costume no centro do pátio e, como sempre, manteve seu estranho canto anasalado. O Dr. Leidner e Mr. Emmott ficariam trabalhando nas cerâmicas até que Mr. Coleman voltasse e Mr. Carey subisse para a escavação.

Mrs. Leidner foi para o quarto descansar. Eu a acomodei como de costume e depois fui para meu quarto, levando um livro comigo, pois não sentia sono. Era então cerca de 12h45 e algumas horas se passaram de forma bastante agradável. Eu estava lendo *Morte na casa de repouso*, uma história muito empolgante, embora eu não ache que o autor soubesse muito sobre como se administra uma casa de repouso! De qualquer forma, nunca conheci uma como essa! Eu realmente me senti inclinada a escrever para o autor e corrigi-lo sobre alguns pontos. Quando finalmente larguei o livro (era a criada ruiva e eu nunca suspeitei dela!) e olhei para meu relógio, fiquei bastante surpresa ao descobrir que eram 14h40!

Levantei-me, ajeitei meu uniforme e saí para o pátio.

Abdullah ainda estava esfregando potes e ainda assobiava seu canto deprimente, e David Emmott estava parado ao seu lado organizando os potes limpos e colocando aqueles que estavam quebrados em caixas no aguardo de que fossem colados. Caminhei na direção deles bem na hora que o Dr. Leidner descia as escadas do terraço.

— Uma tarde nada má — disse ele, animado. — Fiz uma limpeza lá em cima. Louise vai gostar. Ela reclamou recentemente que não havia espaço para se caminhar ao redor. Vou até ela contar a novidade.

Ele foi até a porta de sua esposa, bateu nela e entrou. Deve ter sido, suponho, cerca de um minuto e meio depois que ele saiu novamente. Por acaso eu estava olhando para a porta quando ele o fez. Foi como num pesadelo. Ele entrou um homem animado e bem-disposto. Ele saiu como um bêbado — aos tropeços, com uma expressão esquisita de assombro em seu rosto.

— Enfermeira... — chamou ele, numa voz rouca e esquisita. — Enfermeira...

Na hora vi que havia algo de errado e corri até ele. Ele parecia péssimo, seu rosto estava pálido e trêmulo, e percebi que ele podia desabar a qualquer momento.

— Minha esposa... — disse ele. — Minha esposa... ah, meu Deus...

Passei por ele e entrei no quarto. Então prendi o fôlego.

Mrs. Leidner estava caída num horrível amontoado ao lado da cama.

Me curvei sobre ela. Estava realmente morta, devia ter morrido há uma hora no mínimo. A causa da morte estava bem clara: um terrível golpe na frente da cabeça acima da têmpora direita. Ela devia ter se levantado da cama e sido golpeada onde estava.

Evitei tocá-la mais do que o necessário.

Olhei ao redor do quarto para ver se havia algo que pudesse dar uma pista, mas nada parecia fora do lugar ou mexido. As janelas estavam fechadas e trancadas, e não havia lugar onde o assassino pudesse ter se escondido. Obviamente, ele havia entrado e saído há um bom tempo.

Eu saí, fechando a porta atrás de mim.

A essas alturas o Dr. Leidner já havia desmaiado. David Emmott estava com ele e virou um rosto pálido e inquisitivo na minha direção.

Com poucas palavras e em voz baixa, contei-lhe o que havia acontecido.

Como sempre suspeitei, ele era um tipo de primeira com o qual contar numa adversidade. Ele ficou perfeitamente calmo e dono de si. Aqueles seus olhos azuis arregalaram-se, mas de modo geral não deu nenhum outro sinal.

Ele pensou por um momento e então disse:

— Imagino que precisamos avisar à polícia o quanto antes. Bill deve estar de volta a qualquer momento. O que devemos fazer com Leidner?

— Me ajude a levá-lo até seu quarto.

Ele assentiu.

— Melhor trancar aquela porta antes, imagino — falou ele.

Ele virou a chave na tranca da porta de Mrs. Leidner, então a retirou e me entregou.

— Acho que é melhor a senhorita ficar com isso, enfermeira. Agora vamos.

Juntos, nós erguemos o Dr. Leidner, o carregamos até seu próprio quarto e o deitamos em sua cama. Mr. Emmott saiu em busca de um conhaque. Ele voltou, acompanhado de Miss Johnson.

Sua expressão era preocupada e aflita, mas ela estava calma e controlada, e fiquei satisfeita de deixar o Dr. Leidner em seus cuidados. Apressei-me até o pátio. A caminhonete estava recém voltando pela arcada. Creio que foi um choque para nós ver o rosto rosado e alegre de Bill assim que ele desceu, com seu familiar "alô, alô, alô, chegou a grana".

— Nenhum assalto na estrada... — continuou ele, alegre.

Ele parou de repente.

— Puxa, aconteceu alguma coisa? Qual o problema com vocês todos? Parece que o gato comeu a língua de todo mundo.

Mr. Emmott disse, em poucas palavras:

— Mrs. Leidner morreu... foi morta.

— *Quê*? — O rosto alegre de Bill se alterou de um modo ridículo. Ele nos encarou, com olhos esbugalhados. — Mãe Leidner morta! Vocês só podem estar brincando.

— Morta? — alguém gritou.

Virei-me para ver Mrs. Mercado atrás de mim.

— Disse que Mrs. Leidner foi *morta*?

— Sim — respondi. — Assassinada.

— Não! — Ela suspirou. — Ai, não! Não acredito. Talvez ela tenha cometido suicídio.

— Suicidas não golpeiam a si mesmos na cabeça — respondi, seca. — Foi certamente um assassinato, Mrs. Mercado.

Ela sentou-se de repente num caixote virado e disse:

— Ai, mas isso é horrível... *horrível*...

Claro que era horrível. Não precisávamos que *ela* nos dissesse isso! Perguntei-me se talvez ela estivesse sentindo remorso pelos sentimentos ruins que alimentou contra a falecida e todas as coisas desprezíveis que dissera.

Após alguns minutos, ela perguntou, um tanto sem fôlego:

— O que vocês vão fazer?

Mr. Emmott assumiu o comando, com seus modos tranquilos.

— Bill, é melhor você voltar para Hassanieh assim que puder. Não sei muito sobre o procedimento adequado. Melhor chamar o Capitão Maitland, ele é o encarregado da polícia daqui, eu acho. Pegue o Dr. Reilly primeiro. Ele saberá o que fazer.

Mr. Coleman assentiu. Todo o seu ar brincalhão havia sido espantado. Ele parecia apenas jovem e assustado. Sem dizer uma palavra, pulou na caminhonete e partiu.

Mr. Emmott disse de modo um tanto inseguro:

— Creio que deveríamos fazer uma busca nos arredores.
— Ele ergueu a voz e chamou: — Ibrahim!

— *Na'am.*

O menino veio correndo. Mr. Emmott falou com ele em árabe. Entre os dois deu-se uma conversa vigorosa e coloquial. O menino parecia negar algo enfaticamente.

Por fim, Mr. Emmott disse, num tom perplexo:

— Ele disse que não havia vivalma aqui nesta tarde. Nenhum estranho de tipo algum. Imagino que o sujeito tenha se esgueirado sem que fosse visto.

— É claro que sim — disse Mrs. Mercado. — Ele entrou quando os meninos não estavam olhando.

— Sim — disse Mr. Emmott.

A leve incerteza em sua voz fez com que eu o olhasse intrigada.

Ele se virou e falou com o menino dos potes, Abdullah, perguntando-lhe algo.

O menino respondeu de forma veemente.

A expressão intrigada no rosto de Mr. Emmott aumentou.

— Eu não entendo — ele murmurou baixinho. — Não entendo nada.

Mas ele não me disse o que era que não estava entendendo.

Capítulo 11

Uma coisa peculiar

Estou me atendo tanto quanto possível a contar apenas minha própria parte nessa história. Passarei por cima dos eventos das duas horas seguintes, a chegada do Capitão Maitland e da polícia e do Dr. Reilly. Houve bastante confusão generalizada, perguntas, toda a rotina disso, suponho.

Em minha opinião, voltamos a nos colocar nos trilhos por volta das dezessete horas, quando o Dr. Reilly me pediu para ir com ele ao escritório.

Ele fechou a porta, sentou-se na cadeira do Dr. Leidner, fez-me um sinal para que me sentasse à sua frente e disse de modo enérgico:

— Pois bem, enfermeira, vamos ao que interessa. Há algo muito estranho aqui.

Ajustei os punhos da minha roupa e o encarei de modo interrogativo. Ele sacou um bloco de notas.

— Isso é para meu próprio controle. Agora, que horas eram exatamente quando o Dr. Leidner encontrou o corpo da esposa?

— Creio que fossem quase exatamente 14h45 — falei.

— E como a senhoria sabe disso?

— Bem, olhei o relógio quando me levantei. Eram então 14h40.

— Vamos dar uma olhada neste seu relógio.

Eu o tirei do meu pulso e o estendi para ele.

— Está na hora exata. Que mulher excelente. Bom, *disso* não ficam dúvidas. Agora, a senhorita formou alguma opinião sobre há quanto tempo ela estava morta?

— Ah, doutor, sinceramente — falei. — Prefiro não arriscar.

— Não seja tão profissional. Quero ver se sua estimativa bate com a minha.

— Bem, eu diria que ela estava morta há pelo menos uma hora.

— Foi bem isso. Quando examinei o corpo eram 16h30 e estou inclinado a estabelecer a hora da morte como sendo entre 13h15 e 13h45. Digamos que algo em torno de 13h30. Isso é perto o bastante.

Ele parou e tamborilou os dedos sobre a mesa, de modo pensativo.

— Muito estranho, esse negócio — disse ele. — Pode me falar a respeito disso... a senhorita estava descansando, foi o que disse? Ouviu alguma coisa?

— Às 13h30? Não, doutor. Não ouvi nada às 13h30 ou a qualquer outro momento. Deitei na minha cama das 12h45 até as 14h40 e não escutei nada, exceto aquele barulho monótono que o menino árabe fazia e, ocasionalmente, Mr. Emmott gritando para o Dr. Leidner no telhado.

— O menino árabe... Sim.

Ele franziu a testa.

Nesse momento, a porta se abriu e o Dr. Leidner e o Capitão Maitland entraram. O Capitão Maitland era um homenzinho exigente com um par de olhos cinzentos astutos.

O Dr. Reilly se levantou e indicou ao Dr. Leidner sua cadeira.

— Sente-se, homem. Fico feliz que tenha vindo. Vamos precisar do senhor. Há algo muito esquisito nesse negócio.

O Dr. Leidner baixou a cabeça.

— Eu sei. — Ele olhou para mim. — Minha esposa confiou a verdade à enfermeira Leatheran. Não devemos esconder nada neste momento, enfermeira, então, por favor, diga ao capitão Maitland e ao Dr. Reilly exatamente o que se passou entre a senhorita e minha esposa ontem.

Repeti nossa conversa ponto a ponto, tanto quanto possível. O Capitão Maitland soltava uma exclamação ocasional.

Quando terminei, ele se voltou para o Dr. Leidner.

— E tudo isso é verdade, Leidner... hein?

— Cada palavra que a enfermeira Leatheran disse está correta.

— Que história extraordinária! — disse o Dr. Reilly. — Você sabe onde encontrar essas cartas?

— Não tenho dúvida de que serão encontradas entre os pertences de minha esposa.

— Ela as tirou da maleta que estava em sua mesa — falei. — Então provavelmente ainda estão lá.

Ele se virou para o Capitão Maitland e seu rosto geralmente gentil ficou duro e severo.

— Nem pense em abafar esta história, Capitão Maitland. A única coisa necessária é que este homem seja capturado e punido.

— O senhor acredita que realmente é o ex-marido de Mrs. Leidner? — perguntei.

— A senhorita não acha, enfermeira? — perguntou o Capitão Maitland.

— Bem, creio que isto ainda esteja em aberto — disse eu, hesitante.

— Seja como for — disse o Dr. Leidner —, o homem é um assassino... e devo dizer que também é um lunático perigoso. Ele precisa ser encontrado, Capitão Maitland. Precisa ser. Não deve ser difícil.

O Dr. Reilly disse devagar:

— Pode ser mais difícil do que você pensa... hein, Maitland?

O Capitão Maitland puxou o bigode sem responder. De repente, tive um sobressalto.

— Com licença — falei —, mas há algo que talvez eu deva mencionar.

Contei minha história sobre o iraquiano que tínhamos visto tentando espiar pela janela e de como o vi rondando o local dois dias atrás tentando extrair algo de Padre Lavigny.

— Ótimo — disse o Capitão Maitland —, vamos anotar isso. Será algo para a polícia trabalhar. O homem pode ter alguma ligação com o caso.

— Provavelmente pago para atuar como espião — sugeri. — Para saber quando a barra estava limpa.

O Dr. Reilly esfregou o nariz com um gesto irritado.

— Que diabos — disse ele. — E supondo que a barra não estivesse limpa, hein?

Eu o encarei perplexa. O Capitão Maitland voltou-se para o Dr. Leidner.

— Quero que me escute com atenção, Leidner. Este é um resumo das evidências que temos até agora. Depois do almoço, que foi servido ao meio-dia e terminou às 12h35, sua esposa foi para o quarto acompanhada pela enfermeira Leatheran, que a acomodou confortavelmente. Você mesmo subiu ao telhado, onde passou as duas horas seguintes, certo?

— Sim.

— Desceu do telhado durante todo esse tempo?

— Não.

— Alguém veio falar com você?

— Sim, Emmott costuma fazer isso. Ele ficava indo e vindo entre mim e o menino, que lavava cerâmica lá embaixo.

— Você mesmo olhou para o pátio?

— Uma ou duas vezes, geralmente para chamar Emmott para alguma coisa.

— Em todas as ocasiões, o menino estava sentado no meio do pátio lavando panelas?

— Sim.

— Qual foi o período mais longo em que Emmott esteve com você e ausente do pátio?

O Dr. Leidner refletiu.

— É difícil dizer... talvez dez minutos. Pessoalmente, devo dizer dois ou três minutos, mas sei por experiência que meu senso de tempo não é muito bom quando estou absorto e concentrado no que estou fazendo.

O Capitão Maitland olhou para o Dr. Reilly. O último acenou com a cabeça.

— É melhor começarmos a trabalhar — disse ele.

O Capitão Maitland tirou um pequeno bloco de notas e o abriu.

— Escute só, Leidner, vou ler para você exatamente o que cada membro de sua expedição estava fazendo entre uma e duas da tarde.

— Mas seguramente...

— Espere. Você verá a direção que estou tomando em um minuto. Primeiro Mr. e Mrs. Mercado. Mr. Mercado diz que estava trabalhando em seu laboratório. Mrs. Mercado diz que estava no quarto lavando o cabelo. Miss Johnson diz que estava na sala de estar tirando impressões de selos cilíndricos. Mr. Reiter diz que estava revelando chapas no quarto escuro. O Padre Lavigny diz que estava trabalhando em seu quarto. Quanto aos dois membros restantes da expedição, Carey e Coleman, o primeiro estava na escavação e Coleman em Hassanieh. Isso é tudo quanto aos membros da expedição. Agora, os criados. O cozinheiro, seu camarada indiano, estava sentado do lado de fora da arcada, conversando com o guarda e depenando algumas aves. Ibrahim e Mansur, os meninos da casa, juntaram-se a ele por volta das 13h15. Os dois ficaram rindo e conversando até as 14h30, *quando sua esposa já estava morta*.

O Dr. Leidner se inclinou para a frente.

— Eu não entendo... o senhor me confunde. O que está insinuando?

— Existe algum meio de acesso ao quarto de sua esposa, que não seja pela porta que dá para o pátio?

— Não. Há duas janelas, mas são fortemente gradeadas e, além disso, acho que estavam fechadas.

Ele me olhou de modo interrogativo.

— Elas foram fechadas e trancadas por dentro — falei de pronto.

— Em todo caso — disse o Capitão Maitland —, mesmo se estivessem abertas, ninguém poderia ter entrado ou saído do quarto desse modo. Meus companheiros e eu nos certificamos disso. É o mesmo com todas as outras janelas que dão para campo aberto. Todas elas têm barras de ferro e todas as barras estão em boas condições. Para entrar no quarto de sua esposa, um estranho *precisa* ter passado pela porta da arcada do pátio. Mas temos a garantia unânime do guarda, do cozinheiro e do criado de que *ninguém fez isso*.

O Dr. Leidner levantou-se de um salto.

— O que quer dizer? O que quer dizer?

— Controle-se, homem — disse o Dr. Reilly, com calma. — Sei que é um choque, mas isso tem que ser encarado. O *assassino não veio de fora*, então ele deve ter vindo *de dentro*. Ao que parece, Mrs. Leidner foi assassinada *por um membro de sua própria expedição*.

Capítulo 12

"Eu não acreditei..."

— Não. Não!

O Dr. Leidner levantou num pulo e ficou caminhando para cima e para baixo de modo agitado.

— O que você diz é impossível, Reilly. Absolutamente impossível. Um de nós? Ora, cada membro da expedição era devotado a Louise!

Uma expressãozinha estranha fez os cantos da boca do Dr. Reilly baixarem. Dadas as circunstâncias, era difícil para ele dizer qualquer coisa, mas se alguma vez o silêncio de um homem foi eloquente, foi o dele naquele minuto.

— Totalmente impossível — reiterou o Dr. Leidner. — Eles eram todos devotados a ela, Louise tinha um charme maravilhoso. Todo mundo sentia isso.

O Dr. Reilly tossiu.

— Com licença, Leidner, mas no fim das contas essa é só sua opinião. Se algum membro da expedição não gostasse de sua esposa, eles naturalmente não anunciariam o fato para você.

O Dr. Leidner parecia angustiado.

— Verdade, muito verdade. Mas mesmo assim, Reilly, acho que você está errado. Tenho certeza de que todos gostavam de Louise. — Ele ficou em silêncio por um ou dois momentos e então explodiu: — Essa sua ideia é infame. É... é francamente incrível.

— O senhor não pode escapar dos, hum, dos fatos — disse o Capitão Maitland.

— Fatos? Fatos? Mentiras contadas por um cozinheiro indiano e dois meninos árabes. Você conhece esses tipos tão bem quanto eu, Reilly, você também, Maitland. A verdade em si não significa nada para eles. Eles dizem o que você quer que digam por uma mera questão de educação.

— Neste caso — disse o Dr. Reilly, ríspido —, eles estão dizendo o que não queremos que digam. Além disso, conheço os hábitos de sua casa muito bem. Do lado de fora do portão há uma espécie de clube social. Sempre que venho aqui à tarde, encontro a maioria de sua equipe lá. É o lugar natural para eles estarem.

— Mesmo assim, acho que você está presumindo demais. Por que esse homem, este demônio, não poderia ter entrado mais cedo e se escondido em algum lugar?

— Concordo que não é totalmente impossível — disse o Dr. Reilly com frieza. — Vamos presumir que um estranho de alguma forma *conseguiu* entrar sem ser visto. Ele teria que permanecer escondido até o momento certo (e certamente não poderia ter feito isso no quarto de Mrs. Leidner, lá não há cobertura) e correr o risco de ser visto entrando e saindo do quarto, com Emmott e o menino no pátio a maior parte do tempo.

— O menino. Eu tinha esquecido do menino — disse o Dr. Leidner. — Um rapazinho esperto. Mas com certeza, Maitland, o menino *deve* ter visto o assassino entrar no quarto da minha esposa?

— Nós já esclarecemos isso. O menino lavou panelas a tarde inteira, com uma exceção. Em algum momento por volta de 13h30, Emmott não consegue ser mais preciso do que isso, ele subiu até o telhado e ficou com você por dez minutos. É isso mesmo, não é?

— Sim. Não posso dizer-lhe a hora exata, mas deve ter sido mais ou menos isso.

— Muito bem. Ora, durante aqueles dez minutos, o menino, aproveitando a chance de ficar ocioso, saiu e se juntou aos outros do lado de fora do portão para uma conversa. Quando Emmott desceu, encontrou o menino ausente e o chamou com raiva, perguntando o que ele estava pensando ao deixar o trabalho. Pelo que se pode dizer, *sua esposa deve ter sido assassinada durante aqueles dez minutos.*

Com um gemido, o Dr. Leidner sentou-se e escondeu o rosto nas mãos.

O Dr. Reilly retomou a história, sua voz calma e objetiva.

— O tempo se encaixa com minha evidência — disse ele.

— Ela estava morta há cerca de três horas quando a examinei. A única a questão é: quem fez isso?

Houve um silêncio. O Dr. Leidner endireitou-se na cadeira e passou a mão na testa.

— Admito a força do seu raciocínio, Reilly — disse ele, calmamente. — Certamente parece que foi o que se chama de "um trabalho interno". Mas estou convencido de que em algum lugar há um erro. É plausível, mas deve haver uma falha nisso. Para começar, você está presumindo que tenha ocorrido uma incrível coincidência.

— Estranho você usar essa palavra — disse o Dr. Reilly.

Sem prestar atenção, o Dr. Leidner continuou:

— Minha esposa recebe cartas ameaçadoras. Ela tem motivos para temer certa pessoa. Então ela é... assassinada. E você me pede para acreditar que ela foi morta, não por aquela pessoa, mas por alguém totalmente diferente! Eu digo que isso é ridículo.

— Parece ser, sim — disse Reilly, pensativo.

Ele olhou para o Capitão Maitland.

— Coincidência, hein? O que acha, Maitland? Você concorda com a ideia? Devemos sugerir ao Leidner?

O Capitão Maitland assentiu com a cabeça.

— Vá em frente — disse ele, brevemente.

— Já ouviu falar de um homem chamado Hercule Poirot, Leidner?

O Dr. Leidner olhou para ele, perplexo.

— Acho que já ouvi o nome, sim — disse ele vagamente.

— Certa vez, ouvi um Mr. Van Aldin falar dele em termos muito elevados. Ele é um detetive particular, não é?

— Esse é o homem.

— Mas com certeza ele mora em Londres, então como isso vai nos ajudar?

— Ele mora em Londres, é verdade — disse o Dr. Reilly —, mas é aqui que entra a coincidência. Ele está agora, não em Londres, mas na Síria, e *ele vai realmente passar por Hassanieh a caminho de Bagdá amanhã*!

— Quem lhe disse isso?

— Jean Berat, o cônsul francês. Ele jantou conosco ontem à noite e estava falando sobre ele. Parece que ele estava desvendando algum escândalo militar na Síria. Está vindo para visitar Bagdá e depois retornará pela Síria para Londres. Que tal essa coincidência?

O Dr. Leidner hesitou por um instante e olhou o Capitão Maitland como se pedisse desculpas.

— O que acha, Capitão Maitland?

— Uma ajuda seria bem-vinda — o Capitão Maitland respondeu de pronto. — Meus compatriotas são bons em vasculhar o interior e investigar rixas de sangue entre árabes, mas sinceramente, Leidner, essa coisa da sua esposa parece estar meio fora da minha alçada. A coisa toda parece bastante suspeita. Estou mais do que disposto a ter o camarada dando uma olhada no caso.

— Sugere que eu peça a esse tal Poirot para que nos ajude? — disse o Dr. Leidner. — E supondo que ele recuse?

— Ele não vai recusar — respondeu o Dr. Reilly.

— Como sabe?

— Porque sou também um profissional. Se um caso realmente complicado de, digamos, meningite cérebro-espinhal surgir em meu caminho e eu for convidado a dar uma ajuda, não seria capaz de recusar. Este não é um crime comum, Leidner.

— Não — disse o Dr. Leidner. Seus lábios se contraíram com uma dor repentina. — Então você poderia, Reilly, abordar este Hercule Poirot em meu nome?

— Farei isso.

O Dr. Leidner fez um gesto de agradecimento.

— Mesmo agora — disse ele lentamente — não consigo aceitar... que Louise está realmente morta.

Eu não aguentei mais.

— Oh! Dr. Leidner — eu explodi. — Não posso lhe dizer como me sinto mal por isso. Eu falhei muito em meu dever. Era meu trabalho cuidar de Mrs. Leidner, de protegê-la do perigo.

O Dr. Leidner balançou a cabeça gravemente.

— Não, não, enfermeira, não há nada a ser censurado na senhorita — ele falou devagar. — Sou eu, Deus me perdoe, que sou o culpado... Eu não acreditei, o tempo todo eu não acreditei... Não sonhei nem por um momento que havia algum perigo real...

Ele levantou. Seu rosto se contraiu.

— Eu a deixei ir na direção de sua morte... Sim, eu a deixei ir para sua morte, não acreditando...

Ele cambaleou para fora da sala. O Dr. Reilly olhou para mim.

— Eu também me sinto culpado — disse ele. — Pensei que aquela boa senhora estivesse brincando com ele.

— Eu também não levei muito a sério — confessei.

— Estávamos todos os três errados — comentou o Dr. Reilly, gravemente.

— É o que parece — disse o Capitão Maitland.

Capítulo 13

Chega Hercule Poirot

Não creio que jamais esquecerei a primeira vez que vi Hercule Poirot. É claro, eu me acostumei a ele depois, mas no começo foi um choque, e imagino que todos os demais sentiram o mesmo! Não sei o que eu havia imaginado, algo como Sherlock Holmes, alto e esguio com um rosto esperto e arguto. É claro, eu sabia que ele era um estrangeiro, mas eu não esperava que ele fosse ser *tão* estrangeiro assim, se é que você me entende. Dava vontade de rir só de olhar! Ele era como algo saído dos palcos ou de um filme. Para começo de conversa, não tinha mais do que 1,60 metro, acho eu — um homenzinho peculiar, roliço, um tanto velho, com um bigode enorme e uma cabeça em forma de ovo. Ele parecia um cabeleireiro em comédias.

E esse era o homem que iria descobrir quem matou Mrs. Leidner!

Suponho que algo de meu desdém transpareceu em meu rosto, pois quase na mesma hora ele me falou, com uma estranha piscada de olho:

— A senhora não me aprova, *ma soeur*? Lembre-se, o pudim só se prova bom quando você o come.

Eu *acho* que ele quis dizer que é comendo o pudim que se prova sua qualidade. Bem, isso é verdade, mas não posso dizer que eu estava tão confiante assim.

O Dr. Reilly o trouxe em seu carro no domingo logo após o almoço, e seu primeiro procedimento foi pedir a todos nós que nos reuníssemos.

O fizemos na sala de jantar, todos sentados ao redor da mesa. Mr. Poirot sentou-se à frente, com o Dr. Leidner de um lado e o Dr. Reilly do outro.

Quando estávamos todos reunidos, o Dr. Leidner pigarreou e falou com sua voz gentil e hesitante.

— Atrevo-me a dizer que todos já ouviram falar de M. Hercule Poirot. Ele estava de passagem por Hassanieh hoje e, muito gentilmente, concordou em interromper sua viagem para nos ajudar. A polícia iraquiana e o Capitão Maitland estão, tenho certeza, fazendo o seu melhor, mas... mas há circunstâncias no caso... — Ele se atrapalhou e lançou um olhar de súplica para o Dr. Reilly. — Ao que parece, pode haver dificuldades...

— Algo está fora do enquadramento, não? — disse o homenzinho no topo da mesa. Ora, ele nem conseguia falar inglês direito!

— Oh, ele *precisa* ser capturado! — disse Mrs. Mercado. — Seria insuportável se ele conseguisse escapar!

Percebi os olhinhos do estrangeiro se detento nela de modo analítico.

— Ele? Quem é *ele*, madame? — perguntou.

— Ora, o assassino, é claro.

— Ah! O assassino — disse Hercule Poirot.

Ele falava como se o assassino fosse algo sem importância alguma!

Todos nós o encaramos. Ele olhou de um rosto para outro.

— É provável, imagino — disse ele —, que nenhum dos senhores já esteve em contato com um caso de assassinato antes?

Houve um murmúrio geral de assentimento.

Hercule Poirot sorriu.

— Fica claro, portanto, que os senhores não compreendem o beabá desta posição. Existem coisas desagradáveis!

Sim, existem muitas coisas desagradáveis. Para começar, há *suspeita*.

— Suspeita?

Foi Miss Johnson quem falou. Mr. Poirot olhou para ela pensativo. Tive a impressão de que ele a considerava com aprovação. Ele parecia estar pensando: "Aqui está uma pessoa sensata e inteligente!"

— Sim, *mademoiselle* — disse ele. — Suspeita! Não vamos fazer rodeios quanto a isso. *Todos aqui nesta casa estão sob suspeita.* O cozinheiro, o criado, o ajudante de cozinha, o lavador de pratos, sim, e todos os membros da expedição também.

Mrs. Mercado deu um salto, com o rosto agitado.

— Como *ousa*? Como ousa dizer uma coisa dessas? Isso é odioso, insuportável! Dr. Leidner, o senhor não pode ficar aí sentado e deixar esse homem... deixar esse homem...

O Dr. Leidner disse, cansado:

— Por favor, tente ficar calma, Marie.

Mr. Mercado também se levantou. Suas mãos tremiam e seus olhos estavam injetados.

— Eu concordo. É um ultraje, um insulto...

— Não, não — disse Mr. Poirot. — Eu não insulto o senhor. Simplesmente peço a todos que encarem os fatos. *Em uma casa onde um assassinato foi cometido, todo morador recebe certa parcela de suspeita.* Eu pergunto aos senhores: que evidência existe de que o assassino veio de fora?

— Mas é claro que ele veio! — disse Mrs. Mercado. — É o mais lógico! Ora... — Ela parou e disse mais devagar. — Qualquer outra coisa seria inacreditável!

— A senhora sem dúvida está correta, *madame* — disse Poirot com uma reverência. — Apenas explicarei à senhora como o assunto deve ser abordado. Primeiro, eu me asseguro do fato de que todos nesta sala são inocentes. Depois disso, procuro o assassino em outro lugar.

— Não é possível que isso seja um pouco tardio? — perguntou o Padre Lavigny, suavemente.

— A tartaruga, *mon père*, ultrapassou a lebre.

O Padre Lavigny encolheu os ombros.

— Estamos em suas mãos — disse ele, resignado. — Convença-se o mais rápido possível da nossa inocência neste negócio terrível.

— O mais rápido possível. É meu dever deixar-lhes minha posição o mais clara possível, para que não se ressintam da impertinência de quaisquer perguntas que eu venha a fazer. Talvez, *mon père*, a Igreja possa dar o exemplo?

— Faça-me todas as perguntas que quiser — disse o Padre Lavigny, muito sério.

— Esta é sua primeira temporada aqui?

— Sim.

— E o senhor chegou... quando?

— Fez três semanas ontem. Ou seja, no dia 27 de fevereiro.

— Vindo de?

— Da Ordem dos *Pères Blancs* em Cartago.

— Obrigada, *mon père*. O senhor já conhecia Mrs. Leidner antes de vir aqui?

— Não, eu nunca tinha visto a senhora até conhecê-la aqui.

— Pode me dizer o que o senhor estava fazendo no momento da tragédia?

— Eu estava trabalhando em algumas tabuletas cuneiformes em meu próprio quarto.

Percebi que Poirot tinha a seu lado uma planta grosseira do prédio.

— Essa é a sala no canto sudoeste correspondente à de Mrs. Leidner no lado oposto?

— Sim.

— A que horas o senhor foi para seu quarto?

— Imediatamente após o almoço. Creio que cerca de 12h40.

— E o senhor permaneceu lá até... quando?

— Pouco antes das quinze horas. Eu tinha escutado a caminhonete voltar e então a ouvi partir novamente. Me perguntei por que e vim ver.

— Durante o tempo em que o senhor esteve lá, o senhor saiu do quarto?

— Não, nem uma vez.

— E o senhor não ouviu ou viu nada que pudesse ter qualquer relação com a tragédia?

— Não.

— O senhor não tem uma janela no seu quarto que dá para o pátio?

— Não, as duas janelas dão para os campos.

— O senhor conseguiu ouvir o que estava acontecendo no pátio?

— Não muito. Escutei Mr. Emmott passando pelo meu quarto e subindo para o telhado. Ele fez isso uma ou duas vezes.

— O senhor consegue se lembrar em que horas?

— Não, infelizmente não consigo. Eu estava concentrado em meu trabalho, sabe.

Houve uma pausa e então Poirot disse:

— O senhor sabe dizer ou sugerir algo que possa lançar luz sobre esse negócio? O senhor, por exemplo, notou alguma coisa nos dias anteriores ao assassinato?

O Padre Lavigny parecia ligeiramente incomodado. Ele lançou um olhar meio questionador para o Dr. Leidner.

— Essa é uma pergunta bastante difícil, *monsieur* — disse ele, muito sério. — Se me perguntar, devo responder francamente que, em minha opinião, Mrs. Leidner estava claramente com medo de alguém ou de alguma coisa. Ela estava definitivamente nervosa com estranhos. Imagino que ela tivesse um motivo para esse nervosismo, mas não sei de nada. Ela não confiou nada a mim.

Poirot pigarreou e consultou algumas anotações que segurava nas mãos.

— Há duas noites, soube que houve uma suspeita de roubo.

Padre Lavigny respondeu de modo afirmativo e contou sua história sobre a luz vista na sala de antiguidades e a subsequente busca sem resultados.

— O senhor acredita, então, que alguma pessoa não autorizada estava nas instalações naquele momento?

— Não sei o que pensar — disse o Padre Lavigny com franqueza. — Nada foi levado ou mexido de forma alguma. Pode ter sido um dos meninos da casa...

— Ou um membro da expedição?

— Ou um membro da expedição. Mas nesse caso não haveria razão para a pessoa não admitir o fato.

— Mas também *poderia* ter sido um estranho vindo de fora?

— Suponho que sim.

— E supondo que um estranho *tenha* estado no local, ele poderia ter se escondido com sucesso durante o dia seguinte e até a tarde do dia posterior a esse?

Ele fez a pergunta em parte ao Padre Lavigny e em parte ao Dr. Leidner. Os dois homens analisaram a questão com cuidado.

— Eu acho que dificilmente isso seria possível — disse enfim o Dr. Leidner, com alguma relutância. — Não vejo onde ele poderia se esconder, não é, Padre Lavigny?

— Não, não, eu não vejo onde.

Ambos os homens pareciam relutantes em pôr de lado a sugestão. Poirot voltou-se para Miss Johnson.

— E a senhorita, *mademoiselle*? Considera tal hipótese viável?

Depois de pensar por um momento, Miss Johnson balançou a cabeça.

— Não — disse ela. — Não vejo como. Onde alguém poderia se esconder? Os quartos estão todos em uso e, em todo caso, são pouco mobiliados. A sala escura, a sala de desenho e o laboratório estavam todos em uso no dia seguinte, assim como todas essas salas. Não há armários ou cantos. Talvez, se os criados estivessem em conluio...

— Isso é possível, mas improvável — disse Poirot. Ele se voltou mais uma vez para o Padre Lavigny.

— Há outro ponto. Outro dia, a enfermeira Leatheran notou que o senhor conversava com um homem do lado de fora. Ela havia notado anteriormente aquele mesmo homem tentando espiar por uma das janelas pelo lado de fora. Parece que o homem estava rondando o lugar deliberadamente.

— Isso é possível, claro — disse Padre Lavigny, pensativo.

— Foi o senhor quem falou primeiro com este homem ou ele que falou com o senhor?

Padre Lavigny pensou por um instante.

— Creio... sim, tenho certeza de que ele falou comigo primeiro.

— O que ele disse?

O Padre Lavigny fez um esforço de memória.

— Ele disse, acho, algo no sentido de saber se esta é a casa da expedição americana? E então outra coisa sobre os americanos empregando muitos homens no trabalho. Eu realmente não o entendia muito bem, mas me esforcei para manter uma conversa para melhorar meu árabe. Pensei, talvez, que sendo um morador da cidade, ele me entenderia melhor do que os homens na escavação.

— Os senhores conversaram sobre mais alguma coisa?

— Pelo que me lembro, falei que Hassanieh era uma cidade grande, e então concordamos que Bagdá era maior, e acho que ele perguntou se eu era um armênio ou um católico sírio, algo assim.

Poirot assentiu com a cabeça.

— O senhor poderia descrevê-lo?

Mais uma vez, o Padre Lavigny franziu a testa, pensativo.

— Ele era um homem bastante baixo — disse por fim. — E bem constituído. Ele tinha um estrabismo muito perceptível e pele clara.

Mr. Poirot se virou para mim.

— Isso está de acordo com o modo como a senhorita o descreveria? — perguntou ele.

— Não exatamente — falei, hesitante. — Eu diria que ele era alto, ao invés de baixo, e de pele muito escura. Ele me parecia ter um corpo bastante esguio. Não percebi nenhum estrabismo.

· MORTE NA MESOPOTÂMIA ·

Mr. Poirot encolheu os ombros em desespero.

— É sempre assim! Se os senhores fossem da polícia, saberiam disso! As descrições do mesmo homem feitas por duas pessoas diferentes nunca batem. Cada detalhe é contradito.

— Estou bastante certo quando ao estrabismo — disse o Padre Lavigny. — A enfermeira Leatheran pode estar certa sobre os outros pontos. A propósito, quando disse que ele tinha pele clara, quis dizer clara para um iraquiano. Imagino que a enfermeira considere isso bastante escuro.

— Muito escuro — falei, de modo obstinado. — Uma cor amarelo-escura.

Vi o Dr. Reilly morder os lábios e sorrir. Poirot ergueu as mãos.

— *Passons*! — disse ele. — Este estranho que está por aí pode ser importante... e pode não ser. De todo modo, ele deve ser encontrado. Vamos continuar nossa investigação.

Ele hesitou por um instante, estudando os rostos voltados para ele ao redor da mesa, e então, com um rápido aceno de cabeça, escolheu Mr. Reiter.

— Vamos, meu amigo — falou. — Nos dê seu relato de ontem à tarde.

O rosto rechonchudo e rosado de Mr. Reiter ficou vermelho.

— Eu? — disse ele.

— Sim, o senhor. Para começar, seu nome e sua idade?

— Carl Reiter, 28 anos.

— Americano, não é?

— Sim, venho de Chicago.

— Esta é sua primeira temporada?

— Sim. Sou o responsável pelas fotografias.

— Ah, sim. E ontem à tarde, de que o senhor se ocupava?

— Bem, eu estava na sala escura na maior parte do tempo.

— Na maior parte do tempo, hein?

— Sim. Primeiro revelei algumas chapas. Depois fiquei arrumando alguns artefatos para fotografar.

— Fora?

— Ah, não, no ateliê fotográfico.

— A sala escura abre-se para o ateliê fotográfico?

— Sim.

— E então o senhor nunca saiu do ateliê?

— Não.

— O senhor notou alguma coisa do que aconteceu no pátio?

O jovem balançou a cabeça.

— Eu não estava percebendo nada — explicou ele. — Estava ocupado. Ouvi o carro voltar e, assim que pude largar o que estava fazendo, saí para ver se havia correspondência. Foi então que eu... escutei.

— E o senhor começou a trabalhar no ateliê fotográfico... quando?

— Às 12h50.

— O senhor conhecia Mrs. Leidner antes de se juntar a esta expedição?

O rapaz balançou a cabeça.

— Não, senhor. Nunca a vi antes de chegar aqui.

— O senhor consegue pensar em alguma coisa, qualquer incidente, por menor que seja, que possa nos ajudar?

Carl Reiter balançou a cabeça.

Ele falou, desamparado:

— Acho que não sei de nada, senhor.

— Mr. Emmott?

David Emmott falou de forma clara e concisa, em sua agradável e suave voz americana.

— Eu fiquei trabalhando com as cerâmicas das 12h45 até as 14h45, supervisionando o menino Abdullah, separando as peças e, ocasionalmente, subindo ao telhado para ajudar o Dr. Leidner.

— Com que frequência o senhor subiu ao telhado?

— Quatro vezes, eu acho.

— Por quanto tempo?

— Em geral alguns minutos, não mais. Mas em uma ocasião, depois de trabalhar por pouco mais de meia hora, fiquei até dez minutos, discutindo o que manter e o que jogar fora.

— E entendo que quando o senhor desceu, descobriu que o menino havia deixado seu posto?

— Sim. Eu o chamei com raiva e ele reapareceu do lado de fora da arcada. Ele saiu para fofocar com os outros.

— Essa foi a única vez que ele deixou o trabalho?

— Bem, mandei-o subir uma ou duas vezes até o telhado com as cerâmicas.

Poirot disse gravemente:

— Nem é necessário perguntar-lhe, Mr. Emmott, se viu alguém entrar ou sair do quarto de Mrs. Leidner durante esse tempo.

Sr. Emmott respondeu prontamente.

— Eu não vi ninguém. Ninguém saiu para o pátio durante as duas horas em que estive trabalhando.

— E o senhor crê, com certeza, que eram 13h30 quando o senhor e o menino se ausentaram e o pátio ficou vazio?

— Não poderia ter sido muito longe dessa hora. Claro, não posso dizer exatamente.

Poirot voltou-se para o Dr. Reilly.

— Isso está de acordo com sua estimativa da hora da morte, doutor?

— Está, sim — disse o Dr. Reilly.

Mr. Poirot coçou seus grandes bigodes encaracolados.

— Creio que podemos sustentar — disse ele, muito sério — que Mrs. Leidner morreu durante aqueles dez minutos.

Capítulo 14

Um de nós?

Houve uma pequena pausa e, nela, uma onda de horror pareceu flutuar ao redor da sala.

Creio que foi naquele momento que pela primeira vez acreditei que a teoria do Dr. Reilly estivesse correta.

Eu *sentia* que o assassino estava na sala. Sentado conosco... escutando. *Um de nós...*

Talvez Mrs. Mercado também sentisse. Pois de súbito ela soltou um gritinho de horror.

— Não consigo evitar — soluçou ela. — Eu... é tão horrível!

— Coragem, Marie — disse o marido.

Ele olhou para nós se desculpando.

— Ela é tão sensível. Ela sente muito as coisas.

— Eu... eu gostava tanto de Louise — soluçou Mrs. Mercado.

Não sei se algo do que senti apareceu em meu rosto, mas de repente descobri que Mr. Poirot estava olhando para mim e que um leve sorriso pairou em seus lábios.

Lancei-lhe um olhar frio e imediatamente ele retomou sua investigação.

— Diga-me, madame — disse ele —, de que modo a senhora passou a tarde de ontem?

— Eu estava lavando meu cabelo — soluçou Mrs. Mercado. — Parece horrível não saber nada a respeito disso. Eu estava muito feliz e ocupada.

— A senhora estava no seu quarto?

— Sim.

— E a senhora não saiu?

— Não. Não até ouvir o carro. Então saí e ouvi o que tinha acontecido. Oh, foi *horrível!*

— Isso a surpreendeu?

Mrs. Mercado parou de chorar. Seus olhos se abriram com ressentimento.

— O que o senhor quer dizer, M. Poirot? O senhor está sugerindo...?

— O que quero dizer, madame? Acabou de nos dizer o quanto gostava de Mrs. Leidner. Ela poderia, talvez, ter confiado algo à senhora.

— Ah, entendo... Não, não, a amada Louise nunca me disse nada, nada importante, quero dizer. Claro, eu podia ver que ela estava terrivelmente preocupada e nervosa. E houve aquelas ocorrências estranhas, mãos batendo nas janelas e tudo mais.

— "Delírios", eu me lembro da senhora ter dito — falei, incapaz de ficar em silêncio.

Fiquei feliz em ver que ela pareceu momentaneamente desconcertada.

Mais uma vez, tive consciência do olhar interessado de Mr. Poirot em minha direção.

Ele resumiu a coisa com um tom formal.

— Estávamos nisso, madame, a senhora estava lavando o cabelo. A senhora não ouviu nada e não viu nada. Existe alguma coisa que possa pensar que seria uma ajuda para nós, de alguma forma?

Mrs. Mercado não parou para pensar.

— Não, de fato não há. É um mistério dos mais profundos! Mas devo dizer que não há dúvida, nenhuma dúvida de que o assassino veio de fora. Ora, é lógico.

Poirot voltou-se para o marido.

— E *monsieur*, o que tem a dizer?

Mr. Mercado sobressaltou-se, nervoso. Cofiou a barba de modo vago.

— Deve ter sido. Deve ter sido — disse ele. — No entanto, como alguém poderia desejar machucá-la? Ela era tão gentil, tão gentil. — Ele balançou a cabeça. — Quem a matou deve ter sido um demônio, sim, um demônio!

— E o senhor, *monsieur*, como passou ontem à tarde?

— Eu? — Ele olhou vagamente.

— O senhor estava no laboratório, Joseph — sua esposa o instigou.

— Ah, sim, eu estava, estava mesmo. Minhas tarefas habituais.

— A que horas o senhor foi para lá?

Mais uma vez, ele olhou desamparado e interrogativamente para Mrs. Mercado.

— Eram 12h50, Joseph.

— Ah, sim, 12h50.

— O senhor saiu no pátio?

— Não, acho que não. — Ele pensou a respeito. — Não, tenho certeza de que não.

— Quando o senhor soube da tragédia?

— Minha esposa veio e me contou. Foi terrível, chocante. Eu mal pude acreditar. Mesmo agora, mal posso acreditar que seja verdade.

De repente, ele começou a tremer.

— É horrível, horrível...

Mrs. Mercado se colocou rapidamente ao seu lado.

— Sim, sim, Joseph, sentimos isso. Mas não devemos nos deixar abalar. Isso torna muito mais difícil para o pobre Dr. Leidner.

Vi um espasmo de dor passar pelo rosto do Dr. Leidner e imaginei que essa atmosfera emocional não era fácil para ele. Ele olhou de soslaio para Poirot como se estivesse suplicando. Poirot respondeu rapidamente.

— Miss Johnson? — disse ele.

— Receio que tenha muito pouco a dizer ao senhor — falou Miss Johnson. Seu tom culto e bem-educado era um calmante depois dos agudos estridentes de Mrs. Mercado. Ela continuou: — Eu estava trabalhando na sala de estar, tirando impressões de alguns selos cilíndricos com massa de modelar.

— E não viu ou notou nada?

— Não.

Poirot lançou-lhe um olhar rápido. Seu ouvido havia captado o que o meu também havia: um leve tom de indecisão.

— Tem certeza, *mademoiselle*? Há algo que lhe venha à cabeça vagamente?

— Não, na verdade não...

— Algo que viu, digamos, com o canto do olho, mal sabendo que viu.

— Não, certamente não — ela respondeu com firmeza.

— Algo que a senhorita *escutou*, então. Ah, sim, algo que não tem certeza se escutou ou não?

Miss Johnson deu uma risada curta e irritada.

— O senhor me pressiona muito, M. Poirot. Receio que esteja me encorajando a dizer o que eu esteja, talvez, apenas imaginando.

— Então havia algo que a senhorita, digamos, imaginou?

Miss Johnson falou devagar, medindo suas palavras num tom distanciado:

— Eu acho, desde então, que em algum momento durante a tarde escutei um choro muito fraco... O que quero dizer é que me arrisco a afirmar que ouvi um grito. Todas as janelas da sala estavam abertas e ouve-se todo tipo de barulho vindo das pessoas que trabalham nas plantações de cevada. Mas veja só, eu tive a impressão na minha cabeça de que era... que foi Mrs. Leidner que eu ouvi. E isso me deixou bastante infeliz. Porque se eu pulasse e corresse para o quarto dela... bem, quem sabe? Eu poderia ter chegado a tempo...

O Dr. Reilly interpôs-se com autoridade.

— Vamos, não comece a colocar isso na sua cabeça — falou ele. — Não tenho dúvida de que Mrs. Leidner (perdoe-me, Leidner) foi abatida no momento em que o homem entrou no quarto e foi esse golpe que a matou. Nenhum segundo golpe foi desferido. Caso contrário, ela teria tido tempo para pedir ajuda e gritar de verdade.

— Ainda assim, poderia ter capturado o assassino — disse Miss Johnson.

— Que horas eram, *mademoiselle*? — perguntou Poirot.

— Perto das 13h30?

— Deve ter sido nesse horário, sim. — Ela refletiu por um minuto.

— Isso se encaixaria — disse Poirot, pensativo. — Não ouviu mais nada, a abertura ou o fechamento de uma porta, por exemplo?

Miss Johnson balançou a cabeça.

— Não, eu não me lembro de nada desse tipo.

— Estava sentada a uma mesa, presumo. Para que lado estava olhando? O pátio? A sala de antiguidades? A varanda? Ou para o campo aberto?

— Eu estava de frente para o pátio.

— De onde estava, a senhorita podia ver o menino Abdullah lavando panelas?

— Ah, sim, se eu erguesse o olhar, mas é claro que estava muito concentrada no que estava fazendo. Toda a minha atenção estava nisso.

— Se alguém tivesse passado pela janela do pátio, a senhorita teria notado?

— Oh, sim, tenho quase certeza disso.

— E ninguém passou?

— Não.

— Mas se alguém tivesse caminhado, digamos, pelo meio do pátio, a senhorita teria notado isso?

— Eu acho que... provavelmente não, a menos que, como falei antes, eu tivesse erguido o olhar para fora da janela.

— A senhorita não notou o menino Abdullah deixar seu trabalho e sair para se juntar aos outros criados?

— Não.

— Dez minutos — meditou Poirot. — Aqueles dez minutos fatais.

Houve um silêncio momentâneo.

Miss Johnson ergueu a cabeça de repente e disse:

— Sabe, M. Poirot, acho que o enganei involuntariamente. Ao refletir sobre isso, não creio que poderia ter escutado qualquer grito vindo do quarto de Mrs. Leidner de onde eu estava. A sala de antiguidades estava entre mim e ela, e eu entendo que suas janelas foram encontradas fechadas.

— Em todo caso, não se preocupe, *mademoiselle* — disse Poirot gentilmente. — Não tem muita importância.

— Não, claro que não. Compreendo isso. Mas, veja, é importante para mim, porque sinto que poderia ter feito algo.

— Não se preocupe, Anne, querida — disse o Dr. Leidner de modo afetuoso. — Seja sensata. O que você ouviu provavelmente foi algum árabe gritando com outro lá longe nos campos.

Miss Johnson enrubesceu um pouco com a gentileza de seu tom. Eu até vi lágrimas brotarem de seus olhos. Ela virou a cabeça e falou de modo ainda mais ríspido do que o normal.

— Provavelmente foi isso. Coisa normal depois de uma tragédia, começar a imaginar coisas que não foram bem assim.

Poirot estava mais uma vez consultando seu bloco de notas.

— Não creio que haja muito mais a ser dito. Mr. Carey?

Richard Carey falou lentamente, de um modo mecânico e rígido.

— Receio não poder acrescentar nada de útil. Eu estava de serviço na escavação. As notícias chegaram até mim lá.

— E o senhor não sabe ou não consegue pensar em nada útil que tenha ocorrido nos dias imediatamente anteriores ao assassinato?

— Nada mesmo.

— Mr. Coleman?

— Eu estava fora durante a coisa toda — disse Mr. Coleman com o que me pareceu uma sugestão de arrependimento em seu tom. — Fui a Hassanieh ontem de manhã conseguir o dinheiro para o salário dos homens. Quando voltei, Emmott me contou o que tinha acontecido e voltei para a caminhonete para chamar a polícia e o Dr. Reilly.

— E antes?

— Bem, senhor, as coisas estavam um pouco agitadas, mas o senhor já sabe disso. Houve o susto da sala de antiguidades e um ou dois antes disso, mãos e rostos na janela, o senhor se lembra, doutor — ele apelou ao Dr. Leidner, que inclinou a cabeça, assentindo.

— Eu acho, sabe, que o senhor vai acabar descobrindo que algum fulano entrou de fora. Deve ter sido algum tipo de mendigo esperto.

Poirot o analisou por um ou dois minutos em silêncio.

— O senhor é inglês, Mr. Coleman? — perguntou ele por fim.

— Isso mesmo, senhor. Totalmente britânico. Cem por cento garantido.

— Esta é sua primeira temporada?

— Exatamente.

— E o senhor é apaixonado por arqueologia?

Essa descrição de si mesmo pareceu causar certo embaraço a Mr. Coleman. Ele ficou bastante corado e lançou ao Dr. Leidner o olhar de um colegial culpado.

— Claro, é tudo muito interessante — ele gaguejou. — Quer dizer, eu não sou exatamente um sujeito inteligente...

Ele se interrompeu de maneira bastante desajeitada. Poirot não insistiu.

Ele bateu na mesa com a ponta do lápis de um modo pensativo, e cuidadosamente endireitou um tinteiro que estava à sua frente.

— Parece então — disse ele — que isso é o mais próximo que podemos chegar no momento. Se algum dos senhores lembrar de algo que tenha escapado de sua memória no momento, não hesite em vir até mim. Será bom agora, acho eu, ter algumas palavras a sós com o Dr. Leidner e o Dr. Reilly.

Era a deixa para dispersar o grupo. Todos nós nos levantamos e saímos em fila. Quando eu estava na metade do caminho, entretanto, uma voz me chamou de volta.

— Talvez — disse M. Poirot — a enfermeira Leatheran faça a gentileza de permanecer. Acho que a ajuda dela será valiosa para nós.

Voltei e retomei meu lugar à mesa.

Capítulo 15

Poirot faz uma sugestão

O Dr. Reilly se levantou de sua cadeira. Quando todos já haviam saído, ele fechou a porta com cuidado. Então, com um olhar inquisitivo para Poirot, se pôs a fechar a janela para o pátio. As demais já estavam fechadas. Então ele também voltou a se sentar à mesa.

— *Bien!* — disse Poirot. — Agora temos privacidade e não seremos perturbados. Podemos falar com liberdade. Nós ouvimos o que os outros membros da expedição tinham para nos dizer e... mas sim, *ma soeur*, o que acha disso?

Eu fiquei vermelha. Não havia dúvida de que o homenzinho esquisito tinha um olhar arguto. Ele viu o pensamento passar pela minha mente, suponho que meu rosto *havia* mostrado com um pouco de clareza demais o que eu estava pensando!

— Ah, não é nada — falei, hesitante.

— Vamos lá, enfermeira — disse o Dr. Reilly. — Não deixe o especialista esperando.

— Não é nada mesmo — falei, apressada. — É que apenas me passou pela cabeça, por assim dizer, que talvez mesmo que alguém soubesse ou suspeitasse de algo, não seria fácil fazê-lo dizer isso na frente de todo mundo, ou mesmo, talvez, na frente do Dr. Leidner.

Um tanto para minha surpresa, M. Poirot balançou a cabeça concordando vigorosamente.

— Exatamente, exatamente. É muito justo o que a senhorita disse aqui. Mas vou explicar. Essa pequena reunião que acabamos de fazer serviu a um propósito. Na Inglaterra, antes das corridas, vocês fazem um desfile com os cavalos, não fazem? Eles passam em frente às arquibancadas para que cada um possa ter a oportunidade de vê-los e julgá-los. Era este o propósito de minha pequena reunião. Para usar um termo esportivo, eu passei os olhos sobre os possíveis campeões.

O Dr. Leidner bradou, com violência:

— Eu não acredito nem por um minuto que *algum* membro de minha expedição esteja implicado neste crime!

E então, voltando-se para mim, ele disse, ordenando:

— Enfermeira, por obséquio, conte a M. Poirot aqui e agora exatamente o que se passou entre a senhorita e minha esposa dois dias atrás.

Assim instada, mergulhei direto na minha própria história, tentando tanto quanto possível lembrar exatamente as palavras e frases que Mrs. Leidner havia usado. Quando terminei, M. Poirot disse:

— Muito bom. Muito bom. A senhorita tem uma mente ordenada e precisa. Será de grande ajuda para mim aqui. — Ele se voltou para o Dr. Leidner. — O senhor tem as cartas?

— Estou com elas aqui. Imaginei que seria a primeira coisa que o senhor iria querer ver.

Poirot as tomou dele e leu, analisando-as com cuidado enquanto o fazia. Eu fiquei um tanto desapontada que ele não tenha jogado algum pó sobre elas ou as examinado com um microscópio ou algo assim, mas percebi que ele não era um homem muito jovem e que seus métodos provavelmente não eram muito atuais. Ele apenas as leu do modo como qualquer um leria uma carta.

E as tendo lido, ele as pôs de lado e limpou a garganta.

— Agora — disse ele — vamos estabelecer os fatos de modo claro e ordenado. A primeira destas cartas foi recebida por sua esposa logo após casar-se com o senhor nos Estados Unidos. Houve outras, mas estas ela destruiu. À primeira carta, seguiu-se uma segunda. Pouco tempo após a segunda carta chegar, vocês dois escaparam por pouco de serem envenenados por gás. Elas começaram a ser enviadas outra vez no começo de sua temporada este ano, isto é, dentro das últimas três semanas. Isto está correto?

— Totalmente.

— Sua esposa demonstrou todos os sinais de pânico e, após consultar-se com o Dr. Reilly, o senhor contratou a enfermeira Leatheran para fazer companhia à sua esposa e apaziguar seus temores?

— Sim.

— Certos incidentes ocorreram... mãos tateando em janelas, um rosto espectral, barulhos na sala de antiguidades. O senhor não testemunhou nenhum desses fenômenos por si próprio?

— Não.

— Na realidade, ninguém o fez, exceto Mrs. Leidner?

— Padre Lavigny viu uma luz na sala de antiguidades.

— Sim, não me esqueci disto.

Ele ficou em silêncio por alguns minutos, então disse:

— Sua mulher deixou um testamento?

— Creio que não.

— E por que não?

— Não parecia necessário, do ponto de vista dela.

— Ela não era uma mulher abastada?

— Sim, a vida toda. Seu pai deixou-lhe uma considerável soma em dinheiro em juros de fundos de investimentos. Ela não podia tocar no principal. Caso morresse, passariam a qualquer filho que ela viesse a ter e, não tendo filhos, ao Museu de Pittstown.

Poirot tamborilou pensativo sobre a mesa.

— Então podemos, acho eu — ele disse —, eliminar um dos motivos neste caso. Compreenda, é o que eu sempre observo primeiro. *Quem se beneficia com a morte do falecido?*

Neste caso é um museu. Fosse de outro modo, tivesse Mrs. Leidner morrido sem testamento mas deixado uma fortuna considerável, eu poderia supor que se mostraria uma questão interessante saber quem herdaria o dinheiro... o senhor, ou um marido anterior. Mas então teria havido esta dificuldade, o marido anterior teria ele próprio que ressuscitar para poder reclamar a herança e imagino que ele então estaria se arriscando a ser preso, ainda que não imagine que uma pena de morte fosse ser aplicada tanto tempo após a guerra. Contudo, essas especulações não precisam ser feitas. Como falei, primeiro eu resolvo a questão do dinheiro. No passo seguinte, eu sempre suspeito do marido ou esposa da pessoa falecida! Neste caso, em primeiro lugar, está provado que o senhor nunca chegou nem perto do quarto de sua esposa ontem à tarde, e em segundo lugar o senhor perde, ao invés de ganhar com a morte de sua esposa, e em terceiro lugar... — Ele parou.

— Sim? — disse o Dr. Leidner.

— Em terceiro lugar — disse Poirot, devagar —, eu posso, creio eu, perceber devoção quando a vejo. Eu acredito, Dr. Leidner, que seu amor por sua esposa era a paixão dominante em sua vida. É isso, não é?

O Dr. Leidner respondeu de modo bastante simples:

— Sim.

Poirot assentiu.

— Portanto — disse ele —, podemos avançar.

— Ora, ora, vamos logo com isso — disse o Dr. Reilly, com alguma impaciência.

Poirot lançou-lhe um olhar de reprovação.

— Meu amigo, não seja impaciente. Num caso como este, tudo deve ser abordado com ordem e método. De fato, é minha regra para todos os casos. Tendo me desfeito de certas possibilidades, nós agora abordamos um ponto muito importante. É vital que, como vocês dizem, todas as cartas sejam postas à mesa. Nada deve ser escondido.

— Certamente — disse o Dr. Reilly.

— É por isso que eu exijo toda a verdade — continuou Poirot.

O Dr. Leidner o encarou surpreso.

— Eu lhe garanto, M. Poirot, que não estou lhe escondendo nada. Eu lhe contei tudo o que sabia. Não escondi nada.

— *Tout de même*, o senhor não me contou *tudo*.

— Contei, sim. Não consigo pensar em nenhum detalhe que tenha me escapado.

Ele parecia bastante perturbado.

Poirot balançou a cabeça gentilmente.

— Não — falou ele. — *O senhor não me disse, por exemplo, por que instalou a enfermeira Leatheran na casa.*

O Dr. Leidner pareceu completamente desorientado.

— Mas eu já expliquei isso. É obvio. O nervosismo de minha esposa... seus medos...

Poirot se inclinou à frente. De modo lento e enfático, balançou o dedo indicador de um lado ao outro.

— Não, não, não. Há algo aí que não está claro. Sua esposa estava em perigo, sim... ela é ameaçada de morte, sim. E o senhor manda chamar, *não a polícia*, nem mesmo um detetive particular, mas uma *enfermeira*! Isso não faz sentido!

— Eu... eu... — O Dr. Leidner se interrompeu. Suas bochechas coraram. — Eu pensei... — Ele parou de novo.

— Agora estamos chegando ao ponto — Poirot o encorajou. — O senhor pensou... o quê?

O Dr. Leidner permaneceu em silêncio. Ele parecia envergonhado e desmotivado.

— Veja só. — O tom de Poirot se tornou encorajador. — Tudo o que o senhor me disse soa verdadeiro, *exceto por isso*. Por que uma *enfermeira*? Há uma resposta, sim. Na realidade, só pode haver uma resposta. *O senhor mesmo não acreditava no perigo que sua mulher corria.*

E então, com um grito, o Dr. Leidner desabou.

— Deus me perdoe — ele grunhiu. — Eu não acreditei. Não acreditei.

Poirot o observou com o tipo de atenção que um gato dá para uma toca de ratos, pronto para pular assim que o rato aparecer.

— O *que* o senhor pensou então? — perguntou.

— Eu não sei. Eu não sei...

— Mas o senhor sabe. O senhor sabe perfeitamente. Talvez eu possa lhe ajudar com um palpite. *Por acaso, Dr. Leidner, o senhor suspeitou que essas cartas foram todas escritas por sua própria esposa?*

Não havia necessidade alguma de que ele respondesse. O acerto no palpite de Poirot era bastante evidente. A mão horrorizada que ele ergueu, como se pedisse clemência, já dizia tudo. Eu respirei fundo. Então eu *estava* certa quanto a meu quase-palpite! Lembrei-me do curioso tom com o qual o Dr. Leidner me perguntou o que eu pensava daquilo tudo. Balancei minha cabeça devagar e pensativa, e de súbito me dei conta de que os olhos de M. Poirot estavam fixos em mim.

— A senhorita pensou o mesmo, enfermeira?

— A ideia me passou pela cabeça — falei, sincera.

— Por que motivo?

Expliquei a similaridade com a escrita da carta que Mr. Coleman havia me mostrado.

Poirot voltou-se para o Dr. Leidner.

— O senhor também havia percebido essa similaridade?

O Dr. Leidner balançou a cabeça em positivo.

— Sim, percebi. A letra era pequena e amontoada, não grande e generosa como a de Louise, mas várias das cartas eram compostas do mesmo modo. Eu lhe mostro.

De um bolso interno do casaco ele tirou algumas cartas e, por fim, separou uma folha de uma, que entregou para Poirot. Era parte de uma carta escrita a ele por sua esposa. Poirot a comparou cuidadosamente com as cartas anônimas.

— Sim — murmurou ele. — Sim. Há diversas semelhanças, um modo curioso de desenhar a letra *s*, um *e* muito distinto. Não sou um especialista em manuscritos, não posso afirmar de modo definitivo... e quanto a isso, nunca encontrei dois especialistas em escrita que concordassem sobre alguma coisa, de todo modo. Mas pode-se dizer ao menos isso: a semelhança entre as duas cartas manuscritas é muito marcante. Parece ser bastante provável que elas foram todas escritas pela mesma pessoa. Mas não é *certo*. Devemos levar todas as possibilidades em conta.

Ele se recostou em sua cadeira e refletiu:

— Há três possibilidades. A primeira, a semelhança na escrita é pura coincidência. A segunda, que essas cartas ameaçadoras foram escritas pela própria Mrs. Leidner por alguma razão obscura. A terceira, que elas foram escritas por alguém *que copiou sua escrita deliberadamente*. Por quê? Não parece haver sentido nisso. Uma dessas três possibilidades deve ser a correta.

Ele refletiu por alguns minutos e então, voltando-se para o Dr. Leidner, perguntou, retomando seu jeito enérgico:

— Quando a possibilidade de que a própria Mrs. Leidner fosse a autora dessas cartas lhe veio primeiro, que teoria o senhor formou?

O Dr. Leidner balançou a cabeça.

— Eu tirei a ideia da minha cabeça o mais rápido possível. Achei que era monstruoso.

— O senhor não procurou por nenhuma explicação?

— Bem. — Ele hesitou. — Eu me perguntei se preocupar-se e pensar no passado não estava talvez afetando um pouco o cérebro da minha esposa. Achei que ela poderia ter escrito aquelas cartas para si mesma sem ter consciência de tê-lo feito. Isso é possível, não é? — acrescentou ele, voltando-se para o Dr. Reilly.

O Dr. Reilly franziu os lábios.

— O cérebro humano é capaz de quase tudo — respondeu ele vagamente.

Mas lançou um olhar rápido para Poirot e, como se obedecesse a isso, este abandonou o assunto.

— As cartas são um ponto interessante — disse ele. — Mas devemos nos concentrar no caso como um todo. Existem, a meu ver, três soluções possíveis.

— Três?

— Sim. Solução número um: a mais simples. O primeiro marido de sua esposa ainda está vivo. Ele primeiro a ameaça e então prossegue para cumprir suas ameaças. Se aceitarmos essa solução, nosso problema é descobrir como ele entrou ou saiu sem ser visto. Solução número dois: Mrs. Leidner, por motivos próprios (motivos provavelmente mais facilmente compreendidos por um médico do que por um leigo), escreve cartas ameaçadoras para si mesma. O negócio do gás é encenado por ela (lembre-se, foi ela quem o despertou, dizendo que sentia o cheiro de gás). *Mas, se Mrs. Leidner escreveu as cartas para si mesma, ela não poderia estar a perigo do suposto autor*. Devemos, portanto, procurar o assassino em outro lugar. Devemos olhar, de fato, entre os membros de sua equipe. Sim — em resposta a um murmúrio de protesto do Dr. Leidner —, essa é a única conclusão lógica. Para satisfazer um rancor particular, um deles a matou. Essa pessoa, posso dizer, provavelmente estava ciente das cartas, ou pelo menos sabia que Mrs. Leidner temia ou fingia temer alguém. Esse fato, na opinião do assassino, tornou o assassinato bastante seguro para ele. Ele tinha certeza de que isso seria atribuído a um estranho misterioso, o autor das cartas ameaçadoras. Uma variante dessa solução é que o assassino realmente escreveu as cartas ele mesmo, estando ciente da história passada de Mrs. Leidner. Mas, nesse caso, não é muito claro *por que* o criminoso deveria ter copiado a caligrafia da própria Mrs. Leidner, uma vez que, pelo que podemos ver, seria mais vantajoso para ele ou ela que parecesse ter sido escrita por um estranho. A terceira solução é a mais interessante para mim. Eu sugiro que as cartas são genuínas. Elas foram escritas pelo primeiro marido de Mrs. Leidner (ou seu irmão mais novo), *que na verdade é um dos membros da equipe da expedição*.

Capítulo 16

Os suspeitos

O Dr. Leidner se pôs rapidamente de pé.

— Impossível! Absolutamente impossível! A ideia é absurda!

O Sr. Poirot o observou com bastante calma, mas não disse nada.

— O senhor está querendo sugerir que o ex-marido de minha esposa é um membro da expedição e *que ela não o reconheceu?*

— Exatamente. Reflita um pouco sobre os fatos. Há cerca de quinze anos, sua esposa viveu com esse homem por alguns meses. Ela o reconheceria se ele cruzasse seu caminho após esse espaço de tempo? Acho que não. Seu rosto teria mudado, sua constituição teria mudado... sua voz pode não ter mudado tanto, mas este é um detalhe que ele poderia dar conta. E lembre-se, *ela não estava procurando por ele em sua própria residência.* Ela o imaginava como alguém *vindo de fora*, um estranho. Não, não creio que ela fosse reconhecê-lo. E há uma segunda possibilidade. O irmão mais novo, a criança que naqueles dias era tão apaixonadamente devotada ao seu irmão mais velho. Ele agora é um homem. Iria ela reconhecer uma criança de 10 ou 12 anos em um homem com quase 30? Sim, há que se levar em conta o jovem William Bosner. Lembre-se, a seus olhos, o irmão pode não parecer um traidor, mas um patriota, um mártir de seu próprio país: a Alemanha. A seus olhos, Mrs. Leidner era a traidora, o monstro que enviou seu amado irmão para a morte! Uma criança impressionável é capaz de grande devoção a heróis e uma mente jovem pode ficar facilmente obcecada por uma ideia que persiste até a vida adulta.

— Isso é verdade — disse o Dr. Reilly. — A opinião popular de que a criança se esquece rápido não é acurada. Muitas pessoas entram na vida adulta apegadas a uma ideia que lhes foi transmitida nos primeiros anos.

— *Bien*. Os senhores têm duas possibilidades. Frederick Bosner, um homem agora com cerca de 50 anos, e William Bosner, cuja idade seria algo em torno de 30. Vamos examinar os membros de sua equipe sob esses dois pontos de vista.

— Isso é irracional — murmurou o Dr. Leidner. — *Minha* equipe! Os membros de minha própria expedição.

— E por consequência, considerados acima de qualquer suspeita — disse Poirot, seco. — Um ponto de vista muito útil. *Commençons!* Quem enfaticamente *não* pode ser Frederick ou William?

— As mulheres.

— Naturalmente. Miss Johnson e Mrs. Mercado estão fora. Quem mais?

— Carey. Ele e eu trabalhamos juntos por anos antes de eu conhecer Louise...

— E também ele tem a idade errada. Ele tem, devo dizer, 38 ou 39 anos, muito jovem para ser Frederick, muito velho para ser William. Agora, quanto aos demais. Há Padre Lavigny e Mr. Mercado. Qualquer um deles poderia ser Frederick Bosner.

— Mas, meu bom senhor — disse o Dr. Leidner, numa voz mista de irritação e assombro. — Padre Lavigny é conhecido no mundo todo como epigrafista e Mercado trabalhou por anos num conhecido museu de Nova York. É impossível que qualquer um deles seja o homem que o senhor pensa!

Poirot acenou ondulando a mão.

— Impossível, impossível... não conheço essa palavra! O impossível, eu sempre o examino muito de perto! Mas vamos deixar passar por enquanto. Quem mais temos? Carl Reiter, um jovem de sobrenome alemão, David Emmott...

— Lembre-se de que ele está comigo há duas temporadas.

— Ele é um jovem com o dom da paciência. *Se* ele cometesse um crime, não seria com pressa. Tudo seria muito bem-preparado.

O Dr. Leidner fez um gesto de desespero.

— E por último, William Coleman — continuou Poirot.

— Ele é inglês.

— *Pourquoi pas?* Não disse Mrs. Leidner que era um menino que partiu dos Estados Unidos e não podia ser rastreado? Ele poderia muito bem ter sido criado na Inglaterra.

— O senhor tem uma resposta para tudo — comentou o Dr. Leidner.

Minha cabeça fervia. Desde o começo, havia achado os modos de Mr. Coleman muito mais como os de um personagem de P. G. Wodehouse do que os de uma pessoa real. Estaria ele encenando esse tempo todo?

Poirot estava escrevendo em seu livrinho.

— Vamos seguir em frente com ordem e método — disse ele. — Na primeira hipótese, temos dois nomes. Padre Lavigny e Mr. Mercado. Na segunda, temos Coleman, Emmott e Reiter. Agora, vamos ver o outro lado da questão, meios e oportunidades. *Quem na expedição teve os meios e a oportunidade de cometer o crime?* Carey estava na escavação, Coleman estava em Hassanieh, o senhor mesmo estava no terraço. Restam-nos Padre Lavigny, Mr. Mercado, Mrs. Mercado, David Emmott, Carl Reiter, Miss Johnson e a enfermeira Leatheran.

— Oh! — exclamei, e pulei da cadeira. Mr. Poirot olhou para mim com olhos cintilantes.

— Sim, receio, *ma soeur*, que tenha que ser incluída. Teria sido muito fácil para a senhorita sair e matar Mrs. Leidner enquanto o pátio estava vazio. A senhorita tem músculos e força de sobra e ela não teria suspeitado até o momento em que o golpe foi desferido.

Fiquei tão chateada que não consegui dizer uma palavra. O Dr. Reilly, percebi, parecia muito entretido.

— O interessante caso de uma enfermeira que assassinou seus pacientes um por um — murmurou ele.

O jeito que eu olhei para ele!

A mente do Dr. Leidner estava correndo em uma direção diferente.

— Não é Emmott, M. Poirot — objetou ele. — O senhor não pode incluí-lo. Ele estava no telhado comigo, lembre-se, durante aqueles dez minutos.

— No entanto, não podemos excluí-lo. Ele poderia ter descido, ido direto ao quarto de Mrs. Leidner, a matado e depois chamado o menino de volta. Ou ele pode tê-la matado em uma das ocasiões em que mandou o menino procurá-lo.

O Dr. Leidner balançou a cabeça, murmurando:

— Que pesadelo! É tudo tão... extraordinário.

Para minha surpresa, Poirot concordou.

— Sim, é verdade. Este é um crime extraordinário. Não é comum encontrá-los. Normalmente, um assassinato é muito sórdido, muito simples. Mas este é um assassinato incomum... Suspeito, Dr. Leidner, que sua esposa era uma mulher incomum.

Ele acertou tão em cheio que tive um sobressalto.

— Isso é verdade, enfermeira? — perguntou ele.

O Dr. Leidner falou baixinho:

— Diga a ele como Louise era, enfermeira. A senhorita não tem preconceitos.

Falei francamente.

— Ela era muito adorável — falei. — A gente não podia deixar de admirá-la e querer fazer coisas por ela. Nunca conheci ninguém como ela antes.

— Obrigado — disse o Dr. Leidner, e sorriu para mim.

— Esse é um testemunho valioso vindo de alguém externo — disse Poirot educadamente. — Bem, vamos prosseguir. Sob a chancela de *meios e oportunidades*, temos sete nomes.

A enfermeira Leatheran, Miss Johnson, Mrs. Mercado, Mr. Mercado, Mr. Reiter, Mr. Emmott e Padre Lavigny.

Mais uma vez, ele pigarreou. Sempre percebi que os estrangeiros podem fazer os barulhos mais estranhos.

— Por enquanto, suponhamos que nossa terceira teoria esteja correta. É que o assassino é Frederick ou William Bosner, e que Frederick ou William Bosner é um membro da equipe da expedição. Comparando as duas listas, podemos reduzir nossos suspeitos nesta contagem a quatro. Padre Lavigny, Mr. Mercado, Carl Reiter e David Emmott.

— Padre Lavigny está fora de questão — disse o Dr. Leidner, com convicção. — Ele é um dos *Pères Blancs* em Cartago.

— E sua barba é bem real — acrescentei.

— *Ma soeur* — disse Poirot —, um assassino de primeira nunca usa uma barba falsa!

— Como o senhor sabe que o assassino é de primeira? — perguntei, rebelde.

— Porque se não fosse, toda a verdade estaria clara para mim neste instante e não está.

"Isso é pura presunção", pensei comigo mesma.

— De todo modo — falei, voltando à questão da barba —, deve ter levado um bom tempo para crescer.

— Essa é uma observação prática — disse Poirot.

O Dr. Leidner disse irritado:

— Mas é ridículo, bastante ridículo. Ele e Mercado são homens conhecidos. Eles são conhecidos há anos.

Poirot se voltou para ele.

— O senhor não tem visão. O senhor não contempla um ponto importante. *Se Frederick Bosner não está morto, o que ele esteve fazendo esses anos todos?* Ele deve ter assumido um nome diferente. Ele deve ter construído para si mesmo uma carreira.

— Como um *Père Blanc*? — perguntou Reilly, cético.

— É um pouco incomum, sim — confessou Poirot. — Mas não podemos descartar de imediato. Além disso, há outras possibilidades.

— Os jovens? — disse Reilly. — Se quer minha opinião, olhando-se para isso há apenas um dos suspeitos que se torna plausível.

— E este seria?

— O jovem Carl Reiter. Não há de fato nada contra ele, mas se o senhor parar para pensar, precisa admitir algumas coisas: que ele tem a idade correta, tem um nome alemão, é novo esse ano e que teve a oportunidade certa. Ele só precisaria sair de seu posto com as fotografias, cruzar o pátio para fazer seu trabalho sujo e voltar para a toca enquanto a barra estava limpa. Se alguém tivesse passado pelo ateliê de fotografias enquanto ele estava fora, ele sempre poderia dizer que estava na sala escura. Não estou dizendo que ele é seu homem, mas se o senhor vai suspeitar de alguém, digo que ele é de longe o mais provável.

M. Poirot não parecia muito receptivo. Ele assentiu com gravidade, mas em dúvida.

— Sim — disse ele. — Ele é o mais plausível, mas pode não ser tão simples assim. — Então ele falou: — Não digamos mais nada no momento. Gostaria agora, se me permitem, de examinar a sala onde o crime ocorreu.

— Certamente.

O Dr. Leidner remexeu nos bolsos, então olhou para o Dr. Reilly.

— O Capitão Maitland pegou — avisou ele.

— Maitland me deu — disse Reilly. — Ele teve que sair para aquela questão com os curdos.

Ele mostrou a chave.

O Dr. Leidner disse, hesitante:

— Importa-se se eu não... Talvez, enfermeira...

— Claro. Claro — disse Poirot. — Eu entendo perfeitamente. Não desejo causar-lhe dor desnecessária. Se fizer a gentileza de me acompanhar, *ma soeur.*

Capítulo 17

A mancha no lavatório

O corpo de Mrs. Leidner havia sido levado para Hassanieh para a necropsia, afora isso seu quarto fora deixado exatamente como estava. Havia tão pouca coisa nele que não levou muito para que a polícia desse conta. À direita de quem entrasse pela porta, estava a cama. Em frente à porta estavam as duas janelas gradeadas que davam para os campos. Entre elas havia uma mesa de carvalho simples com duas gavetas, que servia de penteadeira à Mrs. Leidner. Na parede leste havia uma fileira de ganchos com vestidos pendurados, protegidos em sacolas de algodão, e uma cômoda. Imediatamente à esquerda da porta estava o lavatório. No meio da sala havia uma mesa de carvalho simples, de bom tamanho, com um mata-borrão, tinteiro e uma pequena maleta de couro. Foi neste último que Mrs. Leidner guardou as cartas anônimas. As cortinas eram tiras curtas de material nativo, branco e listrado com laranja. O chão era de pedra com alguns tapetes de pele de cabra: três eram estreitos, de cor marrom listrados com branco, e ficavam na frente das duas janelas e do lavatório, e um maior, de melhor qualidade, branco com listras marrons, entre a cama e a escrivaninha.

Não havia armários, alcovas ou cortinas compridas, nenhum lugar, na realidade, onde alguém pudesse se esconder. A cama era de ferro liso com uma colcha de algodão estampada. O único traço de luxo no quarto eram três travesseiros, todos feitos de penas da melhor qualidade, macias e onduladas. Ninguém, exceto Mrs. Leidner, tinha travesseiros como estes.

Em poucas palavras, o Dr. Reilly explicou onde o corpo de Mrs. Leidner foi encontrado: amontoado no tapete ao lado da cama.

Para ilustrar seu relato, ele acenou para que eu me apresentasse.

— Não se importa, enfermeira? — disse ele.

Não sou melindrosa. Deitei-me e tentei me posicionar o mais próximo possível da posição em que o corpo de Mrs. Leidner foi encontrado.

— Leidner levantou a cabeça quando a encontrou — disse o médico. — Mas eu o interroguei a fundo e ficou óbvio que ele não mudou a posição dela.

— Parece-me bastante simples — disse Poirot. — Ela estava deitada na cama, dormindo ou descansando. Alguém abre a porta, ela olha para cima, se levanta...

— E ele a derruba — concluiu o médico. — O golpe a deixaria inconsciente e a morte viria logo. Veja só...

Ele explicou a lesão em linguagem técnica.

— Não tem muito sangue, então? — perguntou Poirot.

— Não, o sangue escapou internamente para o cérebro.

— *Eh bien* — disse Poirot. — Isso me parece simples o bastante, exceto por uma coisa. Se o homem que entrou era um estranho, por que Mrs. Leidner não gritou imediatamente por socorro? Se ela tivesse gritado, teria sido ouvida. A enfermeira Leatheran aqui a teria escutado, assim como Emmott e o menino.

— Isso é facilmente explicável — disse o Dr. Reilly, seco. — É porque não era um estranho.

Poirot concordou com a cabeça.

— Sim — falou ele, pensativo. — Ela pode ter ficado surpresa ao ver a pessoa, mas não estava com medo. Então, quando ele atacou, ela pode ter soltado um gritinho, tarde demais.

— O grito que Miss Johnson escutou?

— Sim, se ela *realmente* escutou. Mas no geral, eu duvido. Essas paredes de barro são grossas e as janelas estavam fechadas.

Ele se aproximou da cama.

— A senhorita a deixou realmente deitada? — ele me perguntou.

Expliquei exatamente o que havia feito.

— Ela pretendia dormir ou ia ler?

— Eu dei a ela dois livros, uma leitura leve e um volume de memórias. Ela geralmente lia um pouco e depois às vezes tirava um cochilo.

— E ela estava, como posso dizer, agindo normalmente?

Pensei a respeito.

— Sim. Ela parecia bastante normal e de bom humor — falei. — Só um pouquinho perturbada, talvez, mas atribuo isso ao fato de ela ter confiado em mim no dia anterior. Isso deixa as pessoas um pouco desconfortáveis às vezes.

Os olhos de Poirot brilharam.

— Ah, sim, é verdade, isso eu sei muito bem.

Ele olhou ao redor da sala.

— E quando entrou aqui depois do assassinato, estava tudo como tinha visto antes?

Também olhei ao redor.

— Acho que sim. Não me lembro de nada estar diferente.

— Não havia sinal da arma com a qual ela foi golpeada?

— Não.

Poirot olhou para o Dr. Reilly.

— Na sua opinião, o que foi?

O médico respondeu de imediato:

— Algo muito forte, de tamanho razoável e sem cantos ou arestas salientes. A base arredondada de uma estátua, digamos, algo assim. Veja bem, não estou sugerindo que *foi* isso. Mas esse tipo de coisa. O golpe foi desferido com grande força.

— Dado por um braço forte? O braço de um homem?

— Sim, a menos que...

— A menos que... o quê?

O Dr. Reilly falou devagar:

— É bem possível que Mrs. Leidner estivesse ajoelhada. Nesse caso, o golpe sendo desferido de cima com um instrumento pesado, a força necessária não teria sido tão grande.

— *Ajoelhada* — ponderou Poirot. — É uma ideia... isso.

— É apenas uma ideia, veja bem — o médico se apressou em lembrar. — Não há absolutamente nada que indique isso.

— Mas é possível.

— Sim. E, afinal, levando em conta as circunstâncias, não é incomum. Seu medo pode tê-la levado a se ajoelhar em súplica, em vez de gritar quando seu instinto disse que era tarde demais, que ninguém poderia chegar lá a tempo.

— Sim — disse Poirot, pensativo. — É uma ideia...

Era uma ideia muito fraca, pensei. Não conseguia imaginar Mrs. Leidner de joelhos diante de ninguém.

Poirot caminhou lentamente pela sala. Ele abriu as janelas, testou as grades, passou a cabeça e se certificou de que de modo algum seus ombros poderiam acompanhar sua cabeça.

— As janelas estavam fechadas quando a senhorita a encontrou — disse ele. — Elas também estavam fechadas quando a senhorita a deixou, às 12h45?

— Sim, elas ficavam sempre fechadas à tarde. Essas janelas não têm telas, como na sala de estar e na sala de jantar. Elas são mantidas fechadas para não deixar entrarem moscas.

— E, de todo modo, ninguém poderia entrar se fosse assim — ponderou Poirot. — E as paredes são das mais sólidas. Tijolos de barro. E não há alçapões nem claraboias. Não, só há uma maneira de entrar neste quarto, *pela porta*. E só há um caminho para a porta, *pelo pátio*. E há apenas uma entrada para o pátio, *atravessando a arcada*. Do lado de fora da arcada havia cinco pessoas e todas elas contam a mesma histó-

126 · AGATHA CHRISTIE ·

ria, e não acho que estejam mentindo... Não, elas não estão mentindo. Eles não foram subornados para se calarem. O assassino *estava* aqui...

Não falei nada. Não tinha sentido a mesma coisa quando estávamos todos reunidos ao redor da mesa?

Poirot vagou lentamente pela sala. Ele pegou uma fotografia de cima da cômoda. Era de um homem idoso com um cavanhaque branco. Ele me olhou de modo interrogativo.

— O pai de Mrs. Leidner — falei. — Ela me contou isso.

Ele a largou novamente e deu uma olhada nos objetos sobre a penteadeira, todos feitos de casco de tartaruga simples. Simples, mas bons. Ele olhou para uma fileira de livros em uma prateleira, repetindo os títulos em voz alta.

— *Quem foram os gregos? Introdução à Relatividade. A vida de Lady Hester Stanhope. O trem de Crewe. De volta a Matusalém. Linda Condon.* Sim, eles nos dizem algo, creio. Ela não era tola, sua Mrs. Leidner. Ela era inteligente.

— Oh! Ela era uma mulher *muito* inteligente — falei, ansiosa. — Muito lida e atualizada sobre tudo. Ela não era nem um pouco comum.

Ele sorriu enquanto olhava para mim.

— Não — disse ele. — Isso já percebi.

Ele seguiu adiante. Ficou alguns momentos no lavatório, onde havia uma grande variedade de vidrinhos e cremes de banho.

Então, de repente, se ajoelhou e examinou o tapete.

O Dr. Reilly e eu fomos rapidamente nos juntar a ele. Estava examinando uma pequena mancha marrom-escura, quase invisível entre o marrom do tapete. Na verdade, era apenas perceptível onde batia em uma das listras brancas.

— Que me diz, doutor? — falou ele. — Isso é sangue?

O Dr. Reilly se ajoelhou.

— Pode ser — respondeu ele. — Quer que eu diga com certeza?

— Se fizer a gentileza.

Mr. Poirot examinou o jarro e a bacia. O jarro estava ao lado do lavatório. A bacia estava vazia, mas ao lado do lavatório havia uma lata de querosene vazia contendo restos de água.

Ele se virou para mim.

— A senhorita lembra, enfermeira? Se esta jarra estava fora da bacia ou dentro dela, quando deixou Mrs. Leidner às 12h45?

— Não tenho certeza — falei, depois de um ou dois minutos. — Eu acho que estava na bacia.

— Ah?

— Mas veja só — acrescentei, rapidamente. — Eu só acho que sim, porque geralmente ficava. Os meninos a deixam assim depois do almoço. Só sinto que, se não estivesse, eu deveria ter percebido.

Ele acenou com a cabeça de modo bastante apreciativo.

— Sim. Compreendo. É seu treinamento no hospital. Se tudo não estivesse correto no quarto, a senhorita inconscientemente o teria arrumado, mal percebendo o que fazia. E depois do assassinato? Foi como está agora?

Eu balancei minha cabeça.

— Eu não percebi então — falei. — Tudo que procurei foi se havia algum lugar onde alguém pudesse se esconder ou se havia algo que o assassino havia deixado para trás.

— É sangue, sim — disse o Dr. Reilly, levantando-se. — É importante?

Poirot franzia a testa, perplexo. Ele estendeu as mãos com petulância.

— Não posso dizer. Como vou saber? Pode não significar absolutamente nada. Posso dizer, se quiser, que o assassino a tocou, que havia sangue em suas mãos, muito pouco sangue, mas sangue mesmo assim, e então ele veio aqui e as lavou. Sim, pode ter sido assim. Mas não posso tirar conclusões precipitadas e dizer que *foi* assim. Essa mancha pode não ter nenhuma importância.

— Teria sido muito pouco sangue — disse o Dr. Reilly, receoso. — Não jorrou sangue ou algo assim. Pingou um pouco da ferida. Claro, se ele realmente tiver tocado...

Tive um calafrio. Uma espécie de imagem desagradável surgiu em minha mente. A visão de alguém, talvez aquele garoto fotógrafo bonzinho e com cara de porco, derrubando aquela linda mulher e então se curvando sobre ela, sondando a ferida com o dedo de uma forma horrível e exultante, e seu rosto talvez estivesse bem diferente... todo feroz e louco...

O Dr. Reilly percebeu meu arrepio.

— Qual é o problema, enfermeira? — perguntou ele.

— Nada, só um calafrio — falei. — Um arrepio na espinha.

Mr. Poirot se virou e olhou para mim.

— Sei do que a senhorita precisa — disse ele. — Agora, quando terminarmos aqui e eu voltar com o médico para Hassanieh, vamos levá-la conosco. O senhor vai levar a enfermeira Leatheran para tomar chá, não vai, doutor?

— Ficarei encantado.

— Oh, não, doutor — protestei. — Não poderia pensar nisso agora.

M. Poirot deu-me um tapinha amigável no ombro. Um tapinha bem inglês, nada estrangeiro.

— A senhorita, *ma soeur*, fará o que lhe for dito — disse ele. — Além disso, será uma vantagem para mim. Há muito mais que quero discutir, e não posso fazê-lo aqui, onde é preciso preservar a decência. O bom Dr. Leidner idolatrava sua esposa e tem certeza, ah, tanta certeza, de que os outros todos sentiam o mesmo por ela! Mas isso, na minha opinião, não é da natureza humana! Não, queremos poder discutir sobre Mrs. Leidner sem... como se diz?... ter que pisar em ovos. Está decidido, então. Quando terminarmos aqui, vamos levá-la conosco para Hassanieh.

— Suponho — falei, receosa — que teria que ir embora de qualquer modo. É bastante estranho.

— Não faça nada por um ou dois dias — disse o Dr. Reilly. — De qualquer jeito, não poderia partir antes do funeral.

— Tudo isso parece muito bom — falei. — Mas supondo que *eu* também seja assassinada, doutor?

Falei em parte por brincadeira. O Dr. Reilly levou da mesma forma e teria, acho eu, dado alguma resposta de brincadeira. Mas M. Poirot, para minha surpresa, ficou parado no meio do quarto e levou as mãos à cabeça.

— Ah! Se isso for possível — murmurou ele. — É um risco, sim, um grande risco, e o que se pode fazer? Como alguém se protege contra isso?

— Ora, M. Poirot — falei —, eu estava apenas brincando. Quem iria querer me matar, eu gostaria de saber?

— A senhorita, ou algum outro... — disse ele, e não gostei nem um pouco do modo como disse isso. Foi definitivamente assustador.

— Mas por quê? — insisti.

Ele me encarou diretamente.

— Eu conto piadas, *mademoiselle* — falou —, e dou risadas. *Mas há coisas que não são piada.* Há coisas que minha profissão me ensinou. E uma dessas coisas, a mais terrível delas, é esta: *matar é um hábito...*

Capítulo 18

Chá na casa do Dr. Reilly

Antes de partir, Poirot circulou pela sede da expedição e suas dependências. Também fez algumas perguntas aos empregados em segunda mão — ou seja, o Dr. Reilly traduziu as perguntas e respostas do inglês para o árabe e vice-versa.

Essas perguntas tratavam principalmente da aparição do estranho que Mrs. Leidner e eu vimos olhando pela janela, e com quem o Padre Lavigny estivera falando no dia seguinte a isto.

— O senhor realmente acha que aquele sujeito teve algo a ver com isso? — perguntou o Dr. Reilly enquanto sacolejávamos em seu carro a caminho de Hassanieh.

— Gosto de ter todas as informações disponíveis — foi a resposta de Poirot.

E realmente, isso descrevia seus métodos muito bem. Descobri mais tarde que não havia nada, nenhuma fofoquinha insignificante, em que ele não tivesse interesse. Homens em geral não são tão fofoqueiros.

Devo confessar que fiquei feliz com minha xícara de chá quando chegamos à casa do Dr. Reilly. M. Poirot, reparei, pôs cinco torrões de açúcar no seu. Mexendo cuidadosamente com sua colher de chá, ele disse:

— E agora podemos conversar, não podemos? Podemos nos decidir por quem provavelmente cometeu o crime.

— Lavigny, Mercado, Emmott ou Reiter? — perguntou o Dr. Reilly.

— Não, não, essa era a teoria número três. Desejo me concentrar agora na teoria número dois. Deixando de lado toda a questão de um marido ou cunhado misterioso surgindo do passado. Vamos discutir agora apenas qual membro da expedição teve os meios e a oportunidade de matar Mrs. Leidner, e quem provavelmente o fez.

— Pensei que o senhor não gostasse muito dessa teoria.

— Nem um pouco. Mas eu tenho certo tato — disse Poirot em tom de censura. — Como posso discutir diante do Dr. Leidner os motivos que podem ter levado ao assassinato de sua esposa por um membro da expedição? Isso não teria sido nada delicado. Tive que manter a ficção de que sua esposa era adorável, e que todos a adoravam! Mas, naturalmente, não foi nada disso. Agora podemos ser brutais e impessoais e dizer o que pensamos. Não temos mais que considerar os sentimentos das pessoas. E é aí que a enfermeira Leatheran vai nos ajudar. Ela é uma ótima observadora.

— Ah, quanto a isso não posso dizer — falei.

O Dr. Reilly me entregou um prato com *scones* quentes, "para fortificar", disse ele. Eram *scones* muito bons.

— Agora, vamos — disse M. Poirot de uma forma amigável e tagarela. — A senhorita precisa me dizer, *ma soeur*, exatamente o que cada membro da expedição sentia por Mrs. Leidner.

— Eu estive lá por apenas uma semana, M. Poirot — falei.

— É bastante tempo para alguém com sua inteligência. Uma enfermeira percebe as coisas muito rápido. Ela faz suas avaliações e se prende a elas. Vamos lá, vamos começar. Padre Lavigny, por exemplo?

— Bem, veja só, eu realmente não sei dizer. Ele e Mrs. Leidner pareciam gostar de conversar. Mas eles geralmente falavam em francês e eu mesma não sou muito boa em francês, embora tenha aprendido quando era menina na escola. Acho que falavam principalmente sobre livros.

— Eles eram, como se poderia dizer, amigáveis, não?

— Bem, sim, pode-se dizer dessa forma. Mas, mesmo assim, creio que o Padre Lavigny estava intrigado com ela e, bem, quase que irritado por estar intrigado, se é que me entende.

E contei a ele a conversa que tive com ele na escavação, naquele primeiro dia, quando ele chamou Mrs. Leidner de "mulher perigosa".

— Isso é muito interessante — disse M. Poirot. — E ela... o que acha que ela pensava dele?

— Isso também é difícil de dizer. Não era fácil saber o que Mrs. Leidner pensava das pessoas. Creio que, às vezes, ele a confundia. Lembro-me dela dizendo ao Dr. Leidner que ele era diferente de qualquer padre que ela já conheceu.

— Tragam a forca para Padre Lavigny — comentou o Dr. Reilly, brincando.

— Meu caro amigo — disse Poirot. — Não tem, talvez, alguns pacientes para atender? Eu não iria, por nada do mundo, afastá-lo de suas obrigações profissionais.

— Tenho um hospital inteiro cheio deles — respondeu o Dr. Reilly.

E ele se levantou, disse que para bom entendedor meia palavra bastava e saiu rindo.

— Assim é melhor — disse Poirot. — Teremos agora uma conversa interessante *tête-à-tête*. Mas não deve se esquecer de tomar seu chá.

Ele me passou um prato de sanduíches e sugeriu que eu tomasse uma segunda xícara de chá. Ele realmente tinha modos muito agradáveis e atenciosos.

— E agora — disse ele —, vamos continuar com suas impressões. Quem estava lá que, em sua opinião, *não* gostava de Mrs. Leidner?

— Bem — falei —, é apenas minha opinião e não quero isso sendo repetido como atribuído a mim.

— Naturalmente que não.

— Mas, na minha opinião, a pequena Mrs. Mercado a odiava!

— Ah! E Mr. Mercado?

— Ele tinha um fraco por ela — falei. — Acho que as mulheres, afora sua esposa, nunca deram muita atenção a ele. E Mrs. Leidner tinha um jeito gentil de se interessar pelas pessoas e pelas coisas que elas lhe contavam. E isso subiu à cabeça do coitado, eu imagino.

— E Mrs. Mercado... ela não gostou?

— Ela estava simplesmente com ciúme, essa é a verdade. O senhor tem que ter muito cuidado quando há marido e mulher por perto, isso é um fato. Eu poderia contar-lhe algumas coisas surpreendentes. O senhor não faz ideia das coisas extraordinárias que as mulheres metem na cabeça quando se trata de seus maridos.

— Não duvido da verdade do que a senhorita diz. Então Mrs. Mercado estava com ciúmes? E ela odiava Mrs. Leidner?

— Eu a vi olhar para ela como se quisesse matá-la... ai, Jesus! — Eu me levantei. — Digo, M. Poirot, não quis dizer que, digo, isto é, nem por um momento...

— Não, não. Entendo perfeitamente. A frase lhe escapuliu. Uma muito adequada. E Mrs. Leidner, ela estava preocupada com essa animosidade de Mrs. Mercado?

— Bem — falei, refletindo —, eu realmente não acho que ela estava preocupada. Na verdade, nem sei se ela percebeu. Certa vez pensei em alertá-la, mas não é do meu feitio. Quanto menos se falar, menos se precisa consertar depois. É o que acho.

— A senhorita é sabia, sem dúvida. Pode me dar algum exemplo de como Mrs. Mercado demonstrou seus sentimentos?

Contei-lhe de nossa conversa no terraço.

— Então ela mencionou o primeiro casamento de Mrs. Leidner — disse Poirot, pensativo. — Consegue lembrar se, ao mencionar isso, ela olhou para a senhorita como se estivesse se perguntando se a senhorita tinha escutado uma versão diferente?

— O senhor acha que ela poderia saber a verdade a respeito disso?

134   · AGATHA CHRISTIE ·

— É uma possibilidade. Ela pode ter escrito essas cartas, planejado uma mão batendo na janela e todo o resto.

— Eu mesma já me perguntei algo do tipo. Parecia o tipo de coisa vingativa e mesquinha que ela poderia fazer.

— Sim. Uma tendência cruel, devo dizer. Mas dificilmente é um temperamento para um assassinato brutal a sangue frio, a menos, é claro... — Ele fez uma pausa e disse: — É estranho, aquela coisa curiosa que ela disse à senhorita. *"Eu sei por que você está aqui."* O que ela quis dizer com isso?

— Não consigo imaginar — falei francamente.

— Ela pensou que a senhorita estava lá por algum motivo oculto além do declarado. Que motivo? E por que ela deveria estar tão preocupada com o assunto? Estranho, também, o modo como a senhorita diz que ela lhe olhou durante o chá no dia em que a senhorita chegou.

— Bem, ela não é uma dama, M. Poirot — falei, empertigada.

— Isso, *ma soeur*, é uma desculpa, não uma justificativa.

Na ocasião, não tinha certeza do que ele queria dizer. Mas ele continuou rapidamente.

— E os outros membros da equipe?

Pensei a respeito.

— Não acho que Miss Johnson gostasse muito de Mrs. Leidner também. Mas ela foi bastante aberta e franca sobre isso. Praticamente admitiu que era preconceituosa contra ela. Veja, ela é muito dedicada ao Dr. Leidner e trabalhou com ele durante anos. E, claro, o casamento muda as coisas, não há como negar.

— Sim — disse Poirot. — E, do ponto de vista de Miss Johnson, seria um casamento inadequado. Realmente teria sido muito mais adequado se o Dr. Leidner tivesse se casado com *ela*.

— Teria sido mesmo — concordei. — Mas aquele ali é um homem típico. Nem um por cento deles leva em conta a adequação. E não se pode culpar o Dr. Leidner. Miss Johnson, pobre coitada, não é muito atraente. Agora, Mrs. Leidner era realmente linda. Não era jovem, claro, mas, ah! Eu gostaria que o senhor a tivesse conhecido. Havia algo nela... Lembro--me de Mr. Coleman dizendo que ela era como uma coisinha que vinha atrair as pessoas para os pântanos. Essa não foi uma maneira muito boa de colocar as coisas, mas, ah, bem, o senhor vai rir de mim, mas havia algo nela que era... bem... sobrenatural.

— Ela poderia lançar um feitiço, sim, compreendo — disse Poirot.

— Então, também não acho que ela e Mr. Carey se davam muito bem — continuei. — Creio que ele estava com ciúme, assim como Miss Johnson. Ele sempre foi muito rígido com ela, e ela também. O senhor sabe, ela passava as coisas para ele na mesa com muita educação e o chamava de Mr. Carey com bastante formalidade. Ele era um velho amigo do marido dela, é claro, e algumas mulheres não suportam os velhos amigos do marido. Elas não gostam de pensar que alguém os conheceu antes delas. Pelo menos é uma forma confusa de colocar as coisas...

— Entendo perfeitamente. E os três rapazes? Coleman, segundo diz, tinha tendência a ser poético quanto a ela.

Não pude deixar de rir.

— Era engraçado, M. Poirot — falei. — Ele é um jovem tão pragmático.

— E os outros dois?

— Eu realmente não sei quanto a Mr. Emmott. Ele é sempre tão quieto e nunca fala muito. Ela sempre foi muito gentil com ele. O senhor sabe, amigável, o chamava de David e costumava provocá-lo sobre Miss Reilly e coisas assim.

— Ah, é mesmo? E ele gostava disso?

— Não sei bem — falei, receosa. — Ele apenas olhava para ela. Bastante engraçado. A gente não sabia no que ele estava pensando.

— E Mr. Reiter?

136   · AGATHA CHRISTIE ·

— Ela nem sempre foi muito gentil com ele — falei devagar. — Acho que ele a irritava. Ela costumava dizer coisas bastante sarcásticas para ele.

— E ele se importava?

— Ele costumava ficar muito vermelho, pobre menino. Claro, não era a *intenção* dela ser indelicada.

E então, de repente, partindo de sentir pena pelo menino cheguei à conclusão de que era bem provável que ele fosse um assassino de sangue frio e estivesse encenando um papel o tempo todo.

— Oh, M. Poirot — exclamei. — O que o senhor acha que *realmente* aconteceu?

Ele balançou a cabeça lenta e pensativamente.

— Diga-me — falou ele. — A senhorita não tem medo de voltar lá esta noite?

— Oh, *não* — respondi. — Claro, eu lembro do que o senhor disse, mas quem iria querer matar *a mim*?

— Não acho que alguém poderia — disse ele, devagar. — Em parte, é por isso que estou tão ansioso para ouvir tudo o que a senhorita pode me dizer. Não, eu acho... tenho certeza... que está bastante segura.

— Se alguém tivesse me contado em Bagdá... — comecei e parei.

— A senhorita ouviu alguma fofoca sobre os Leidner e a expedição antes de vir aqui? — perguntou ele.

Contei a ele sobre o apelido de Mrs. Leidner e apenas uma parte do que Mrs. Kelsey dissera a respeito dela.

No meio disso, a porta se abriu e Miss Reilly entrou. Ela estava jogando tênis e estava com a raquete na mão.

Concluí que Poirot já a havia conhecido quando chegou a Hassanieh.

Ela me cumprimentou com seu jeito casual, como de costume, e pegou um sanduíche.

— Bem, M. Poirot — disse ela. — Como está lidando com nosso mistério local?

— Não muito rápido, *mademoiselle*.

— Vejo que o senhor resgatou a enfermeira dos destroços.

— A enfermeira Leatheran tem me dado informações valiosas sobre os vários membros da expedição. Aliás, aprendi muito sobre a vítima. E a vítima, *mademoiselle*, muitas vezes é a pista para o mistério.

— Isso é bastante inteligente da sua parte, M. Poirot — disse Miss Reilly. — Certamente é verdade que se alguma vez uma mulher mereceu ser assassinada, Mrs. Leidner foi essa mulher!

— Miss Reilly! — gritei, escandalizada. Ela riu, uma risada curta e desagradável.

— Ah! — disse ela. — Creio que o senhor não escutou toda a verdade. A enfermeira Leatheran, eu receio, se deixou levar, como muitas outras pessoas. Saiba o senhor, M. Poirot, que torço um pouco para que este caso não se torne um de seus sucessos. Eu até que gosto da ideia do assassino de Louise Leidner se safar desta. De fato, eu não teria restrições a me livrar dela eu mesma.

Fiquei completamente enojada com a garota. M. Poirot, devo dizer, não mudou nada. Ele apenas se curvou e disse agradavelmente:

— Imagino, então, que a senhorita tenha um álibi para ontem à tarde?

Houve um momento de silêncio e a raquete de Miss Reilly caiu ruidosamente no chão. Ela não se preocupou em pegá-la. Preguiçosa e destrambelhada, como todas de seu tipo! Ela disse, com uma voz um tanto ofegante:

— Oh, sim, eu estava jogando tênis no clube. Mas, falando sério, M. Poirot, me pergunto se o senhor sabe alguma coisa sobre Mrs. Leidner e o tipo de mulher que ela era.

Mais uma vez, ele fez uma pequena reverência engraçada e disse:

— A senhorita pode me informar, *mademoiselle*.

Ela hesitou um minuto e então falou com uma frieza e falta de decência que realmente me enojou.

— Há uma convenção de que não se fala mal dos mortos. Isso é estúpido, creio eu. A verdade é sempre a verdade. No geral, é melhor manter a boca fechada sobre as pessoas vivas. Pode-se vir a machucá-las. Os mortos já passaram disso. Mas o mal que eles fizeram vive depois deles, às vezes. Não é bem uma citação de Shakespeare, mas é quase! A enfermeira lhe contou sobre a atmosfera estranha que havia em Tell Yarimjah? Ela lhe contou como todos eles estavam nervosos? E como todos eles costumavam se encarar como inimigos? Isso foi obra de Louise Leidner. Quando eu era criança aqui, três anos atrás, eles eram o grupo mais feliz e alegre que se possa imaginar. Mesmo no ano passado, eles estavam muito bem. Mas este ano uma praga recaiu sobre eles e foi *ela* quem rogou. Ela era o tipo de mulher que não deixava ninguém feliz! *Existem* mulheres assim e ela era uma delas! Ela sempre queria quebrar as coisas. Só por diversão ou pela sensação de poder, ou talvez apenas porque ela nasceu assim. E ela era o tipo de mulher que precisava dominar todo macho ao seu alcance!

— Miss Reilly — protestei —, não acho que isso seja verdade. Na realidade, *eu sei* que não é.

Ela continuou sem nem sequer me notar.

— Para ela não era o bastante que o marido a adorasse. Ela tinha que fazer de tolo aquele abobado de pernas compridas e trêmulas, o Mercado. Então ela tomou controle do Bill. Bill é um tipo equilibrado, mas ela o estava deixando todo perdido e desnorteado. Carl Reiter, ela apenas se divertia atormentando. Foi fácil. Ele é um menino sensível. E ela também jogava charme para David. David era uma diversão melhor para ela, pois ele resistia. Ele sentiu o charme dela, mas não lhe dava atenção. Acho que porque ele teve bom senso o suficiente para saber que ela realmente não se importava. E é por isso que a odeio tanto. Ela não é sensual.

Ela *não quer* ter casos. É apenas um experimento de sangue frio da parte dela, e a diversão de mexer com as pessoas e colocá-las umas contra as outras. Ela também se interessava por isso. Era o tipo de mulher que nunca brigava com ninguém na vida, mas brigas sempre acontecem onde ela está! Ela *as fazia* acontecer. Ela é uma espécie de Iago feminino. Ela precisa de drama. Mas *ela mesma* não quer se envolver. Está sempre do lado de fora, mexendo os pauzinhos, olhando, gostando. Ah, *consegue* entender o que quero dizer?

— Entendo, talvez, mais do que imagina, *mademoiselle* — disse Poirot.

Eu não conseguia distinguir sua voz. Ele não parecia indignado.

Ele parecia... ah, bem, não consigo explicar.

Sheila Reilly pareceu entender, pois seu rosto ficou todo vermelho.

— O senhor pode pensar o que quiser — disse ela. — Mas estou certa sobre ela. Ela era uma mulher inteligente, estava entediada e fazia experiências, com pessoas, como outros fazem experiências com produtos químicos. Ela gostava de mexer com os sentimentos da pobre Miss Johnson e vê-la se morder e se controlar e levar na esportiva. Ela gostava de deixar a pequena Mercado num frenesi fervente. Ela gostava de *me* cutucar e conseguia fazer isso também, sempre! Ela gostava de descobrir coisas sobre as pessoas e usar isso contra elas. Ah, não me refiro a uma chantagem vulgar... quero dizer, apenas deixava que soubessem que ela *sabia* e os deixava inseguros sobre o que ela pretendia fazer a respeito. Mas, meu Deus, aquela mulher era uma artista! Não havia nada vulgar nos métodos *dela*!

— E quanto a seu marido? — perguntou Poirot.

— Ela nunca quis magoá-lo — disse Miss Reilly, devagar. — Nunca a vi sendo nada além de doce com ele. Suponho que ela gostava dele. Ele é um querido, mergulhado em seu próprio mundo, suas escavações e suas teorias. E ele a adorava e achava que ela era perfeita. Isso poderia ter incomodado algumas mulheres. Não a incomodou. Em certo sentido, ele vivia no paraíso dos tolos. E ainda assim não era o paraíso dos tolos, porque para ele, ela era o que ele pensava que era. Embora seja difícil conciliar isso com...

Ela parou.

— Continue, *mademoiselle* — disse Poirot. Ela se virou de repente para mim.

— O que disse sobre Richard Carey?

— Sobre Mr. Carey? — perguntei, espantada.

— Sobre ela e Carey.

— Bem — falei —, mencionei que eles não se davam muito bem...

Para minha surpresa, ela caiu na gargalhada.

— Não se davam muito bem! Sua tola! Ele está completamente apaixonado por ela. E isso o está despedaçando, porque ele adora o Leidner também. É seu amigo há anos. Isso seria o suficiente para ela, é claro. Ela decidiu ficar entre eles. Mas, mesmo assim, eu imaginei...

— *Eh bien*?

Ela estava carrancuda, absorta em pensamentos.

— Achei que ela tinha ido longe demais pela primeira vez, que ela não estava apenas provocando, mas se sentindo tentada! Carey é atraente. Ele é atraente como o diabo... Ela era um demônio frio, mas acredito que poderia ter perdido a frieza com ele...

— Acho que é escandaloso o que está dizendo — protestei. — Ora, eles mal se falavam!

— Ah, não se falavam, é? — Ela se voltou para mim. — A senhorita sabe um bocado a respeito, hein. Era "Mr. Carey" e "Mrs. Leidner" na casa, mas eles costumavam se encontrar do lado de fora. Ela descia a trilha até o rio. E ele deixava a escavação por uma hora. Eles costumavam se encontrar entre as árvores frutíferas.

141

— Eu o vi uma vez a deixando, caminhando de volta para a escavação, e ela estava parada olhando por ele. Agi feito uma vaca, suponho. Eu tinha um binóculo comigo e o tirei e dei uma boa olhada em seu rosto. Se me perguntassem, acredito que ela se importava muito com Richard Carey...

Ela parou e olhou para Poirot.

— Desculpe-me por me intrometer no seu caso — disse ela, com um sorriso repentino um tanto torto —, mas achei que o senhor gostaria de saber como as coisas são por aqui.

E ela marchou para fora da sala.

— M. Poirot — protestei. — Não acredito em uma palavra disso tudo!

Ele olhou para mim, sorriu e disse (de um jeito muito esquisito, pensei):

— Não pode negar, enfermeira, que Miss Reilly lançou uma certa... luz sobre o caso.

Capítulo 19

Uma nova suspeita

Não pudemos falar mais nada naquele momento porque o Dr. Reilly entrou, dizendo de brincadeira que havia matado um dos mais cansativos de seus pacientes.

Ele e M. Poirot iniciaram uma discussão mais ou menos médica sobre a psicologia e o estado mental de um autor de cartas anônimas. O médico citou casos que conhecia profissionalmente e M. Poirot contou várias histórias de sua própria experiência.

— Não é tão simples quanto parece — ele terminou. — Existe o desejo de poder e, muitas vezes, um forte complexo de inferioridade.

O Dr. Reilly assentiu com a cabeça.

— É por isso que muitas vezes se descobre que o autor de cartas anônimas é a última pessoa no lugar sob suspeita. Alguma almazinha tranquila e inofensiva que aparentemente é incapaz de fazer mal a uma mosca, toda doçura e mansidão cristã por fora e fervendo com toda a fúria do inferno por dentro!

Poirot disse, pensativo:

— O senhor diria que Mrs. Leidner tinha alguma tendência a um complexo de inferioridade?

O Dr. Reilly raspou o cachimbo com uma risada.

— É a última mulher na terra que eu descreveria assim. Não havia nada reprimido nela. Vida, vida e mais vida, isso é o que ela queria, e conseguiu!

— O senhor considera a possibilidade, psicologicamente falando, de que ela tenha escrito aquelas cartas?

— Sim, considero. Mas, se o fez, o motivo nasceu de seu instinto de dramatizar a si mesma. Mrs. Leidner era uma espécie de estrela de cinema na vida privada! Ela *precisava* ser o centro das coisas, estar sob os holofotes. Pela lei dos opostos, ela se casou com Leidner, que é o homem mais reservado e modesto que conheço. Ele a adorava, mas ser adorada ao lado da lareira não era suficiente para ela. Ela tinha que ser a heroína perseguida também.

— Então — disse Poirot, sorrindo —, o senhor não concorda com a teoria dele de que ela as escreveu e não guardou nenhuma memória do ato?

— Não, não concordo. Eu não rejeitei a hipótese na frente dele. Não se pode dizer a um homem que acaba de perder uma esposa muito querida que essa mesma esposa era uma exibicionista desavergonhada e que o deixava quase louco de ansiedade para satisfazer seu senso dramático. Na verdade, não seria seguro dizer a nenhum homem a verdade sobre sua esposa! Curiosamente, eu confio na maioria das mulheres para dizer-lhes a verdade sobre seus maridos. As mulheres podem aceitar o fato de que um homem é um rato, um vigarista, um viciado, um mentiroso convicto ou simplesmente um porco, sem piscar e sem que isso prejudique no mínimo seu afeto pelo bruto! As mulheres são maravilhosamente realistas.

— Sinceramente, Dr. Reilly, qual era sua opinião exata sobre Mrs. Leidner?

O Dr. Reilly recostou-se na cadeira e deu uma baforada no cachimbo.

— Sinceramente, é difícil dizer! Eu não a conhecia bem o suficiente. Ela tinha charme, uma boa dose dele. Tinha inteligência, simpatia... O que mais? Ela não tinha nenhum dos vícios desagradáveis comuns. Ela não era sensual ou preguiçosa ou mesmo particularmente vaidosa. Ela era, sempre achei (mas não tenho provas disso), uma mentirosa muito talentosa. O que não sei (e o que gostaria de saber) é se ela mentia para si mesma ou só para os outros. Eu também gosto de mentirosos. Uma mulher que não mente é uma mulher sem imaginação e sem simpatia. Não acho que ela era realmente uma caçadora de homens, apenas gostava do exercício de derrubá-los "com meu arco e flecha". Se o senhor falar com minha filha sobre o assunto...

— Tivemos esse prazer — comentou Poirot com um leve sorriso.

— Hum — disse o Dr. Reilly. — Ela não perdeu muito tempo! Deve ter metido a faca sem dó, imagino! A geração mais jovem não tem sentimento em relação aos mortos. É uma pena que todos os jovens sejam idiotas! Eles condenam a "velha moralidade" e então estabelecem um código próprio muito mais rígido e rápido. Se Mrs. Leidner tivesse meia dúzia de casos, Sheila provavelmente a teria aprovado como "vivendo sua vida plenamente", ou "obedecendo seus instintos de sangue". O que ela não vê é que Mrs. Leidner estava sendo fiel ao estilo. *Seu* estilo. O gato obedece ao seu instinto sanguíneo quando brinca com o rato! É assim que é. Os homens não são meninos que precisam ser resguardados e protegidos. Eles têm que conhecer mulheres-gato. E spaniels fiéis, mulheres que adoram os seus até a morte, ou galinhas que ficam bicando mulheres-pássaro e todas as demais! A vida é um campo de batalha, não um piquenique! Eu gostaria de ver Sheila ser honesta o suficiente para descer do salto e admitir que odiava Mrs. Leidner pelos bons e velhos motivos pessoais de sempre. Sheila é praticamente a única jovem neste lugar e naturalmente presume que é ela quem deveria ter a atenção dos rapazinhos. Naturalmente, se irrita quando uma mulher, que a seu ver é de meia-idade e já tem dois maridos no currículo, vem e toma conta do seu galinheiro. Sheila é uma boa menina, saudável e razoavelmente bonita e atraente para o sexo oposto, como deveria ser. Mas Mrs. Leidner era algo fora do comum nessa linha. Ela tinha aquele tipo de magia calamitosa que incendeia um lugar. Uma espécie de *Belle dame sans merci*.

Tive um sobressalto. Que coincidência ele dizer isso!

— Sua filha, sem querer ser indiscreto, talvez tenha uma *tendresse* por um dos rapazes de lá?

— Oh, acho que não. Ela tem Emmott e Coleman a rodeando, por sinal. Não sei se ela gosta mais de um do que do outro. Também há alguns rapazes da Força Aérea. Simpatizo com todos os peixes que têm caído na sua rede, até o momento. Não, acho que foi a maturidade ter ousado derrotar a juventude que a irritou tanto! Ela não conhece tanto do mundo quanto eu. É quando se chega à minha idade que realmente se aprecia os ares de uma colegial, um olhar límpido e um corpo jovem e firme. Mas uma mulher com mais de 30 anos sabe escutar com atenção extasiada e soltar uma palavra aqui e ali para mostrar ao seu interlocutor como ele é um bom sujeito, e poucos rapazes conseguem resistir a isso! Sheila é uma menina bonita, mas Louise Leidner era linda. Olhos gloriosos e aquela incrível beleza dourada. Sim, ela era uma mulher linda.

Sim, pensei comigo mesma, ele está certo. A beleza é uma coisa maravilhosa. Ela *era* linda. Não era o tipo de aparência de que se teria ciúmes, você apenas se recostava e a admirava. No primeiro dia em que a conheci, senti que faria *qualquer coisa* por Mrs. Leidner!

Mesmo assim, naquela noite, enquanto eu estava sendo levada de volta para Tell Yarimjah (o Dr. Reilly me fez ficar para um jantar mais cedo), uma ou duas coisas voltaram à minha mente e me deixaram bastante desconfortável. Na hora, eu não tinha acreditado em uma só palavra de toda aquela verborreia de Sheila Reilly. Achei tudo puro rancor e malícia.

Mas agora de repente lembrei do modo como Mrs. Leidner havia insistido em dar um passeio sozinha naquela tarde e não quis que eu fosse com ela. Não pude deixar de me perguntar se talvez, afinal, ela tivesse ido se encontrar com Mr.

Carey... E, claro, *era* um pouco estranho, realmente, o modo como eles falavam um com o outro, de maneira tão formal. A maioria dos outros ela chamava por seus nomes de batismo. Lembrei que ele nunca parecia olhar para ela. Isso podia ser porque não gostava dela ou podia ser justamente o contrário... Agitei-me um pouco. Ali estava eu, imaginando e fantasiando todo tipo de coisa, tudo por causa da explosão rancorosa de uma garota! Isso apenas mostrava como é cruel e perigoso sair por aí dizendo esse tipo de coisa.

Mrs. Leidner *não era* nada daquilo...

Claro, ela *de fato* não gostava de Sheila Reilly. Realmente, foi quase maliciosa com ela naquele dia no almoço com Mr. Emmott.

Engraçado, o modo como ele olhou para ela. De um modo que a gente não poderia dizer no que ele estava pensando. Nunca se podia dizer o que Mr. Emmott estava pensando. Ele ficava tão quieto. Mas muito gentil. Uma pessoa bastante confiável.

Já Mr. Coleman era um jovem tolo, como jamais houve!

Eu estava nesse ponto em minhas meditações quando chegamos. Eram apenas 21 horas e o grande portão estava fechado e trancado.

Ibrahim veio correndo com sua grande chave para me deixar entrar.

Todos íamos para a cama cedo em Tell Yarimjah. Não havia luzes acesas na sala de estar. Havia uma luz na sala de desenho e outra no escritório do Dr. Leidner, mas quase todas as outras janelas estavam escuras. Todos devem ter ido para a cama ainda mais cedo do que de costume.

Ao passar pela sala de desenho em direção ao meu quarto, olhei para dentro dela. Mr. Carey estava em mangas de camisa, trabalhando em sua grande planta-baixa. Parecia terrivelmente abatido, pensei. Tão tenso e desgastado. Isso me deu uma grande aflição. Não sei o que havia de especial em Mr. Carey. Não era nada do que ele *falava*, porque ele quase não falava nada, e quando o fazia, só dizia banalidades, e não era o que ele *fazia*, pois isso também não era muita coisa. E ainda assim, a gente simplesmente não conseguia deixar de notá-lo, e tudo a seu respeito parecia ter mais importância do que sobre qualquer outra pessoa. Ele apenas *fazia a diferença*, se entende o que quero dizer.

Ele virou a cabeça e me viu. Tirou o cachimbo da boca e disse:

— Então, enfermeira, já de volta de Hassanieh?

— Sim, Mr. Carey. O senhor está trabalhando até tarde. Todo mundo parece já ter ido para a cama.

— Achei melhor continuar com o que estava fazendo — disse ele. — Eu estava um pouco atrasado. E vou ficar fora na escavação amanhã. Estamos começando a cavar novamente.

— Já? — perguntei, chocada.

Ele me olhou de um jeito meio estranho.

— É o melhor a se fazer, eu acho. Falei isso para Leidner. Ele estará em Hassanieh a maior parte do dia amanhã, cuidando das coisas. Mas o restante de nós vai continuar aqui. A senhorita sabe que não é muito fácil sentar e olhar uns para os outros, do modo como as coisas estão.

Ele estava certo quanto a isso, claro. Ainda mais no estado de nervos em que todos se encontravam.

— Bem, é claro que o senhor está correto, de certo modo — falei. — A gente espairece quando tem algo para fazer.

O funeral, fui informada, seria depois de amanhã.

Ele havia se curvado sobre sua planta-baixa novamente. Não sei por que, mas fiquei sentida por ele. Eu estava certa de que ele não conseguiria dormir.

— Quer um remédio para dormir, Mr. Carey? — falei, hesitante.

Ele balançou a cabeça com um sorriso.

— Vou continuar, enfermeira. É um mau hábito, remédios para dormir.

— Bem, boa noite, Mr. Carey — falei. — Se houver alguma coisa que eu possa fazer...

— Acho que não, obrigado, enfermeira. Boa noite.

— Sinto muitíssimo — falei, acho que um pouco impulsiva.

— Perdão? — Ele pareceu surpreso.

— Por... por todos. É tudo tão terrível. Mas especialmente para o senhor.

— Para mim? Por que para mim?

— Bem, o senhor é um velho amigo dos dois.

— Sou um velho amigo de Leidner. Eu não era tão amigo dela, em especial.

Ele falou como se na verdade não gostasse dela. Realmente, queria que Mrs. Reilly pudesse tê-lo escutado!

— Bem, boa noite — falei e me apressei para meu quarto. Fiquei enrolando um pouco, antes de me despir. Lavei alguns lenços e um par de luvas de couro e escrevi no meu diário. Dei só uma última olhada para fora da minha porta antes de realmente começar a me preparar para dormir. As luzes ainda estavam acesas na sala de desenho e no prédio sul. Imagino que o Dr. Leidner ainda estivesse acordado e trabalhando em seu escritório. Perguntei-me se deveria ir e dar boa noite a ele. Hesitei quanto a isso — não queria parecer intrometida. Ele poderia estar ocupado e não querer ser incomodado. No final, porém, uma espécie de inquietação me impeliu. Afinal, não haveria mal algum. Eu só diria boa noite, perguntaria se havia qualquer coisa que pudesse fazer e sairia.

Mas o Dr. Leidner não estava lá. O escritório em si estava iluminado, mas não havia ninguém nele, exceto Miss Johnson. Ela estava de cabeça baixa sobre a mesa e chorava como se seu coração fosse se partir.

Isso me deixou abalada. Ela era uma mulher muito quieta e controlada. Dava pena vê-la assim.

— O que aconteceu, minha querida? — falei. Coloquei meu braço ao seu redor e dei um tapinha nela. — Vamos, vamos, isso não vai servir de nada... Não deve ficar aqui chorando sozinha.

Ela não respondeu e senti os terríveis tremores dos soluços que a atormentavam.

— Não, não, minha querida — falei. — Controle-se. Vou preparar uma boa xícara de chá quente para você.

Ela levantou a cabeça e disse:

— Não, não, está tudo bem, enfermeira. Estou sendo uma idiota.

— O que a está incomodando, minha querida? — perguntei.

Ela não respondeu de imediato, e então disse:

— É tudo horrível...

— Vamos, não fique pensando nisso — falei a ela. — O que aconteceu já aconteceu e não pode ser consertado. Não adianta se preocupar.

Ela se endireitou e começou a acariciar o cabelo.

— Estou me fazendo de tola — disse ela, com sua voz rouca. — Eu estava limpando e arrumando o escritório. Pensei que fosse melhor *fazer* alguma coisa. E então... tudo me veio de repente...

— Sim, sim — me apressei a falar. — Eu sei. Uma boa xícara de chá e uma bolsa de água quente em sua cama, é o que a senhorita precisa.

E foi o que ela teve. Não dei atenção a nenhuma objeção.

— Obrigada, enfermeira — disse ela quando a coloquei na cama, bebericando seu chá e com a bolsa de água quente já posicionada. — A senhorita é uma mulher gentil e sensata. É raro que eu faça um papelão desses.

— Ah, qualquer um pode acabar fazendo isso, numa situação assim — falei. — Se não for uma coisa, é outra. A tensão e o choque e a polícia aqui, ali e em todo lugar. Ora, eu mesma fico sobressaltada.

Ela falou devagar, num tom um pouco estranho:

— O que a senhorita disse lá é verdade. O que aconteceu já aconteceu e não pode ser consertado...

Ela ficou em silêncio por um minuto ou dois e então falou, no que achei um pouco estranho:

— Ela nunca foi uma mulher gentil!

Bem, não discuti quanto a isso. Sempre achei que fosse muito natural Miss Johnson e Mrs. Leidner não se darem bem. Fiquei imaginando se, talvez, Miss Johnson secretamente tivesse a sensação de felicidade por Mrs. Leidner estar morta, e assim ficara envergonhada de si mesma por pensar isso. Falei:

— Agora vá dormir e não se preocupe com mais nada.

Peguei só algumas coisas e dei uma ajeitada no quarto. Uma meia-calça nas costas de uma cadeira e casaco e saia num cabide. Havia uma bolinha de papel amassado no chão, de onde deve ter caído de um bolso.

Eu estava apenas alisando o papel para ver se era algo que eu poderia jogar fora quando de repente ela me assustou.

— Me dê isso!

Eu o fiz, um tanto surpresa. Ela falou de modo tão peremptório. Arrancou o papel da minha mão, arrancou mesmo, e então o levou à chama de uma vela, queimando-o até virar cinzas.

Como disse, fiquei surpresa, e fiquei só olhando para ela.

Não tive tempo de ver o que era o papel, ela o tirou de minha mão muito rápido. Mas curiosamente, ao queimar ele se enrolou na minha direção, e só consegui ver que havia palavras escritas a tinta no papel.

Foi só quando eu estava indo para a cama que me dei conta de que elas me pareciam um pouco familiares.

Era a mesma letra das cartas anônimas.

Foi *por isso* que Miss Johnson havia se deixado tomar pelo remorso? Teria sido ela o tempo todo quem estava escrevendo aquelas cartas anônimas?

Capítulo 20

Miss Johnson, Mrs. Mercado, Mr. Reiter

Não me importo de admitir que a ideia foi um choque para mim. Jamais imaginei associar *Miss Johnson* com as cartas. Mrs. Mercado, talvez. Mas Miss Johnson era uma legítima dama, tão sensata e cheia de autocontrole.

Mas concluí, lembrando da conversa que escutei naquele final de tarde entre M. Poirot e o Dr. Reilly, que podia ser justamente *por isso*.

Se havia sido Miss Johnson quem havia escrito as cartas, isso explicava muita coisa. Veja bem, não pensei nem por um minuto que Miss Johnson pudesse ter algo a ver com o assassinato. Mas podia ver que seu desgosto por Mrs. Leidner poderia tê-la levado a sucumbir à tentação de, bem... fazer a outra temer a própria sombra, para usar uma expressão vulgar.

Ela talvez tivesse a esperança de fazer Mrs. Leidner fugir assustada da escavação.

Mas então Mrs. Leidner foi assassinada e Miss Johnson passou a sentir terríveis dores de remorso. Primeiro por seu truque cruel e também, talvez, porque percebeu que aquelas cartas estavam agindo como um escudo muito bom para o verdadeiro assassino. Não é de se admirar que ela tivesse desmoronado tão completamente. Ela era, eu tinha certeza, uma alma decente no fundo de seu coração. E isso também explicava por que ela aceitou tão ansiosamente meu consolo de "o que aconteceu, aconteceu e não pode ser consertado".

E então sua observação enigmática, sua defesa de si mesma, "ela nunca foi uma mulher gentil!".

A questão era: o que eu deveria fazer a respeito? Eu me revirei por um bom tempo e no final decidi que deixaria M. Poirot saber disso na primeira oportunidade.

Ele apareceu no dia seguinte, mas não tive a chance de falar com ele do modo como se poderia chamar de privado.

Tínhamos apenas um minuto a sós e, antes que eu pudesse me recompor para saber como começar, ele se aproximou de mim e sussurrou instruções em meu ouvido.

— Eu vou falar com Miss Johnson, e talvez outros, na sala de estar. Ainda tem a chave do quarto de Mrs. Leidner?

— Sim — falei.

— *Très bien*. Vá lá, feche a porta atrás de si e dê um grito. Não um berro, um grito. Entende o que quero dizer. De alarme. É surpresa que quero que expresse, não um pavor louco. Quanto à desculpa caso a escutem, deixo isso aos cuidados da senhorita, torcer o dedinho do pé ou o que preferir.

Naquele momento, Miss Johnson saiu para o pátio e não houve tempo para mais nada.

Eu havia entendido muito bem o que M. Poirot queria. Assim que ele e Miss Johnson foram para a sala de estar, fui até o quarto de Mrs. Leidner e, destrancando a porta, entrei e a fechei atrás de mim.

Não posso dizer que não me senti um pouco idiota em ficar em pé em uma sala vazia e dar um grito por nada. Além disso, não era assim tão fácil saber o quão alto gritar. Eu soltei um "ah" bem alto, depois tentei um pouco mais agudo e um pouco mais baixo.

Então saí de novo e preparei minha desculpa, de ter batido o dedinho do pé (e não *torcido*, suponho que era *isso* que ele queria dizer!).

Mas logo parecia que nenhuma desculpa seria necessária. Poirot e Miss Johnson estavam conversando seriamente e não houve nenhuma interrupção.

— Bem — pensei —, está tudo resolvido. Ou Miss Johnson imaginou aquele grito que ouviu, ou então foi algo bem diferente.

Eu não queria entrar e interrompê-los. Havia uma espreguiçadeira na varanda, então me sentei lá. Suas vozes ecoaram até mim.

— A posição é delicada, a senhorita entende — Poirot estava dizendo. — O Dr. Leidner, obviamente ele adorava sua esposa...

— Ele a idolatrava — disse Miss Johnson.

— Naturalmente, ele me contou de como toda a sua equipe gostava dela! Quanto a eles, o que podem dizer? Naturalmente, dizem a mesma coisa. É polidez. É decência. Também pode ser verdade! Mas também pode não ser! E estou convencido, *mademoiselle*, de que a chave para este enigma reside na compreensão completa do caráter de Mrs. Leidner. Se eu pudesse obter a opinião, a opinião sincera, de cada membro da equipe, eu poderia construir uma imagem do todo. Sinceramente, é por isso que estou aqui hoje. Eu sabia que o Dr. Leidner estaria em Hassanieh. Isso torna mais fácil, para mim, interrogar cada um de vocês aqui por vez, e peço sua ajuda.

— Por mim, tudo bem — começou Miss Johnson e parou.

— Mas não me venha com esses clichês britânicos — implorou Poirot. — Não diga que isso ou aquilo não é justo, ou que não se deve falar qualquer coisa dos mortos que não seja bom, ou que, *enfin*, exista lealdade! A lealdade é uma coisa pestilenta no crime. Ela sempre obscurece a verdade.

— Não tenho nenhuma lealdade em especial para com Mrs. Leidner — disse Miss Johnson, seca. Havia de fato um tom agudo e ácido em sua voz. — Já o Dr. Leidner é outra história. E, afinal, ela era sua esposa.

— Precisamente, precisamente. Entendo que a senhorita não gostaria de falar contra a esposa de seu chefe. Mas não se trata de um testemunho. É uma questão de morte súbita e misteriosa. Se devo acreditar que ela era um anjo martirizado que foi morto, isso não aumenta a facilidade de minha tarefa.

— Eu certamente não a chamaria de anjo — disse Miss Johnson, e o tom ácido ficou ainda mais evidente.

— Diga-me sua opinião sincera sobre Mrs. Leidner, como mulher.

— Hum! Para começar, M. Poirot, vou dar-lhe este aviso. Eu tenho preconceitos. Sou, e todos nós somos, devotados ao Dr. Leidner. E, suponho, quando Mrs. Leidner apareceu, ficamos com ciúmes. Ficamos ressentidos com as exigências que ela fez sobre seu tempo e atenção. A devoção que ele demonstrou por ela nos irritou. Estou sendo sincera, M. Poirot, e isso não me é muito agradável. Eu me ressentia de sua presença aqui. Sim, me ressentia, embora, é claro, tentasse nunca demonstrar isso. Fez diferença para nós, sabe.

— Nós? A quem a senhorita se refere?

— Me refiro a Mr. Carey e eu. Nós somos os dois veteranos, veja bem. E não gostamos muito da nova ordem das coisas. Suponho que seja natural, embora talvez tenha sido bastante mesquinho da nossa parte. Mas isso fazia a diferença.

— Que tipo de diferença?

— Oh! Em tudo. Costumávamos nos divertir muito. Muita diversão, sabe, e piadas um tanto idiotas, como fazem as pessoas que trabalham juntas. O Dr. Leidner era bastante alegre, como um menino.

— E quando Mrs. Leidner veio, ela mudou isso tudo?

— Bem, suponho que não tenha sido *culpa* dela. Não foi tão ruim no ano passado. E, por favor, acredite, M. Poirot, não foi nada que ela *fez*. Ela sempre me tratou com gentileza, muita gentileza. É por isso que às vezes me sentia envergonhada. Não era culpa dela que as pequenas coisas que dizia e fazia pareciam me irritar da maneira errada. Sério, ninguém poderia ser mais amável do que ela.

— Mas mesmo assim as coisas mudaram nessa temporada? Havia uma atmosfera diferente.

— Oh, totalmente. Mesmo. Não sei o que foi. Tudo parecia dar errado. Não com o trabalho, quis dizer conosco. Nossos temperamentos e nossos nervos. Tudo no limite. Quase o tipo de sensação que se tem quando há uma tempestade se aproximando.

— E a senhorita atribui isso à influência de Mrs. Leidner?

— Bem, nunca havia sido assim antes de ela chegar — disse Miss Johnson, seca. — Oh! Sou um cão velho e rabugento. Conservadora. Gosto das coisas sempre iguais. O senhor realmente não deve prestar atenção em mim, M. Poirot.

— Como a senhorita me descreveria o caráter e temperamento de Mrs. Leidner?

Miss Johnson hesitou por um momento. Então disse devagar:

— Bem, claro, ela era temperamental. Tinha muitos altos e baixos. Era gentil com as pessoas um dia e talvez nem falasse com elas no outro. Ela foi muito gentil, eu acho. E muito atenciosa com os outros. Ainda assim, a gente podia ver que foi completamente mimada durante toda a vida. Ela considerou perfeitamente natural que o Dr. Leidner fizesse tudo por ela. E não acho que ela realmente apreciava o homem notável, realmente grandioso, com quem havia se casado. Isso costumava me irritar às vezes. E é claro que ela estava terrivelmente tensa e nervosa. As coisas que costumava imaginar e os estados em que costumava ficar! Fiquei grata quando o Dr. Leidner trouxe a enfermeira Leatheran aqui. Era demais para ele ter que lidar com o trabalho e com os medos de sua esposa.

— Qual é sua opinião sobre essas cartas anônimas que ela recebeu?

Eu tive de fazer isto. Inclinei-me para a frente em minha cadeira até que pudesse ver o perfil de Miss Johnson voltado para Poirot em resposta à sua pergunta.

Ela estava perfeitamente fria e controlada.

— Eu acho que alguém nos Estados Unidos guarda rancor dela e estava tentando assustá-la ou incomodá-la.

— *Pas plus sérieux que ça?*

— Essa é minha opinião. Ela era uma mulher muito bonita, sabe, e pode facilmente ter tido inimigos. Eu acho que aquelas cartas foram escritas por alguma mulher com ciúmes. Sendo Mrs. Leidner de temperamento enervado, ela as levou a sério.

— Ela certamente fez isso — disse Poirot. — Mas lembre-se, a última delas chegou diretamente, sem os correios.

— Bem, suponho que isso *poderia* ter sido providenciado se alguém estivesse decidido a fazê-lo. As mulheres podem se dar a um bocado de trabalho quando movidas por ciúmes, M. Poirot.

"Podem mesmo", pensei comigo mesma.

— Talvez a senhorita esteja certa, *mademoiselle*. Como disse, Mrs. Leidner era bonita. A propósito, conhece Miss Reilly, a filha do médico?

— Sheila Reilly? Sim, claro.

Poirot adotou um tom muito íntimo e fofoqueiro.

— Ouvi um boato (naturalmente, não quis perguntar ao médico) de que havia uma *tendresse* entre ela e um dos membros da equipe do Dr. Leidner. É verdade, sabe dizer?

Miss Johnson parecia bastante divertida.

— Oh, o jovem Coleman e David Emmott estavam ambos inclinados a entrar na dança. Creio que houvesse alguma rivalidade quanto a quem seria seu parceiro em algum evento no clube. Os dois meninos costumavam ir nas noites de sábado ao clube. Mas não sei se havia algo nisso da parte dela. Ela é a única coisinha jovem no lugar, o senhor sabe, e então está se tornando a beldade local. Ela tem a Força Aérea correndo atrás dela também.

— Então a senhorita acha que não há nada nisso?

— Bem, não sei. — Miss Johnson ficou pensativa. — É verdade que ela vem para cá com bastante frequência. Até a escavação e tudo mais. Na verdade, Mrs. Leidner estava zombando de David Emmott quanto a isso outro dia, dizendo que a garota estava correndo atrás dele. O que foi uma coisa bastante maliciosa de se dizer, pensei, e não acho que ele gostou... Sim, ela vinha aqui bastante. Eu a vi cavalgando em direção à escavação naquela tarde terrível. — Ela acenou com a cabeça em direção à janela aberta. — Mas nem David Emmott nem Coleman estavam de serviço naquela tarde. Richard Carey estava no comando. Sim, talvez ela se sinta atraída por um dos meninos, mas ela é uma garota moderna e nada sentimental, que a gente nunca sabe o quanto se deve levar a sério. Tenho certeza de que não sei qual deles seria. Bill é um bom menino, e nem de longe o idiota que finge ser. David Emmott é um querido, e há muito mais nele. Ele é do tipo profundo e quieto.

Então ela olhou para Poirot de modo interrogativo e disse:

— Mas isso tem alguma relação com o crime, M. Poirot?

M. Poirot ergueu as mãos de um modo muito francês.

— Assim a senhorita me faz corar, *mademoiselle* — disse ele. — A senhorita me expõe como um simples fofoqueiro. Mas ora, estou sempre interessado nos casos de amor dos jovens.

— Sim — disse Miss Johnson com um leve suspiro. — É bom quando o amor verdadeiro percorre seu curso suavemente.

Poirot suspirou em resposta. Eu me perguntei se Miss Johnson estava pensando em algum caso de amor de quando era menina. E me perguntei se M. Poirot tinha esposa, e se mantinha, como sempre se escuta falar dos estrangeiros, várias amantes e coisas assim. Ele parece tão cômico que não poderia imaginar.

— Sheila Reilly tem muito caráter — disse Miss Johnson. — Ela é jovem e rude, mas é o tipo certo.

— Aceito sua palavra, *mademoiselle* — disse Poirot.

Ele se levantou e disse:

— Há algum outro membro da equipe na casa?

— Marie Mercado está por aí em algum lugar. Todos os homens estão na escavação hoje. Acho que eles queriam sair de casa. Não os culpo. Se o senhor quiser subir até a escavação...

Ela saiu na varanda e disse, sorrindo para mim:

— A enfermeira Leatheran não se importará de levá-lo, ouso dizer.

— Oh, certamente, Miss Johnson — falei.

— E o senhor vai voltar para o almoço, não vai, M. Poirot?

— Ficarei encantado, *mademoiselle*.

Miss Johnson voltou para a sala onde se ocupava da catalogação.

— Mrs. Mercado está no terraço — falei. — O senhor quer vê-la primeiro?

— Seria bom, eu acho. Vamos subir.

Enquanto subíamos as escadas, falei:

— Fiz o que o senhor me disse. O senhor ouviu alguma coisa?

— Nenhum som.

— Isso vai tirar um peso da mente de Miss Johnson, de qualquer modo — falei. — Ela tem se preocupado com a possibilidade de que poderia ter feito algo a respeito.

Mrs. Mercado estava sentada no parapeito, de cabeça baixa, e estava tão perdida em pensamentos que não nos ouviu até que Poirot parou diante dela e lhe desejou bom dia.

Então olhou para cima com um sobressalto.

Ela parecia doente esta manhã, pensei, seu pequeno rosto contraído e enrugado, com grandes olheiras.

— *Encore moi* — disse Poirot. — Venho hoje com um objetivo especial.

E continuou do mesmo modo que fizera com Miss Johnson, explicando como era necessário que ele conseguisse uma imagem real de Mrs. Leidner.

Mrs. Mercado, no entanto, não foi tão honesta quanto Miss Johnson. Ela se desfez em intensos elogios que, eu tinha certeza, estavam muito distantes de seus sentimentos reais.

— Querida, *querida* Louise! É tão difícil explicá-la para alguém que não a conheceu. Ela era uma criatura tão exótica.

Muito diferente de qualquer outra pessoa. Tenho certeza de que também sentiu isso, enfermeira? Uma mártir dos nervos, é claro, e cheia de caprichos, mas por ela se suportava coisas que por mais ninguém se suportaria. E ela era tão doce com todos nós, não era, enfermeira? E tão *humilde* consigo mesma. Digo, ela não sabia nada sobre arqueologia e estava tão ansiosa para aprender. Sempre perguntando ao meu marido sobre os processos químicos para tratar os objetos de metal e ajudando Miss Johnson a consertar a cerâmica. Oh, todos nós éramos *devotados* a ela.

— Então não é verdade, madame, o que ouvi, que havia uma certa tensão... uma atmosfera desconfortável, aqui?

Mrs. Mercado abriu bem seus olhos castanhos opacos.

— Oh! Quem pode ter lhe dito isso? A enfermeira? O Dr. Leidner? Tenho certeza de que ele nunca notaria nada, pobre homem.

E ela lançou um olhar totalmente hostil para mim. Poirot sorriu à vontade.

— Tenho meus espiões, madame — anunciou ele, com alegria. E, por um instante, vi ás pálpebras dela tremerem e piscarem.

— O senhor não acha — perguntou Mrs. Mercado, com ares de grande doçura — que depois de uma ocorrência desse tipo, todos sempre fingem muitas coisas que nunca existiram? O senhor sabe... tensão, atmosfera, uma "sensação de que algo estava para acontecer"? Acho que as pessoas inventam essas coisas depois.

— Há muito no que a senhora diz, madame — falou Poirot.

— E isso realmente não era verdade! Éramos uma família totalmente feliz aqui.

— Aquela mulher é uma das maiores mentirosas que já conheci — falei, indignada, quando M. Poirot e eu saímos da casa e caminhamos ao longo da trilha para a escavação.

— Tenho certeza de que ela simplesmente odiava Mrs. Leidner de coração!

— Ela dificilmente seria o tipo a quem se procura atrás da verdade — concordou Poirot.

— Uma perda de tempo, conversar com ela — retruquei.

— Dificilmente seria, dificilmente seria. Se uma pessoa lhe mente com os lábios, ela às vezes está dizendo a verdade com os olhos. Do que ela tem medo, a pequena madame Mercado? Eu vi medo em seus olhos. Sim, decididamente, ela tem medo de alguma coisa. É muito interessante.

— Tenho uma coisa para lhe contar, M. Poirot — falei.

Então contei a ele tudo a respeito de meu retorno na noite anterior e minha forte convicção de que Miss Johnson era a autora das cartas anônimas.

— Então ela é uma mentirosa também! — falei. — O jeito calmo como ela lhe respondeu esta manhã sobre essas mesmas cartas!

— Sim — disse Poirot. — Foi algo interessante. Pois ela revelou o fato de que sabia tudo sobre aquelas cartas. Até agora, elas não foram faladas na presença da equipe. Claro, é bem possível que o Dr. Leidner tenha lhe contado sobre elas ontem. Eles são velhos amigos, os dois. Mas se ele não contou... bem, então é curioso e interessante, não é?

Meu respeito por ele aumentou. Foi inteligente a maneira como ele a enganou para que mencionasse as cartas.

— O senhor vai questioná-la sobre elas? — perguntei.

M. Poirot pareceu ficar muito chocado com a ideia.

— Não, não, de modo algum. É sempre imprudente exibir seu conhecimento. Mantenho tudo aqui até o último minuto. — Ele bateu na testa. — No momento certo, eu salto, como a pantera, e, *mon Dieu!*, a consternação!

Não pude deixar de rir internamente do pequeno M. Poirot no papel de uma pantera.

Tínhamos acabado de chegar à escavação. A primeira pessoa que vimos foi Mr. Reiter, que estava ocupado fotografando algumas paredes. Na minha opinião, os homens que estavam cavando apenas erguiam paredes onde bem quisessem.

Isso é o que parecia, de todo modo. Mr. Carey me explicou que se pode perceber a diferença na hora com a picareta, e tentou me mostrar, mas não vi o que queria dizer. Quando o homem disse "Libn", tijolo de barro, era só terra comum e lama, pelo que pude ver.

Mr. Reiter terminou suas fotos e entregou a câmera e os pratos para seu menino, e disse-lhe para levá-los de volta para casa.

Poirot fez-lhe uma ou duas perguntas sobre exposições e pacotes de filmes e assim por diante, às quais ele respondeu prontamente. Parecia satisfeito por ser questionado sobre seu trabalho.

Ele estava recém apresentando suas justificativas para ter que nos deixar, quando Poirot mergulhou novamente em seu discurso preparado. Na verdade, não era bem um discurso definido, porque ele variava um pouco a cada vez, para se adequar à pessoa com quem estava falando. Mas não vou escrever tudo de novo. Com pessoas sensatas como Miss Johnson, ele foi direto ao ponto, e com alguns dos outros, ele teve que se esforçar um pouco mais. Mas acabou dando na mesma.

— Sim, sim, entendo o que o senhor quer dizer — disse Mr. Reiter. — Mas, de fato, não vejo como posso ser de grande ajuda para o senhor. Sou novo aqui nesta temporada e não conversei muito com Mrs. Leidner. Lamento, mas na verdade não tenho como lhe dizer nada.

Havia algo um pouco rígido e estranho na maneira como ele falava, embora, é claro, não tivesse nenhum sotaque — exceto o americano, digo.

— O senhor pode ao menos me dizer se gostava ou não gostava dela? — perguntou Poirot, com um sorriso.

Mr. Reiter ficou muito vermelho e gaguejou:

— Ela era uma pessoa encantadora, muito encantadora. E intelectual. Ela tinha uma mente muito boa, sim.

— *Bien!* O senhor gostava dela. E ela gostava do senhor?

Mr. Reiter ficou ainda mais vermelho.

— Oh, eu... não sei se ela me notava muito. E fui infeliz uma ou duas vezes. Sempre tinha azar quando tentava fazer qualquer coisa por ela. Receio tê-la irritado com minha falta de jeito. Não foi intencional... eu teria feito qualquer coisa... Poirot ficou com pena de suas dificuldades.

— Perfeitamente, perfeitamente. Vamos passar a outro assunto. Era um ambiente feliz, a casa?

— Perdão?

— Vocês todos eram felizes juntos? O senhor ria e conversava?

— Não, não, não exatamente isso. Havia uma certa... rigidez.

Ele fez uma pausa, lutando consigo próprio, e então disse:

— Veja bem, não sou muito bom com pessoas. Sou desajeitado. Sou tímido. O Dr. Leidner sempre foi muito gentil comigo. Mas, isso é tão estúpido, não consigo superar minha timidez. Sempre digo a coisa errada. Eu derrubo jarros de água. Sou azarado.

Ele realmente parecia uma criança grande e desajeitada.

— Todos nós fazemos essas coisas quando somos jovens — disse Poirot, sorrindo. — O equilíbrio, o *savoir faire*, vem depois.

Então, com uma palavra de despedida, seguimos em frente. Ele disse:

— Esse, *ma soeur*, é um jovem extremamente simples ou um ator notável.

Não respondi. Fui arrebatada outra vez pela ideia fantástica de que uma dessas pessoas era um assassino perigoso e de sangue frio. De alguma forma, nesta bela manhã ainda ensolarada, isso parecia impossível.

Capítulo 21

Mr. Mercado, Richard Carey

— Eles trabalham em dois locais separados, pelo que vejo — disse Poirot, parando.

Mr. Reiter estava tirando fotos em uma parte afastada da escavação principal. A uma pequena distância de nós, um segundo enxame de homens ia e vinha com cestos.

— Isso é o que eles chamam de corte profundo — expliquei. — Eles não encontram muita coisa lá, nada além de cerâmica quebrada, mas o Dr. Leidner sempre diz que é muito interessante, então suponho que seja.

— Vamos lá.

Caminhamos juntos devagar, pois o sol estava forte.

Mr. Mercado estava no comando. Nós o vimos abaixo de nós conversando com o capataz, um velho que lembrava uma tartaruga, usando um casaco de tweed sobre sua longa túnica de algodão listrada.

Foi um pouco difícil descer até eles, pois havia apenas uma escada ou trilha estreita, os meninos com cestos subiam e desciam constantemente, sempre pareciam cegos como morcegos e nunca pensavam em sair do caminho.

Enquanto eu seguia Poirot, ele disse de repente, por sobre o ombro:

— Mr. Mercado é destro ou canhoto?

Agora, essa era uma pergunta extraordinária, se quer saber! Pensei por um minuto.

— Destro — disse com convicção.

Poirot não se dignou a explicar. Ele simplesmente continuou e eu o segui.

Mr. Mercado pareceu bastante satisfeito em nos ver. Seu rosto comprido e melancólico se iluminou.

M. Poirot fingiu um interesse em arqueologia que tenho certeza de que não poderia realmente sentir, mas Mr. Mercado respondeu imediatamente.

Ele explicou que eles já haviam cortado doze níveis de ocupação da casa.

— Estamos definitivamente no quarto milênio — disse, com entusiasmo.

Sempre achei que um milênio seria algo no futuro, a época em que tudo dará certo.

Mr. Mercado apontou para cinturões de cinzas (como sua mão tremia! Eu me perguntei se ele poderia estar com malária) e explicou sobre como a cerâmica mudava de aspecto e sobre as sepulturas, e como eles tinham um nível quase inteiramente composto de sepulturas infantis, pobrezinhas, e sobre posições flexionadas e sua orientação, o que parecia indicar a maneira como os ossos estavam.

E então, de repente, quando ele estava se abaixando para pegar uma espécie de faca de sílex que estava junto de uns potes num canto, ele saltou no ar com um grito selvagem.

Ele se virou para encarar a mim e Poirot olhando-o com espanto.

Ele bateu com a mão no braço esquerdo.

— Algo me picou. Parecia uma agulha quente.

Imediatamente Poirot ficou enérgico.

— Rápido, *mon cher*, deixe-nos ver. Enfermeira Leatheran!

Dei um passo à frente. Ele agarrou o braço de Mr. Mercado e habilmente enrolou a manga de sua camisa cáqui até o ombro.

— Aqui — disse Mr. Mercado, apontando.

Cerca de sete centímetros abaixo do ombro, havia uma picada minúscula da qual o sangue escorria.

— Curioso — disse Poirot. Ele olhou para a manga enrolada. — Não consigo ver nada. Foi uma formiga, talvez?

— Melhor colocar um pouco de iodo — falei.

Sempre carrego uma cápsula de iodo comigo, e a peguei e apliquei. Mas eu estava um pouco distraída ao fazer isso, pois minha atenção fora atraída por algo bem diferente. O braço do senhor Mercado, do antebraço até o cotovelo, estava todo marcado por pequenos furos. Eu sabia muito bem o que eram: *as marcas de uma agulha hipodérmica*.

Mr. Mercado abaixou a manga novamente e recomeçou suas explicações. Mr. Poirot escutou, mas não tentou conduzir a conversa aos Leidner. Na verdade, ele não perguntou nada a Mr. Mercado.

Logo nos despedimos de Mr. Mercado e subimos a trilha novamente.

— Foi hábil da minha parte, não achou? — perguntou meu companheiro.

— Hábil? — perguntei.

M. Poirot tirou algo da lapela do casaco e examinou-o afetuosamente. Para minha surpresa, vi que era uma agulha de cerzir, longa e afiada, com uma bolinha de cera que fazia dela um alfinete.

— M. Poirot — gritei —, *o senhor* fez aquilo?

— Sim, eu fui o inseto que o picou. E também fiz isso muito bem, não achou? A senhorita não me viu.

Era verdade. Não o vi fazendo isso. E tenho certeza de que Mr. Mercado não tinha suspeitado. Ele deve ter sido rápido como um raio.

— Mas, M. Poirot, por quê? — perguntei.

Ele me respondeu com outra pergunta.

— A senhorita notou alguma coisa, irmã? — perguntou ele.

Assenti, balançando minha cabeça lentamente.

— Marcas hipodérmicas — falei.

— Então agora sabemos algo sobre Mr. Mercado — disse Poirot. — Eu suspeitava, mas não *sabia*. É sempre necessário *saber*.

"E o senhor pouco se importa em como faz isso", pensei, mas não falei.

Poirot de repente colocou a mão no bolso.

— Infelizmente, deixei cair meu lenço lá. Eu escondi o alfinete nele.

— Eu pego para o senhor — falei, e corri de volta.

A essa altura, eu tinha a sensação de que M. Poirot e eu éramos o médico e a enfermeira encarregados de um caso. Ao menos, parecia mais como uma operação onde ele era o cirurgião. Talvez não devesse dizer isso, mas de um modo estranho, eu estava começando a me divertir.

Lembro que, logo depois de terminar meu treinamento, trabalhei em um caso, em uma casa particular, onde surgiu a necessidade de uma operação imediata e o marido da paciente ficava irritado com casas de repouso. Ele simplesmente não queria ouvir falar de sua esposa sendo levada para uma. Disse que tinha que ser feito em casa.

Bem, é claro que para mim foi simplesmente esplêndido! Não havia mais ninguém para ficar olhando! Eu estava no comando de tudo. Claro, eu estava terrivelmente nervosa, pensei em tudo de que um médico poderia precisar, mas mesmo assim tive medo de ter esquecido algo. Com os médicos a gente nunca sabe. Às vezes eles podem pedir absolutamente de tudo! Mas tudo correu maravilhosamente bem! Eu tinha cada coisa pronta quando ele pedia e, depois que acabou, ele me disse que eu realmente tinha feito um trabalho de primeira, e isso é uma coisa que a maioria dos médicos não se preocuparia em dizer! O médico da família foi muito simpático também. E eu mesma que cuidei de tudo!

O paciente também se recuperou, então todos ficaram felizes.

Bem, eu me sentia da mesma forma agora. De certa forma, M. Poirot me lembrava aquele cirurgião. Ele *também* era um homem pequenino. Pequenino e feio, com uma cara de macaco, mas um cirurgião maravilhoso. Ele sabia instintivamente que direção tomar. Já vi muitos cirurgiões e sei a grande diferença que existe.

Aos poucos, fui alimentando uma espécie de confiança em M. Poirot. Senti que ele também sabia exatamente o que estava fazendo. E eu estava começando a sentir que era meu trabalho ajudá-lo, como se poderia dizer, a ter o fórceps e os algodões à mão, quando ele precisasse. É por isso que me pareceu tão natural sair correndo e procurar seu lenço, como seria pegar uma toalha que um médico tivesse jogado ao chão.

Quando encontrei o lenço e voltei, não consegui vê-lo de início. Mas finalmente o avistei. Ele estava sentado um pouco afastado da colina, conversando com Mr. Carey. O auxiliar de Mr. Carey estava parado por perto, com aquela enorme vara com marcações métricas, mas naquele momento ele disse algo para o garoto, que a levou embora. Parecia que havia terminado de usá-la, por enquanto.

Gostaria de deixar essa próxima parte bem clara. Veja bem, eu não tinha certeza do que M. Poirot estava fazendo nem do que não queria que eu fizesse. Digo, ele poderia ter me mandado de volta para buscar aquele lenço de *propósito*. Para me tirar do caminho.

Foi como uma operação de novo. A gente tem que ter o cuidado de entregar ao médico apenas o que ele quer e não o que ele não quer. Digo, suponha que a gente dê a pinça de artérias a ele no momento errado e se demora a entregá-las no momento necessário! Graças a Deus, conheço bem o trabalho na minha área. É improvável que eu cometa erros nela. Mas neste negócio eu realmente era uma principiante das mais verdes. E então tive que ser particularmente cuidadosa para não cometer erros tolos.

Claro, nem por um momento imaginei que M. Poirot não quisesse que eu ouvisse o que ele e Mr. Carey estavam dizendo. Mas ele pode ter pensado que faria Mr. Carey falar melhor se eu não estivesse lá.

Agora, não quero que ninguém meta na cabeça que sou o tipo de mulher que anda por aí bisbilhotando conversas privadas. Eu não faria tal coisa. Nem por um momento. Não, por mais que quisesse.

E o que quero dizer é que, se *fosse* uma conversa privada, eu não teria feito por um momento o que, na verdade, realmente fiz.

A meu ver, eu estava em uma posição privilegiada. Afinal, a gente escuta muitas coisas quando um paciente está se recuperando após uma anestesia. O paciente não gostaria que você escutasse, e geralmente não faz ideia de que você *de fato* o escutou, mas o fato é que você *escuta*. Acabei por concluir que Mr. Carey era o paciente. Ele não ficaria pior pelo que não tinha como saber. E se você acha que eu estava apenas curiosa, bem, vou admitir que *estava* curiosa. Eu não queria perder nada que pudesse ajudar.

Tudo isso apenas para dizer que me virei e dei a volta por trás da grande pilha de entulhos, até ficar a trinta centímetros de onde eles estavam, mas escondida deles pelo canto da pilha de entulhos. E se alguém disser que isso foi desonroso, me permita discordar. *Nada* deve ser escondido da enfermeira responsável pelo caso, embora, é claro, cabe ao médico dizer o que deve ser *feito*.

Não sei, é claro, qual foi a linha de abordagem de M. Poirot, mas quando cheguei lá, ele estava mirando direto no alvo, por assim dizer.

— Ninguém aprecia a devoção do Dr. Leidner por sua esposa mais do que eu — ele estava dizendo. — Mas muitas vezes se aprende mais sobre uma pessoa com seus inimigos do que com seus amigos.

— O senhor sugere que seus defeitos são mais importantes do que suas virtudes? — disse Mr. Carey. Seu tom era seco e irônico.

— Sem dúvida, quando se trata de assassinato. Acho curioso que, até onde sei, ninguém nunca foi assassinado por ter um caráter perfeito demais! Ainda que a perfeição, sem dúvida, seja uma coisa irritante.

— Lamento, mas dificilmente eu seria a pessoa certa para ajudá-lo — disse Mr. Carey. — Para ser-lhe totalmente franco, Mrs. Leidner e eu não nos dávamos muito bem. Não quero dizer que éramos inimigos, em qualquer sentido da palavra, mas não éramos exatamente amigos. Mrs. Leidner talvez tivesse um pouco de ciúme de minha antiga amizade com seu marido. Eu, de minha parte, embora a admirasse muito e a achasse uma mulher extremamente atraente, estava levemente ressentido de sua influência sobre Leidner. Como resultado, éramos muito educados um com o outro, mas não íntimos.

— Explicado de modo admirável — disse Poirot.

Eu podia ver suas cabeças e vi Mr. Carey virar bruscamente, como se algo no tom imparcial de M. Poirot o atingisse de forma desagradável.

M. Poirot continuou:

— O Dr. Leidner não ficou chateado pelo senhor e sua esposa não se darem melhor?

Carey hesitou um minuto antes de dizer:

— Eu realmente não tenho certeza. Ele nunca disse nada. Sempre esperei que não percebesse. Ele estava muito envolvido em seu trabalho, sabe.

— Então a verdade, de acordo com o senhor, é que o senhor na realidade não gostava muito de Mrs. Leidner?

Carey encolheu os ombros.

— Eu provavelmente teria gostado muito dela, se ela não fosse a esposa de Leidner.

Ele riu como se estivesse se divertindo com sua própria declaração.

Poirot estava arrumando uma pequena pilha de cacos de cerâmica.

Ele disse com uma voz sonhadora e distante:

— Falei com Miss Johnson esta manhã. Ela admitiu que tinha preconceitos contra Mrs. Leidner e não gostava muito dela, embora tenha se apressado em acrescentar que Mrs. Leidner sempre foi gentil com ela.

— Tudo verdade, arrisco dizer — falou Carey.

— Assim creio eu. Então, conversei com Mrs. Mercado. Ela me contou longamente como tinha sido devotada à Mrs. Leidner e o quanto a admirava. — Carey não respondeu a isso e, depois de esperar um minuto ou dois, Poirot continuou:

— Isso... eu não acreditei! Então venho até o senhor e o que o senhor me diz, bem, de novo, *eu não acredito...*

Carey enrijeceu. Eu podia sentir a raiva, raiva contida, em sua voz.

— Eu realmente não posso evitar suas crenças ou descrenças, M. Poirot. O senhor ouviu a verdade e pode acreditar ou não, no que me diz respeito.

Poirot não ficou irritado. Em vez disso, pareceu particularmente humilde e desamparado.

— Tenho culpa se acredito ou não? Eu tenho um ouvido sensível, saiba. E então, sempre há muitas histórias circulando, rumores flutuando no ar. Se alguém escutar, talvez aprenda alguma coisa! Sim, existem histórias...

Carey levantou-se de um salto. Eu podia ver claramente uma pequena pulsação em sua têmpora. Ele estava simplesmente esplêndido! Tão esguio e bronzeado. E aquele queixo perfeito, duro e quadrado.

Não me surpreende que as mulheres se apaixonem por aquele homem.

— Que histórias? — perguntou ele, feroz.

Poirot o olhou de soslaio.

— Talvez o senhor possa adivinhar. O tipo comum de história, sobre o senhor e Mrs. Leidner.

— Que mentes asquerosas as pessoas têm!

— *N'est-ce pas?* Elas são como cães. Por mais profundo que se enterre uma coisa desagradável, um cão sempre vai desenterrá-la de volta.

— E o senhor acredita nessas histórias?

— Estou disposto a ser convencido da verdade — disse Poirot, com gravidade.

— Duvido que o senhor acreditasse na verdade se a escutasse. — Carey riu de modo rude.

— Teste-me e descubra — disse Poirot, observando-o.

— Eu irei! O senhor saberá a verdade! Eu odiava Louise Leidner. Essa é a verdade para o senhor! Eu a odiava como o diabo!

Capítulo 22

David Emmott, Padre Lavigny
e uma descoberta

Virando-se de modo abrupto, Carey se afastou a passos longos e furiosos.

Poirot ficou sentado o observando e, por fim, murmurou:

— Sim... percebo...

E sem virar o rosto, ele disse num tom ligeiramente mais alto:

— Aguarde um minuto antes de dar a volta pelo canto, enfermeira. No caso de ele olhar para trás. Agora já pode. Achou meu lenço? Muito obrigado. A senhorita é muito amável.

Ele não falou absolutamente nada quanto a eu ter ficado escutando. E como soube que eu estava escutando, não consigo imaginar. Em nenhum momento ele olhou naquela direção. Fiquei bastante aliviada por ele não ter falado nada. Digo, eu estava tranquila comigo mesma quanto a isso, mas teria sido um pouco esquisito explicar a ele. Então, era uma coisa boa, que ele não parecesse precisar de explicações.

— O senhor acha que ele de fato a odiava, M. Poirot? — perguntei.

Balançando a cabeça devagar, com uma expressão curiosa no rosto, Poirot respondeu.

— Sim... eu acho que ele a odiava.

Então ele se levantou de súbito e começou a caminhar na direção onde os homens trabalhavam, no topo da colina. Eu o segui. Não conseguíamos ver ninguém além de árabes a princípio, mas finalmente encontramos Mr. Emmott deitado de rosto para baixo, soprando a poeira de um esqueleto que recém havia sido encontrado.

Ele deu seu sorriso agradável e sério ao nos ver.

— Vocês vieram dar uma olhada ao redor? — perguntou. — Ficarei livre num minuto.

Ele se sentou, pegou sua faca e começou a cortar delicadamente a terra em volta dos ossos, parando de vez em quando para usar um fole ou seu próprio sopro. Um procedimento muito insalubre, este último, achei.

— O senhor vai pegar todos os tipos de germes desagradáveis na sua boca, Mr. Emmott — protestei.

— Germes desagradáveis são minha dieta diária, enfermeira — disse ele, com seriedade. — Os germes não podem fazer nada a um arqueólogo, eles são naturalmente desencorajados só de tentarem.

Ele raspou um pouco mais em volta do osso da coxa. Em seguida, falou com o capataz ao seu lado, orientando-o exatamente no que ele queria que fosse feito.

— Pronto — disse ele, levantando-se. — Está pronto para Reiter fotografar depois do almoço. Essa daí trouxe umas coisas muito boas consigo. — Ele nos mostrou uma pequena tigela de cobre verdigris e alguns alfinetes. E um monte de coisas douradas e azuis que haviam sido seu colar de contas.

Os ossos e todos os objetos foram escovados e limpos com faca e mantidos em posição, prontos para serem fotografados.

— Quem é ela? — perguntou Poirot.

— Primeiro milênio. Uma senhora de alguma importância, talvez. O crânio parece um tanto estranho. Preciso pedir a Mercado para dar uma olhada. Sugere morte por assassinato.

— Uma Mrs. Leidner de 2 mil anos atrás? — disse Poirot.

— Talvez — disse Mr. Emmott.

Bill Coleman fazia algo com uma picareta na superfície da parede.

David Emmott gritou algo para ele que não entendi e, em seguida, começou a mostrar o lugar a M. Poirot.

Quando o breve tour explicativo acabou, Emmott olhou para o relógio.

— Nós paramos em dez minutos — disse ele. — Vamos voltar para casa?

— Isso me seria muito conveniente — disse Poirot. Caminhamos lentamente ao longo da trilha gasta.

— Imagino que todos estejam felizes por voltar ao trabalho — disse Poirot.

Emmott respondeu com seriedade:

— Sim, é a melhor coisa. Não tem sido muito fácil ficar à toa pela casa e puxar conversa.

— Sabendo o tempo todo que *um dos senhores é um assassino*.

Emmott não respondeu. Ele não fez nenhum gesto de discordância.

Eu sabia agora que ele suspeitava da verdade desde o início, quando interrogou os meninos da casa.

Depois de alguns minutos, ele perguntou baixinho:

— O senhor está chegando a algum lugar, M. Poirot?

Poirot disse muito sério:

— O senhor vai me ajudar a chegar a algum lugar?

— Ora, naturalmente.

Observando-o de perto, Poirot disse:

— O centro do caso é Mrs. Leidner. Eu quero saber mais a respeito de Mrs. Leidner.

David Emmott disse devagar:

— O que o senhor quer dizer com saber mais a respeito dela?

— Não me refiro a de onde ela veio ou qual era seu nome de solteira. Não me refiro ao formato de seu rosto ou à cor de seus olhos. Me refiro a ela... ela própria.

— O senhor acha que isso é importante no caso?

— Tenho bastante certeza disso.

Emmott ficou em silêncio por alguns instantes, e então disse:

— Talvez o senhor esteja certo.

— E é aí que o senhor pode me ajudar. O senhor pode me dizer que tipo de mulher ela era.

— Eu posso? Eu mesmo me pergunto isso com frequência.

— O senhor não formou opinião a respeito?

— Acho que no final, sim.

— *Eh bien?*

Mas Mr. Emmott ficou quieto por alguns minutos, e então disse:

— O que a enfermeira pensa dela? Dizem que as mulheres entendem outras mulheres muito rápido e uma enfermeira conhece uma ampla gama de tipos.

Poirot não me deu nenhuma chance de falar mesmo que eu quisesse. Ele disse, rapidamente:

— O que eu quero saber é o que um *homem* pensa dela.

Emmott sorriu um pouquinho.

— Suspeito que todos diriam o mesmo. — Ele fez uma pausa e disse: — Ela não era jovem, mas acho que era a mulher mais bonita que já vi.

— Isso não é bem uma resposta, Mr. Emmott.

— Mas não está longe de uma, M. Poirot.

Ele ficou quieto por alguns instantes e então continuou:

— Havia um conto de fadas que eu lia quando era criança. Uma história nórdica sobre uma Rainha de Gelo e o pequeno Kay. Creio que Mrs. Leidner era um pouco isso... sempre levando os pequenos Kay para passeios.

— Ah, sim, um conto de Hans Christian Andersen, não é? E havia uma menina nele. A pequena Gerda, era esse o nome?

— Talvez. Eu não lembro muito bem.

— O senhor não poderia se aprofundar um pouco mais, Mr. Emmott?

David Emmott balançou a cabeça.

— Eu nem sei dizer se eu a descrevi corretamente. Ela não era um tipo fácil de se entender. Ela fazia uma coisa diabólica num dia, e outra muito gentil no outro. Mas creio que o senhor está correto quando diz que ela é o centro do caso.

Isso é o que ela sempre queria ser: *o centro das coisas*. E ela gostava de entrar na cabeça dos outros. Digo, para ela não bastava que você passasse a torrada ou a manteiga de amendoim, ela queria que você virasse do avesso sua cabeça e sua alma para que ela olhasse.

— E se alguém não lhe desse essa satisfação? — perguntou Poirot.

— Então a coisa ficava feia!

Vi seus lábios crisparem e seu queixo ficar cerrado.

— Imagino, Mr. Emmott, que o senhor não se importaria de expressar uma opinião clara e extraoficial a respeito de quem a assassinou?

— Eu não sei — disse Emmott. — Eu realmente não tenho a menor ideia. Acho que, se eu fosse o Carl... Carl Reiter, digo... eu poderia tentar matá-la. Ela fazia o diabo com ele. Mas, é claro, ele pedia por isso, sendo tão sensível. Isso convida as pessoas a te darem patadas.

— E Mrs. Leidner fazia isso... lhe dava patadas? — perguntou Poirot.

Emmott sorriu de repente.

— Não. Apenas alfinetadas, esse era o método dela. Ele era irritante, é claro. Feito uma criança chorona e irritante. Mas uma alfinetada é um golpe doloroso.

Dei uma olhada em Poirot e pensei ter visto um leve curvar de lábios nele.

— Mas o senhor não acredita que Carl Reiter a tenha assassinado? — perguntou ele.

— Não. Não creio que se mate uma mulher porque ela persistentemente faz você parecer um idiota a cada refeição.

Poirot balançou a cabeça, pensativo.

É claro, Mr. Emmott fez Mrs. Leidner parecer um bocado desumana. Havia algo a ser dito pelo outro lado também. Havia algo terrivelmente irritante na postura de Mr. Reiter. Ele se sobressaltava quando ela falava com ele e fazia coisas idiotas como ficar repassando a marmelada para ela várias vezes quando sabia que ela nunca a comia. Eu mesma senti-ria vontade de lhe dar uns tapas.

Os homens não entendem como seus maneirismos podem dar nos nervos de uma mulher de tal modo que você sente que precisa dar-lhes uns tapas. Me ocorreu que eu deveria mencionar isso a Mr. Poirot em algum momento.

Nós havíamos voltado agora e Mr. Emmott ofereceu a Poirot usar o lavatório em seu quarto.

Eu atravessei apressadamente o pátio na direção do meu.

Saí de volta quase na mesma hora que eles e estávamos to-dos nos dirigindo à sala de jantar quando Padre Lavigny apa-receu na soleira de sua porta e convidou Poirot a entrar. Mr. Emmott veio na minha direção e nós dois fomos juntos até a sala de jantar. Miss Johnson e Mrs. Mercado já estavam lá e, após alguns minutos, Mr. Mercado, Mr. Reiter e Bill Coleman se juntaram a nós.

Tínhamos acabado de nos sentar e Mercado dissera ao menino árabe para avisar Padre Lavigny que o almoço esta-va pronto, quando fomos todos alarmados ao ouvir um gri-tinho leve e abafado.

Imagino que nossos nervos ainda não haviam se recupe-rado, pois todos tivemos um sobressalto, e Miss Johnson fi-cou bastante pálida e disse:

— *O que foi isso?* O que aconteceu?

Mrs. Mercado a encarou e disse:

— Minha querida, qual é o problema com você? É algum barulho lá longe nos campos.

Mas, naquele instante, Poirot e Padre Lavigny entraram.

— Pensamos que alguém havia se ferido — disse Miss Johnson.

— Mil perdões, *mademoiselle* — pediu Poirot. — A culpa é minha. Padre Lavigny, ele estava me explicando algumas tabuletas, e *ma foi*, sem olhar para onde ia, torci o pé e a dor foi aguda naquele momento que gritei.

— Nós pensamos que fosse outro assassinato — disse Mrs. Mercado, rindo.

— Marie! — disse seu marido.

Seu tom foi de reprovação e ela corou, mordendo o lábio. Miss Johnson rapidamente mudou a conversa para a escavação e que objetos interessantes haviam surgido naquela manhã. A conversa durante todo o almoço foi sistematicamente arqueológica.

Acho que todos sentimos que era a coisa mais segura.

Após tomarmos um café, fomos até a sala de estar. Então os homens, com exceção de Padre Lavigny, partiram para a escavação outra vez.

Padre Lavigny levou Poirot até a sala de antiguidades e eu fui com eles. Eu estava me inteirando bem das coisas a essas alturas e senti uma centelha de orgulho, quase como se fossem minha propriedade, quando Padre Lavigny baixou o cálice de ouro e escutei Poirot soltar uma exclamação de admiração e prazer.

— Que lindo! Que obra de arte!

Padre Lavigny concordou de modo ávido e começou a apontar suas belezas com entusiasmo e conhecimento genuínos.

— Sem cera alguma hoje — falei.

— Cera? — Poirot me encarou.

— Cera? — disse Padre Lavigny também.

Expliquei minha observação.

— Ah, *je comprends* — disse Padre Lavigny. — Sim, sim, cera de vela.

Isso levou direto à questão do visitante noturno. Esquecendo-se de minha presença, os dois falaram em francês, e os deixei juntos e voltei para a sala de estar.

Mrs. Mercado estava cosendo as meias de seu marido e Miss Johnson estava lendo um livro. Um tanto incomum para ela. Em geral, ela parecia ter algum trabalho a fazer.

Após um tempo, Padre Lavigny e Poirot vieram, e o primeiro pediu licença para ir trabalhar. Poirot sentou-se conosco.

— Um homem muito interessante — disse ele, e perguntou o quanto houve de trabalho ali para Padre Lavigny fazer até agora.

Miss Johnson explicou que tabuletas vinham sendo escassas e que vinham tendo muito poucos tijolos com inscrições ou selos cilíndricos. Padre Lavigny, contudo, havia realizado sua cota de trabalho na escavação e estava aprendendo o árabe coloquial bastante rápido. Isso conduziu a conversa aos selos cilíndricos e, por fim, Miss Johnson tirou de um armário uma folha com impressões feitas ao rolá-las por sobre massa de modelar.

Eu concluí, conforme nos curvávamos diante delas, admirando os desenhos vívidos, que era nisso que ela devia estar trabalhando naquela tarde fatal.

Enquanto conversávamos, percebi que Poirot rolava e amassava uma bolinha de massa de modelar entre os dedos.

— Vocês usam muita massa de modelar, *mademoiselle*? — perguntou ele.

— Bastante. Parece que nós já gastamos muito este ano, ainda que eu não saiba dizer como. Mas metade de nosso estoque já se foi.

— Onde ela é mantida, *mademoiselle*?

— Aqui, neste armário.

Enquanto ela guardava a folha de impressões, ela lhe mostrou a prateleira com rolos de massa de modelar, Durofix, cola especial para fotografias e outros artigos de papelaria.

Poirot se abaixou.

— E isso... o que é isso, *mademoiselle*?

Ele deslizou a mão direto para trás e tirou dali um objeto curioso e amassado.

Conforme ele o endireitou, podíamos ver que era uma espécie de máscara, com olhos e boca rudemente pintados com tinta nanquim e a coisa toda com massa de modelar espalhada.

— Que coisa perfeitamente fantástica — anunciou Miss Johnson. — Eu nunca vi isso antes. Como foi parar ali? E o que é isso?

— Quanto a como foi parar ali, bem, um esconderijo é tão bom quanto qualquer outro, e suponho que este armário não seria verificado até o fim da temporada. Quanto ao que é... isso também, eu acho, não é difícil de dizer. *Nós temos aqui o rosto que Mrs. Leidner havia descrito.* O rosto fantasmagórico visto na semi-escuridão do lado de fora da janela dela... sem um corpo junto.

Mrs. Mercado soltou um gritinho.

Miss Johnson ficou branca até os lábios. Ela murmurou:

— Então *não* era imaginação. Era um truque. Um truque perverso! Mas quem o fez?

— Sim — bradou Mrs. Mercado. — Quem poderia ter feito uma coisa tão, tão perversa?

Poirot não tentou responder. Seu rosto estava muito sombrio quando ele foi até a sala seguinte, voltou com uma caixa de papelão vazia em mãos e colocou a máscara nela.

— A polícia precisa ver isso — explicou ele.

— É horrível — disse Miss Johnson, falando baixinho. — Horrível!

— O senhor acha que está tudo escondido por aqui em algum lugar? — perguntou Mrs. Mercado, estridente. — O senhor acha que talvez a arma... o porrete com o qual ela foi morta, todo coberto de sangue ainda, talvez... ai! Estou assustada, estou assustada... — Miss Johnson a segurou pelos ombros.

— Fique quieta — disse ela com firmeza. — O Dr. Leidner chegou. Não vamos aborrecê-lo.

De fato, naquele mesmo momento o carro entrava no pátio. O Dr. Leidner saiu dele e veio direto até a porta da sala de estar. Seu rosto estava vincado por marcas de cansaço e ele parecia ter duas vezes a idade que tinha havia três dias. Ele disse, numa voz baixa:

— O funeral será amanhã às onze horas. O Major Deane vai rezar a missa.

Mrs. Mercado murmurou algo e então saiu da sala discretamente.

Dr. Leidner disse a Miss Johnson:

— Você vem, Anne?

E ela respondeu:

— É claro, meu querido, todos nós iremos. Naturalmente.

Ela não disse mais nada, mas seu rosto deve ter expressado o que sua língua não tinha forças de dizer, pois o rosto dele se iluminou de afeto e alívio momentâneo.

— Anne querida — disse ele. — Você está sendo de ajuda e conforto maravilhosos para mim. Minha velha e querida amiga.

Ele colocou a mão em seu braço e vi o rosto dela corar enquanto murmurava, áspera como sempre:

— Está tudo bem.

Mas tive apenas um vislumbre de sua expressão e soube que, por um breve momento, Anne Johnson era uma mulher perfeitamente feliz.

E outra ideia passou pela minha mente. Talvez em breve, no curso natural das coisas, voltando-se para sua velha amiga em busca de compaixão, um novo e feliz estado de coisas pudesse acontecer. Não que eu seja mesmo uma casamenteira, e claro que era indecente pensar em tal coisa antes mesmo do funeral. Mas, afinal, seria uma solução feliz. Ele gostava muito dela e não havia dúvida de que ela lhe era absolutamente devotada e ficaria perfeitamente feliz dedicando o resto de sua vida a ele. Isto é, se ela conseguisse aguentar ter que ouvir as perfeições de Louise citadas o tempo todo. Mas as mulheres aguentam muito quando têm o que querem.

O Dr. Leidner então cumprimentou Poirot, perguntando se ele havia feito algum progresso.

Miss Johnson estava parada atrás do Dr. Leidner e olhou fixamente para a caixa na mão de Poirot balançando a cabeça, e percebi que ela estava implorando a Poirot para não contar a ele sobre a máscara. Ela sentia, eu tinha certeza, que ele já tinha o suficiente para suportar por um dia.

Poirot acatou seu pedido.

— Essas coisas andam devagar, *monsieur* — disse ele. Então, depois de algumas palavras desconexas, se despediu. Eu o acompanhei até seu carro.

Havia meia dúzia de coisas que eu queria perguntar, mas de alguma forma, quando ele se virou e olhou para mim, não perguntei nada. Seria como perguntar a um cirurgião se ele achava que havia feito um bom trabalho em uma operação. Eu apenas fiquei esperando humildemente por instruções.

Para minha surpresa, ele disse:

— Cuide-se, minha filha. — E então acrescentou: — Eu me pergunto se seria bom para a senhorita permanecer aqui.

— Tenho que falar com o Dr. Leidner sobre ir embora — respondi. — Mas achei melhor esperar até depois do funeral.

Ele assentiu em aprovação.

— Nesse meio-tempo — disse ele —, não tente descobrir muita coisa. Compreenda, não quero que a senhorita seja esperta! — E acrescentou com um sorriso: — Cabe à senhorita segurar os algodões e, a mim, fazer a operação.

Não era engraçado, ele realmente ter dito isso?

Então, ele disse de forma casual:

— Um homem interessante, aquele Padre Lavigny.

— Um monge ser um arqueólogo me parece estranho — comentei.

— Ah, sim, a senhorita é protestante. Já eu, sou um bom católico. Sei alguma coisa sobre padres e monges. — Ele franziu a testa, pareceu hesitar, e então disse: — Lembre-se, ele é esperto o bastante para lhe fazer dar com a língua nos dentes, se quiser.

Se ele estava me alertando contra fofocas, senti que não precisava de nenhum aviso desse tipo!

Isso me irritou e, embora eu não quisesse perguntar a ele nenhuma das coisas que eu realmente queria saber, não vi por que não deveria dizer nada.

— O senhor me dê licença, M. Poirot — falei. — Mas o correto é dizer que *bateu* o dedinho, e não que *torceu* o dedinho.

— Ah! Obrigado, *ma soeur*.

— Não há de quê. Mas é bom falar a frase correta.

— Vou me lembrar — disse ele, com bastante humildade.

Ele entrou no carro e foi levado embora, e eu voltei devagar pelo pátio, pensando em muitas coisas.

Sobre as marcas hipodérmicas no braço de Mr. Mercado e que droga ele tomava. E sobre aquela máscara horrível manchada de amarelo. E como era estranho que Poirot e Miss Johnson não tivessem ouvido meu grito na sala de estar naquela manhã, enquanto todos nós tínhamos ouvido Poirot perfeitamente na sala de jantar na hora do almoço — e, contudo, os quartos de Padre Lavigny e de Mrs. Leidner estavam à mesma distância da sala de estar e da sala de jantar, respectivamente.

E então me senti bastante satisfeita por ter ensinado o *Doutor* Poirot uma frase em inglês corretamente!

Mesmo que ele *fosse* um grande detetive, ele ia perceber que *não* sabia de *tudo*!

Chapter 23

Eu viro médium

O funeral foi, na minha opinião, uma coisa comovente. Além de nós, todos os ingleses de Hassanieh estiveram presentes. Até mesmo Sheila Reilly estava lá, parecendo quieta e recatada vestindo saia e casaco escuro. Fiquei na esperança de que ela estivesse sentindo um pouco de remorso por todas as grosserias que dissera.

Quando voltamos para a casa, segui o Dr. Leidner até o escritório e toquei na questão de minha partida. Ele foi muito gentil a respeito, me agradeceu pelo que eu havia feito (feito? Fui menos do que inútil) e insistiu para que eu aceitasse um salário adicional.

Eu protestei, porque realmente senti que não havia feito nada para merecê-lo.

— Realmente, Dr. Leidner, prefiro não receber salário algum. Se o senhor apenas reembolsar minhas despesas de viagem, já me basta.

Mas ele não quis aceitar isso.

— Veja bem — falei —, não sinto que eu mereça, Dr. Leidner. Digo, eu... bem, eu falhei. Ela... minha chegada não a ajudou.

— Ora, não coloque essa ideia na sua cabeça, enfermeira — disse ele, com sinceridade. — Afinal, não a contratei como detetive. Nunca imaginei que a vida de minha esposa estivesse em perigo. Eu estava convencido de que eram somente seus nervos e que ela havia se colocado num estado mental um tanto peculiar. A senhorita fez tudo o que alguém poderia fazer. Ela gostava e confiava na senhorita. E acho que, em seus últimos dias, ela se sentia mais feliz e segura porque a senhorita estava aqui. Não há nada que possa reprovar em si mesma.

Sua voz oscilou um pouco e eu sabia o que ele estava pensando. *Ele* era o responsável por não ter levado os medos de Mrs. Leidner a sério.

— Dr. Leidner — perguntei, curiosa —, o senhor já chegou a alguma conclusão quanto às cartas anônimas?

Ele falou, suspirando:

— Não sei o que pensar. Terá M. Poirot chegado a alguma conclusão?

— Não até ontem — falei, posicionando tudo de modo bastante preciso, acho eu, entre a verdade e a mentira. Afinal, ele não havia mesmo, até que eu lhe contasse sobre Miss Johnson.

Me passou pela cabeça que eu gostaria de dar uma dica ao Dr. Leidner e ver como ele reagiria. Na satisfação de ter visto ele e Miss Johnson juntos no dia anterior, e o afeto e apoio que tinha nela, eu havia esquecido tudo sobre as cartas. Mesmo agora, achei que talvez fosse um pouco cruel da minha parte trazer a questão à tona. Ainda assim, eu queria ver se essa possibilidade em particular teria passado pela cabeça do Dr. Leidner.

— Cartas anônimas costumam ser o trabalho de uma mulher — falei. Queria ver como ele reagia a isso.

— Suponho que sejam — disse ele, com um suspiro. — Mas a senhorita parece esquecer, enfermeira, que essas podem ser genuínas. Elas podem ter sido realmente escritas por Frederick Bosner.

— Não, não esqueci — falei. — Mas de certo modo, não consigo acreditar que essa seja a explicação real.

— Eu consigo — falou ele. — É tudo bobagem, isso de ele ser parte da equipe da expedição. É apenas uma teoria criativa de M. Poirot. Acredito que a verdade seja muito mais simples. O homem é um louco, claro. Ele ficou zanzando pelo lugar, talvez usando algum disfarce. E de algum jeito ou de outro, entrou aqui naquela tarde fatal. Os criados podem estar mentindo, eles podem ter sido subornados.

— Imagino que seja possível — falei, de modo incerto.

O Dr. Leidner continuou, um pouco irritado.

— É muito fácil para M. Poirot suspeitar dos membros da minha expedição. Eu tenho plena certeza de que *nenhum* deles está envolvido nisso! Trabalhei com todos eles. Eu os *conheço!* — Ele fez uma súbita pausa, e então disse: — É essa sua experiência, enfermeira? Que cartas anônimas são sempre escritas por mulheres?

— Nem sempre é o caso — falei. — Mas há certo tipo de desprezo feminino que encontra alívio em fazer isso.

— Suponho que esteja pensando em Mrs. Mercado? — disse ele. Então balançou a cabeça e disse: — Mesmo que ela fosse maligna o bastante para querer ferir Louise, dificilmente teria o conhecimento necessário.

Lembrei das primeiras cartas na maleta de couro.

Se Mrs. Leidner a tivesse deixado destrancada e Mrs. Mercado tivesse ficado sozinha na casa um dia, matando tempo, ela poderia facilmente tê-las encontrado e lido. Os homens parecem que nunca pensam nas menores possibilidades!

— E além dela, há somente Miss Johnson — falei, observando-o.

— Isso seria completamente ridículo!

O sorrisinho com que ele falou isso foi bastante conclusivo. A ideia de Miss Johnson ser a autora de uma das cartas nunca havia passado por sua cabeça! Eu hesitei por apenas um minuto, mas não disse nada. Uma mulher não deve entregar a outra, e além disso, fui testemunha do remorso genuíno e comovido de Miss Johnson. O que estava feito, estava feito. Por que expor o Dr. Leidner a uma nova desilusão por sobre todos os seus outros problemas?

Fez-se arranjos para que eu partisse no dia seguinte, e tomei providências com o Dr. Reilly para ficar um dia ou dois com a administradora do hospital enquanto combinava de voltar à Inglaterra ou via Bagdá ou direto via Nissibin de carro ou trem.

O Dr. Leidner foi gentil o bastante em dizer que gostaria que eu escolhesse uma lembrança entre os pertences de sua esposa.

— Ah, não mesmo, Dr. Leidner — falei. — Eu não poderia. É muita gentileza sua.

Ele insistiu.

— Mas eu gostaria que a senhorita levasse algo. E Louise, tenho certeza, teria desejado também.

Então ele sugeriu que eu deveria ficar com seu conjunto de toalete em casco de tartaruga.

— Ah, não, Dr. Leidner! Ora, esse é um conjunto *muito* caro. Eu não poderia.

— Ela não tinha irmãs, sabe... ninguém que queira essas coisas. Não há ninguém mais para ficar com elas.

Eu podia imaginar que ele não quisesse que tudo aquilo caísse nas mãozinhas gananciosas de Mrs. Mercado. E acho que ele não queria oferecê-las a Miss Johnson.

Ele continuou, num tom gentil:

— Apenas pense nisso. A propósito, aqui está a chave da caixa de joias de Louise. Talvez encontre ali algo que prefira. E eu ficaria muito grato se empacotasse... todas as roupas dela. Ouso dizer que Reilly pode encontrar utilidade para elas, entre as famílias pobres de cristãos em Hassanieh.

Fiquei muito feliz em poder fazer isso por ele e expressei minha disposição.

Comecei imediatamente.

Mrs. Leidner levava consigo apenas um guarda-roupa muito simples, que logo foi separado e embalado em duas malas. Todos os seus papéis estavam na pequena maleta. A caixa de joias continha algumas coisas simples: um anel de pérola, um broche de diamante, um pequeno colar de pérolas e um ou dois broches de ouro simples, do tipo alfinete, e um colar de grandes contas de âmbar.

Claro que eu não iria pegar as pérolas ou os diamantes, mas hesitei um pouco entre as contas de âmbar e o conjunto de toalete. No final, contudo, não vi por que não deveria pegar este último. Foi um pensamento gentil da parte do Dr. Leidner e eu tinha certeza de que não havia nenhum favorecimento nisso. Eu o aceitaria no mesmo espírito em que foi oferecido, sem falso orgulho algum. Afinal, eu *gostava* dela.

Bem, quanto a isso o assunto estava encerrado. As malas foram feitas, a caixa de joias, novamente fechada e separada para devolver ao Dr. Leidner junto da fotografia do pai de Mrs. Leidner e uma ou duas outras pequenas coisas pessoais.

O quarto parecia vazio e despojado de todos seus acessórios quando terminei. Não havia mais nada a fazer. E, no entanto, de uma forma ou de outra, evitei sair de lá. Parecia que ainda havia algo a ser feito ali, algo que eu deveria *ver*, ou algo que eu deveria *saber*.

Não sou supersticiosa, mas surgiu a ideia de que talvez o espírito de Mrs. Leidner estivesse pairando pelo quarto tentando entrar em contato comigo.

Lembro-me de uma vez no hospital, quando algumas de nós, garotas, pegamos um tabuleiro e ele realmente escreveu algumas coisas muito notáveis.

Talvez, embora eu nunca tenha pensado nisso, eu possa ser mediúnica.

Como falei, a gente fica toda animada em imaginar as maiores tolices, às vezes.

Vaguei pelo quarto, inquieta, tocando numa coisa ou outra. Mas, claro, não havia nada ali além de móveis vazios. Não havia nada escondido atrás das gavetas ou jogado num canto. Eu não podia esperar nada desse tipo.

No final (parece meio maluco, mas, como falei, a gente fica nervosa), fiz uma coisa meio esquisita.

Deitei-me na cama e fechei os olhos.

Eu deliberadamente tentei esquecer quem e o que eu era. Tentei me lembrar daquela tarde fatal. Eu era Mrs. Leidner deitada aqui, descansando em paz e sem suspeitar de nada.

É extraordinário como a gente pode ficar aflita.

Sou uma pessoa normal, perfeitamente prática. E nem um pouco assustadiça, mas digo a você que depois de ter ficado lá cerca de cinco minutos, comecei a me sentir assustada.

Não tentei resistir. Encorajei deliberadamente o sentimento. Disse a mim mesma: "Sou Mrs. Leidner. Sou Mrs. Leidner. Estou deitada aqui, meio adormecida. Agora, muito em breve, a porta vai se abrir."

Continuei dizendo isso, como se estivesse me hipnotizando.

— São quase 13h30... já está na hora... A porta vai se abrir... *a porta vai se abrir*... vou ver quem entra...

Mantive meus olhos grudados naquela porta. Em breve, ela iria abrir. Eu iria *ver* ela abrir. E iria ver *a pessoa que a abriu*.

Devo ter ficado um pouco exausta naquela tarde, para imaginar que poderia resolver o mistério dessa forma.

Mas eu acreditava nisso. Uma espécie de calafrio desceu pelas minhas costas e se instalou nas minhas pernas. Elas ficaram entorpecidas, paralisadas.

— Você está entrando em transe — falei. — E nesse transe você vai ver...

E mais uma vez repeti monotonamente de novo e de novo: "A porta vai se abrir, a porta vai se abrir..." A sensação fria de dormência ficou mais intensa.

E então, devagar, *vi a porta começando a abrir*. Foi horrível.

Nunca experimentei nada tão horrível antes ou depois daquilo. Eu estava paralisada, totalmente imóvel. Eu não conseguia me mover. Juro pela minha vida, eu não poderia ter me movido.

E eu estava horrorizada. Doente e cega e mortificada de pavor.

Aquela porta lentamente se abrindo. Tão silenciosa.
Em um minuto eu conseguiria ver... devagar, devagar, mais
e mais. Bill Coleman entrou em silêncio.

Ele deve ter tomado o maior susto de sua vida!

Eu pulei da cama com um grito de horror e me precipi-
tei para fora.

Ele ficou imóvel, seu rosto tolo e rosado ficando mais rosado ainda e sua boca se abrindo larga de surpresa.

— Olá, olá, olá — disse ele. — O que é que há, enfermeira?

Voltei à realidade de imediato.

— Pelo amor de Deus, Mr. Coleman — falei. — Como o senhor me assustou!

— Desculpe — disse ele, com um ligeiro sorriso.

Vi que ele estava segurando um ramalhete de ranúnculos
vermelhos em sua mão. Eram florzinhas bonitas que cresciam
selvagens nas bordas do morro. Mrs. Leidner gostava delas.

Ele corou e ficou muito vermelho ao dizer:

— Não se consegue flores ou coisas assim em Hassanieh.
Parecia muito ruim não ter flores para o túmulo. Pensei em
apenas entrar aqui e colocar um buquezinho naquele vasinho que ela sempre tinha na mesa com flores. Meio que para
mostrar que ela não foi esquecida, sabe? Um pouco estúpido, eu sei, mas... bem... quero dizer....

Achei muito gentil da parte dele. Ele estava todo corado
de vergonha, como os ingleses ficam quando fazem algo sentimental. Achei que era um pensamento muito doce.

— Ora, acho que é uma ideia muito boa, Mr. Coleman — falei.

E peguei o vasinho, coloquei um pouco de água nele e co-
locamos as flores.

Eu realmente passei a ter maior consideração por Mr. Coleman, devido a essa ideia dele. Isso mostrava que ele tinha
um bom coração e bons sentimentos sobre as coisas. Ele não
me perguntou o que me fez gritar tanto e sou grata por não ter
feito isso. Eu iria me sentir uma idiota explicando.

— No futuro, mantenha o bom senso, mulher — disse a mim mesma, enquanto ajeitava os punhos e alisava meu avental. — Você não foi feita para essas coisas psíquicas.

Dediquei-me a arrumar minhas próprias malas e me mantive ocupada pelo resto do dia.

O Padre Lavigny foi gentil em expressar grande angústia com minha partida. Ele disse que minha alegria e bom senso ajudaram muito a todos. Bom senso! Estou feliz que ele não soube do meu comportamento idiota no quarto de Mrs. Leidner.

— Não vimos M. Poirot hoje — comentou ele.

Contei-lhe que Poirot havia dito que passaria o dia todo ocupado mandando telegramas.

O Padre Lavigny ergueu as sobrancelhas.

— Telegramas? Para a América?

— Suponho que sim. Ele disse: "Para o mundo todo!", mas acho que foi um exagero de estrangeiro.

E então fiquei bastante vermelha, lembrando que Padre Lavigny também era estrangeiro.

Ele não pareceu ofendido, apenas riu de modo agradável e me perguntou se havia alguma notícia do homem com estrabismo.

Eu disse que não sabia, mas não tinha ouvido falar de nenhuma.

O Padre Lavigny me perguntou novamente sobre a ocasião em que Mrs. Leidner e eu notamos o homem, de como ele parecia estar na ponta dos pés e espiando pela janela.

— Parece claro que o homem tinha um interesse avassalador por Mrs. Leidner — disse ele, pensativo. — Eu me pergunto desde então se ele poderia ter sido um europeu disfarçado para parecer iraquiano.

Essa era uma ideia nova para mim e pensei nela com cuidado. Eu achava que o homem fosse nativo, mas claro, quando pensei isso, realmente estava pensando no corte de suas roupas e no tom de sua pele.

Padre Lavigny anunciou sua intenção de dar a volta por fora da casa, até o ponto onde Mrs. Leidner e eu vimos o homem de pé.

— Nunca se sabe, ele pode ter deixado cair alguma coisa. Nas histórias de detetive, o criminoso sempre deixa.

— Imagino que na vida real os criminosos sejam mais cuidadosos — falei.

Peguei algumas meias que havia acabado de cerzir e coloquei sobre a mesa da sala para que os homens pegassem ao entrar. Depois, como não havia muito mais o que fazer, subi ao terraço.

Miss Johnson estava parada lá, mas não me ouviu.

Fui direto até ela antes que me notasse.

Mas bem antes disso, notei que havia algo de muito errado.

Ela estava parada no meio do terraço, olhando diretamente para a frente, e havia uma expressão horrível em seu rosto. Como se ela tivesse visto algo no qual não podia acreditar.

Isso me deu um grande choque.

Veja bem, eu a havia visto perturbada na noite anterior, mas agora era bem diferente.

— Minha querida — falei, correndo até ela —, qual foi o problema?

Ela virou a cabeça e ficou olhando para mim, quase como se não me visse.

— O que foi? — insisti.

Ela fez uma careta esquisita, como se estivesse tentando engolir, mas sua garganta estivesse muito seca. Ela disse, com voz rouca:

— Acabei de ver uma coisa.

— O que a senhorita viu? Diga-me. O que foi? Parece fora de si.

Ela fez um esforço para se recompor, mas ainda estava com uma aparência horrível.

Ela disse, ainda com a mesma voz sufocada terrível:

— *Eu vi como alguém poderia entrar vindo de fora... e ninguém jamais iria notar.*

Segui a direção de seus olhos, mas não consegui ver nada.

Mr. Reiter estava parado na porta do ateliê fotográfico e Padre Lavigny estava atravessando o pátio, mas não havia mais nada.

Eu me virei perplexa e encontrei seus olhos fixos nos meus com uma expressão das mais estranhas.

— Sinceramente — falei —, não vejo o que quer dizer. Porque não explica?

Mas ela balançou a cabeça.

— Agora não. Depois. Nós *devíamos* ter visto. Ai, nós devíamos ter visto!

— Se ao menos me contar...

Mas ela balançou a cabeça.

— Tenho que pensar nisso antes.

E, me colocando de lado, ela desceu a escada aos tropeços. Não a segui pois ela obviamente não queria minha companhia. Em vez disso, sentei no parapeito e tentei decifrar a coisa. Mas não cheguei a lugar algum. Havia apenas um único caminho para dentro do pátio, pela grande arcada. Logo do lado de fora eu podia ver o menino aguadeiro e seu cavalo, e o cozinheiro indiano conversando com ele. Ninguém poderia ter passado por eles sem que o tivessem visto.

Balancei minha cabeça perplexa, e voltei para baixo.

Capítulo 24

Matar é um hábito

Todos fomos cedo para a cama naquela noite. Miss Johnson apareceu no jantar e se comportou de modo mais ou menos normal. Contudo, ela tinha uma aparência um tanto aturdida e uma ou duas vezes não conseguiu se concentrar no que outras pessoas lhe diziam.

De certo modo, não foi uma refeição muito confortável. Pode-se dizer, suponho, que isso seria suficientemente natural numa casa onde houvera um funeral naquele dia. Mas eu sei o que quero dizer.

Ultimamente, nossas refeições vinham sendo apressadas e comedidas, mas apesar disso tudo, havia um sentimento de camaradagem. Vinha havendo compaixão pelo Dr. Leidner em seu pesar e uma sensação de companheirismo por estarmos todos no mesmo barco.

Mas esta noite lembrei de minha primeira refeição lá, quando Mrs. Mercado havia me observado e tive aquela sensação estranha de que algo poderia estourar a qualquer minuto. Senti a mesma coisa, porém de forma muito mais intensa, quando nos sentamos ao redor da mesa da sala de jantar, com Poirot na cabeceira.

Esta noite estava sendo particularmente forte. Todos estavam nervosos, na ponta dos pés, de suspense. Se alguém tivesse deixado cair algo, tenho certeza de que um de nós teria gritado.

Como disse, todos nos separamos cedo logo depois. Fui para a cama quase de imediato. A última coisa que ouvi enquanto estava me deitando foi a voz de Mrs. Mercado dando boa noite para Miss Johnson do lado de fora da minha porta.

Caí no sono de imediato, cansada por meus esforços e ainda mais por minha experiência boba no quarto de Mrs. Leidner. Dormi profundamente e sem sonhos por várias horas.

Quando acordei foi com um sobressalto e uma sensação de catástrofe iminente. Algum som havia me despertado e, enquanto eu me sentava na cama, o escutei outra vez.

Um tipo horrível de grunhido agonizante de sufoco.

Acendi minha vela e estava fora da cama num piscar de olhos. Peguei uma lanterna também, para o caso de a vela se apagar. Saí pela minha porta e fiquei escutando. Eu sabia que o som não estava longe. Veio novamente, do quarto imediatamente ao lado do meu, o quarto da Miss Johnson.

Corri para dentro. Miss Johnson estava deitada na cama, seu corpo todo contorcido em agonia. Quando larguei a vela e me inclinei sobre ela, seus lábios se moveram e ela tentou falar, mas saiu apenas um sussurro rouco e horrível. Eu vi que os cantos de sua boca e a pele de seu queixo estavam queimados de uma espécie de branco-acinzentado.

Seus olhos foram de mim para um copo que estava no chão, evidentemente onde havia caído de sua mão. O tapete claro estava manchado de um vermelho brilhante onde ele havia caído. Eu o peguei e corri o dedo por dentro, puxando minha mão para trás com uma exclamação aguda. Então examinei o interior da boca da pobre mulher.

Não havia a menor dúvida de qual era o problema. De uma forma ou de outra, intencionalmente ou não, ela engoliu uma grande quantidade de um ácido corrosivo, suspeito que oxálico ou clorídrico.

Corri para fora, chamei o Dr. Leidner e ele acordou os demais, e a tratamos de todo modo possível, mas o tempo todo eu tinha a terrível sensação de que não adiantava. Tentamos uma solução forte de carbonato de sódio e seguimos com azeite. Para aliviar a dor, apliquei uma injeção hipodérmica de sulfato de morfina.

David Emmott foi a Hassanieh para buscar o Dr. Reilly, mas antes que ele chegasse, tudo estava acabado.

Não vou entrar em detalhes. Envenenamento por meio de uma solução potente de ácido clorídrico (que foi o que se revelou ser) é uma das mortes mais dolorosas possíveis.

Foi quando eu estava me curvando sobre ela para lhe aplicar morfina que ela fez um último esforço para falar. O que saiu foi somente um horrível sussurro estrangulado.

— *A janela...* — disse ela. — *Enfermeira... a janela...*

Mas isso foi tudo, ela não conseguiu continuar. Entrou em colapso por completo.

Nunca vou esquecer aquela noite. A chegada do Dr. Reilly. A chegada do Capitão Maitland. E por fim, com a chegada da aurora, Hercule Poirot.

Foi ele quem me pegou carinhosamente pelo braço e me conduziu até a sala de jantar, onde me fez sentar e tomar uma xícara de um bom chá forte.

— Pronto, *mon enfant* — disse ele —, assim é melhor. A senhorita está exausta.

Com isso, comecei a chorar.

— É muito horrível — eu solucei. — Foi como um pesadelo. Que sofrimento horrível. E os olhos dela... Oh, M. Poirot... os olhos dela...

Ele me deu um tapinha no ombro. Uma mulher não poderia ter sido mais gentil.

— Sim, sim, não pense nisso. A senhorita fez tudo o que podia. Era um dos ácidos corrosivos.

— Era uma solução forte de ácido clorídrico.

— Sim. Miss Johnson provavelmente bebeu antes de estar totalmente acordada. Isso é, a menos que ela tenha tomado de propósito.

— Oh, M. Poirot, que ideia horrível!

— É uma possibilidade, afinal. O que a senhoria acha?

Eu considerei por um momento e então balancei minha cabeça decisivamente.

— Não acredito. Não, não acredito nem por um momento. — Hesitei e depois disse: — Acho que ela descobriu algo ontem à tarde.

— O que é que a senhorita disse? Ela descobriu algo?

Repeti para ele a curiosa conversa que tivemos juntas.

Poirot deu um assobio baixo e suave.

— *La pauvre femme!* — disse ele. — Ela disse que queria pensar mais nisso, hein? Foi isso o que assinou sua sentença de morte. Se ela então apenas tivesse falado de uma vez... — Ele disse: — Diga-me novamente suas palavras exatas.

Eu as repeti.

— Ela viu como alguém pode ter vindo de fora sem nenhum de vocês saberem? Venha, *ma soeur*, vamos subir para o telhado e a senhorita deve me mostrar exatamente onde ela estava.

Subimos juntos até o telhado e mostrei a Poirot o local exato onde Miss Johnson havia estado.

— Assim? — perguntou Poirot. — Agora, o que vejo? Vejo metade do pátio, e a arcada, e as portas da sala de desenho, do ateliê fotográfico e do laboratório. Havia alguém no pátio?

— Padre Lavigny estava indo em direção à arcada e Mr. Reiter estava parado na porta do ateliê fotográfico.

— E ainda não vejo como alguém poderia entrar de fora e nenhum de vocês saber sobre isso... Mas ela viu...

Ele finalmente desistiu, balançando a cabeça.

— *Sacré nom d'un chien... va!* O que ela viu?

O sol estava nascendo. Todo o céu oriental era uma profusão de rosa e laranja e pálido, cinza-perolado.

— Que lindo nascer do sol! — disse Poirot, gentilmente.

O rio serpenteava à nossa esquerda e o Tell ergueu-se com um contorno dourado. Ao sul estavam as árvores floridas e os campos pacíficos. A roda d'água gemeu ao longe, um som fraco e sobrenatural. No norte ficavam os minaretes delgados e a brancura encantada de Hassanieh.

Foi incrivelmente lindo.

E então, perto do meu cotovelo, ouvi Poirot dar um suspiro longo e profundo.

— Fui um idiota — murmurou ele. — Quando a verdade era tão clara, tão clara.

Capítulo 25

Suicídio ou assassinato?

Não tive tempo de perguntar a Poirot o que ele quis dizer, pois o Capitão Maitland estava nos chamando e nos pedindo para descer.

Nos apressamos descendo as escadas.

— Olhe só, Poirot — disse ele. — Surgiu outra complicação. Aquele monge está desaparecido.

— Padre Lavigny?

— Sim. Ninguém havia percebido até agora. Então alguém se deu conta de que ele era o único da equipe que não estava nos arredores, e fomos até seu quarto. Ninguém dormiu em sua cama e não há sinal dele.

A coisa toda era como um pesadelo. Primeiro a morte de Miss Johnson e agora o desaparecimento de Padre Lavigny.

Os criados foram chamados e interrogados, mas eles não puderam lançar nenhuma luz sobre o mistério. Ele havia sido visto pela última vez às oito da noite anterior. Então ele disse que iria sair para dar uma caminhada antes de se deitar.

Ninguém o viu voltar daquela caminhada.

As grandes portas foram fechadas e trancadas às 21 horas, como de costume. Ninguém, contudo, se lembrava de tê-las destrancado pela manhã. Cada um dos dois meninos da casa pensava que havia sido o outro que as havia aberto.

Teria Padre Lavigny sequer retornado na noite anterior? Teria ele, no decurso de sua caminhada mais cedo, encontrado algo de natureza suspeita, saído para investigar depois e talvez se tornado uma terceira vítima?

O Capitão Maitland se virou quando o Dr. Reilly surgiu com Mr. Mercado atrás de si.

— Olá, Reilly. Alguma novidade?

— Sim. O material veio do laboratório daqui. Acabei de verificar as quantidades com o Mercado. É ácido clorídrico do laboratório.

— Do laboratório, então? Ele estava trancado?

Mr. Mercado balançou a cabeça. Suas mãos tremiam e seu rosto se contorcia. Ele parecia um homem destroçado.

— Nunca foi nosso hábito — gaguejou ele. — Veja bem, mesmo agora, estamos usando ele o tempo todo. Eu... ninguém nunca sonhou...

— O lugar fica chaveado à noite?

— Sim, todas as salas são chaveadas. As chaves estão penduradas dentro da sala de estar.

— Então, se alguém tivesse uma chave para lá, poderia pegar todas.

— Sim.

— E é uma chave perfeitamente normal, suponho?

— Oh, sim.

— Não há nada que mostre se ela mesma pegou no laboratório? — perguntou o Capitão Maitland.

— Ela não pegou — falei alto e resoluta.

Senti um toque de advertência em meu braço. Poirot estava parado atrás de mim.

E então algo bastante horrível aconteceu.

Não horrível em si, na realidade, foi apenas a incongruência que o fez parecer pior do que qualquer outra coisa.

Um carro entrou no pátio e um homenzinho saltou. Ele estava usando um capacete e um casaco curto e grosso.

Ele foi direto ao Dr. Leidner, que estava ao lado do Dr. Reilly, e apertou-lhe calorosamente a mão.

— *Vous voilà, mon cher* — bradou ele. — Encantado em vê-lo. Passei por aqui no sábado à tarde, a caminho dos italianos em Fugima. Fui para a escavação, mas não havia um único europeu por perto e, arre! Eu não falo árabe. Não tive tempo de vir até a casa. Esta manhã, saí de Fugima às cinco, fico duas horas aqui com vocês, e então pego o comboio. *Eh bien*, e como está indo a temporada?

Foi horrível.

A voz alegre, o jeito prático, toda a sanidade agradável de um mundo cotidiano agora deixada para trás. Ele apenas entrou apressado, sem saber de nada e sem notar nada, cheio de alegre bonomia.

Não me admira que o Dr. Leidner deu um suspiro inarticulado e olhou para o Dr. Reilly numa súplica silenciosa.

O médico mostrou-se à altura da ocasião.

Ele puxou o homenzinho (era um arqueólogo francês chamado Verrier, que escavava nas ilhas gregas, soube mais tarde) à parte e explicou-lhe o que havia acontecido.

Verrier ficou horrorizado. Ele próprio estivera hospedado numa escavação italiana longe da civilização pelos últimos dias e não ficara sabendo de nada.

Ele foi prolífico em condolências e desculpas, finalmente caminhando até o Dr. Leidner e o cumprimentando calorosamente com as duas mãos.

— Que tragédia! Meu Deus, que tragédia! Não tenho palavras. *Mon pauvre collègue.*

E balançando a cabeça em um último esforço inútil para expressar seus sentimentos, o homenzinho subiu em seu carro e nos deixou.

Como falei, aquela introdução momentânea de alívio cômico na tragédia parecia realmente mais horrível do que qualquer outra coisa que tivesse acontecido.

— A próxima coisa — disse o Dr. Reilly com firmeza — é o café da manhã. Sim, eu insisto. Venha, Leidner, o senhor precisa comer.

O pobre Dr. Leidner estava quase totalmente arrasado. Ele veio conosco para a sala de jantar e lá foi servida uma refeição fúnebre. Acho que o café quente e os ovos fritos fizeram bem a todos nós, embora ninguém realmente sentisse vontade de comer. O Dr. Leidner bebeu um pouco de café e ficou mexendo no pão. Seu rosto estava cinzento, marcado pela dor e perplexidade.

Depois do café da manhã, o Capitão Maitland começou a trabalhar.

Expliquei como acordei, ouvi um som estranho e entrei no quarto de Miss Johnson.

— Disse que havia um copo no chão?

— Sim. Ela deve ter deixado cair depois de beber.

— Estava quebrado?

— Não, ele havia caído no tapete. (Receio que o ácido tenha estragado o tapete, aliás.) Peguei o copo e o coloquei de volta na mesa.

— Fico feliz que a senhorita tenha nos dito isso. Existem apenas dois conjuntos de impressões digitais nele, e um conjunto é certamente da própria Miss Johnson. O outro deve ser seu. — Ele ficou em silêncio por um momento, então disse: — Por favor, continue.

Descrevi cuidadosamente o que fiz e os métodos que tentei, olhando ansiosamente para o Dr. Reilly em busca de aprovação.

Ele a deu com um aceno de cabeça.

— A senhorita tentou tudo o que era possível — disse ele. E ainda que eu tivesse bastante certeza de que o houvesse feito, foi um alívio ter minha crença confirmada.

— A senhorita sabia exatamente o que ela havia tomado? — perguntou o Capitão Maitland.

— Não... mas eu podia ver, é claro, que era um ácido corrosivo.

O Capitão Maitland perguntou, com seriedade:

— É sua opinião, enfermeira, que Miss Johnson tomou ela mesma essa coisa, deliberadamente?

— Ah, não — falei. — Tal coisa nunca me ocorreu.

Não sei por que eu tinha tanta certeza. Em parte, eu acho, por causa das dicas de M. Poirot. O seu "matar é um hábito" havia ficado gravado na minha mente. E também, ninguém acredita de pronto que alguém possa cometer suicídio de um modo tão terrivelmente doloroso.

Falei isso e o Capitão Maitland assentiu com a cabeça, pensativo.

— Concordo que não é o que se escolheria — disse ele.

— Mas se alguém estiver com a mente muito perturbada e esse material estiver facilmente disponível, pode ser levado a isso por esse motivo.

— Ela *estava* em uma grande angústia mental? — perguntei, descrente.

— Mrs. Mercado diz que sim. Ela diz que Miss Johnson estava bem diferente do habitual no jantar da noite anterior... que ela dificilmente respondia a qualquer coisa que lhe era dita. Mrs. Mercado tem certeza de que Miss Johnson estava terrivelmente angustiada com alguma coisa e que a ideia de fugir de si mesma já havia ocorrido a ela.

— Bem, não acredito nisso nem por um instante — falei sem rodeios. Mrs. Mercado, ora essa! Uma cobra venenosa!

— Então no que a senhorita *acredita*?

— Acho que ela foi assassinada — disse sem rodeios.

Ele disparou sua próxima pergunta de forma abrupta. Senti que estava na sala da diretora.

— Por qual motivo?

— Parece-me, de longe, a solução mais provável.

— Essa é apenas sua opinião particular. Não havia motivo para essa senhora ser assassinada.

— Com licença — falei —, mas havia. Ela tinha descoberto algo.

— Descoberto algo? O que foi que ela descobriu?

Contei da nossa conversa no terraço, palavra por palavra.

— Ela se recusou a dizer qual foi sua descoberta?

— Sim. Disse que precisava de tempo para pensar melhor.

— Mas ela ficou bastante perturbada com isso?

— Sim.

— *Um modo de alguém entrar vindo de fora* — o Capitão Maitland refletiu a respeito disso, franzindo as sobrancelhas. — A senhorita não tem nenhuma ideia do que ela estava pensando?

— Nem um pouco. Eu pensei e pensei a respeito, mas não consegui ter nem um vislumbre.

O Capitão Maitland disse:

— O que o senhor acha, M. Poirot?

— Eu acho que o senhor tem aí um possível motivo — disse Poirot.

— Para assassinato?

— Para assassinato.

O Capitão Maitland franziu a testa.

— Ela não conseguiu falar algo antes de morrer?

— Sim, ela conseguiu soltar somente duas palavras.

— Quais eram?

— *A janela...*

— A janela? — repetiu o Capitão Maitland. — E a senhorita entendeu a que ela se referia?

Balancei a cabeça em negativo.

— Quantas janelas havia no quarto dela?

— Apenas uma.

— Que dava para o pátio?

— Sim.

— Estava aberta ou fechada? Pelo que lembro, estava aberta. Mas talvez um de vocês a tenha aberto?

— Não, esteve aberta o tempo todo. Eu me pergunto... — me interrompi.

— Continue, enfermeira.

— Eu examinei a janela, é claro, mas não consegui ver nada de incomum nela. Eu me pergunto, talvez, se alguém teria trocado os copos desse modo.

— Trocado os copos?

— Sim. Veja só, Miss Johnson sempre levava um copo d'água para a cama com ela. Acho que alguém pode ter mexido nele e um copo de ácido foi colocado no lugar.

— O que me diz, Reilly?

— Se foi assassinato, então provavelmente foi assim que foi feito — disse o Dr. Reilly, prontamente. — Nenhum ser humano comum moderadamente atento iria beber um copo de ácido por confundi-lo com um de água, se estivesse em perfeitas posses de suas faculdades mentais. Mas se alguém está acostumado a beber um copo d'água no meio da noite, essa pessoa poderia facilmente esticar o braço, buscar o copo no lugar de costume e, ainda sonolenta, engolir o bastante da coisa para que seja fatal antes de se dar conta do que aconteceu.

O Capitão Maitland refletiu por um momento.

— Vou ter que voltar e dar uma olhada naquela janela. O quão longe ela fica da cabeceira da cama?

Eu pensei.

— Esticando-se bastante, é possível alcançar a mesinha que fica à cabeceira da cama.

— A mesa onde estava o copo d'água?

— Sim.

— A porta estava trancada?

— Não.

— Então, quem quer que fosse poderia ter entrado por ali e feito a substituição?

— Ah, sim.

— Haveria mais riscos desse modo — disse o Dr. Reilly. — Uma pessoa que está dormindo profundamente pode muito bem acordar com o som de passos. Se a mesa pudesse ser alcançada pela janela, seria o modo mais seguro.

— Eu não estou pensando apenas no copo — disse o Capitão Maitland, distraído.

Saindo de seu devaneio, ele se dirigiu a mim outra vez.

— A senhorita seria da opinião de que quando a pobre moça estava morrendo, ela ficou ansiosa por lhe contar que alguém havia substituído a água pelo ácido através da janela aberta? Não teria sido mais prático ter dito o *nome* da pessoa?

— Ela poderia não saber o nome — apontei.

— Ou teria sido mais prático se ela desse um jeito de indicar o que era que havia descoberto no dia anterior?

O Dr. Reilly disse:

— Quando se está morrendo, Maitland, não é sempre que se tem um senso de proporção. Uma coisa em especial provavelmente vai se fixar em sua mente. Que uma mão assassina tenha vindo pela janela pode ter sido a principal coisa a deixá-la obcecada na ocasião. Pode ter parecido importante para ela que as pessoas soubessem disso. Em minha opinião, ela tampouco estava tão errada assim. *Era* importante! Ela provavelmente se preocupou que você pensasse que foi suicídio. Se pudesse ter falado livremente, ela provavelmente teria dito: "Não foi suicídio, eu não bebi porque quis, alguém deve ter colocado perto da minha cama *pela janela.*"

O Capitão Maitland tamborilou com os dedos por alguns instantes antes de responder. E então disse:

— Com certeza há dois modos de olhar para isto. Ou foi suicídio ou assassinato. O que o senhor acha, Dr. Leidner?

O Dr. Leidner ficou em silêncio por alguns instantes, e então falou de forma calma e obstinada:

— Assassinato. Anne Johnson não era o tipo de mulher que se mataria.

— Não — concedeu o Capitão Maitland. — Não no curso natural das coisas. Mas pode ter havido circunstâncias nas quais teria sido uma coisa bastante natural de se fazer.

— Como por exemplo?

O Capitão Maitland curvou-se sobre um embrulho que eu já havia notado-o colocar ao lado de sua cadeira. Ele o colocou sobre a mesa com certo esforço.

— Há algo aqui que nenhum de vocês sabe — disse ele. — Encontramos embaixo da cama dela.

Ele se atrapalhou com o nó do embrulho e, em seguida, jogou-o para trás, revelando uma grande e pesada mó ou pedra de moer.

Isso por si só não era nada — havia uma dúzia ou mais que haviam sido encontradas no curso das escavações.

O que atraiu nossa atenção neste espécime em particular foi uma mancha escura e opaca e um fragmento de algo que parecia cabelo.

— Isso será trabalho para você, Reilly — disse o Capitão Maitland. — Mas devo dizer que não há muitas dúvidas quanto a este ser o instrumento com o qual Mrs. Leidner foi morta!

Capítulo 26

A próxima serei eu!

Foi bastante horrível. O Dr. Leidner parecia que iria desmaiar e eu mesma me senti um pouco enjoada.

O Dr. Reilly examinou a peça com gosto profissional.

— Nenhuma impressão digital, suponho? — perguntou.

— Nenhuma.

O Dr. Reilly pegou um par de fórceps e a investigou com delicadeza.

— Hum... um fragmento de tecido humano... e cabelo... cabelo loiro. Esse é o veredito extraoficial. É claro, tenho que fazer um teste adequado, grupo sanguíneo etc., mas não há muita dúvida. Encontrado debaixo da cama de Miss Johnson? Ora, ora... então *essa* era a grande questão. Ela cometeu o assassinato, e então, que Deus a perdoe, o remorso tomou conta e ela se matou. É uma teoria, uma boa teoria.

O Dr. Leidner conseguiu apenas balançar a cabeça, desamparado.

— Não a Anne... não a Anne — murmurou.

— Não sei onde que ela escondeu isso, para começo de conversa — disse o Capitão Maitland. — Cada quarto foi revistado após o primeiro crime.

Algo me veio à cabeça e pensei, "no armário com artigos de escritório", mas não falei nada. "Aonde quer que fosse, ela ficou insatisfeita com o esconderijo e a levou até seu próprio quarto, que já havia sido revistado junto dos demais. Ou talvez ela tenha feito isso após se decidir a cometer suicídio".

— Eu não acredito nisso — falei alto.

E eu não podia acreditar que de algum modo a boa e gentil Miss Johnson tivesse arrebentado os miolos de Mrs. Leidner. Eu simplesmente não conseguia *ver* isso acontecendo. E mesmo assim, se *encaixava* com algumas coisas... sua crise de choro naquela noite, por exemplo. Afinal, eu mesma falei em "remorso"... mas não pensei que fosse remorso por outra coisa que não o crime menor, mais insignificante.

— Eu não sei no que acreditar — disse o Capitão Maitland.

— Há o desaparecimento do padre francês a se esclarecer também. Meus homens estão lá fora fazendo uma busca no caso de ele ter sido golpeado na cabeça e seu corpo rolado em alguma conveniente vala de irrigação.

— Ah! Eu lembrei agora... — comecei a falar. Todos se voltaram para mim, curiosos. Falei: — Foi ontem à tarde. Ele me questionou a respeito do estrábico que estava olhando pela janela. Perguntou-me onde exatamente ele havia ficado na trilha e então disse que ia sair para dar uma olhada ao redor. Ele disse que nas histórias de detetive o criminoso sempre deixa cair uma pista conveniente.

— Quem me dera se algum dos meus criminosos alguma vez fizesse isso — disse o Capitão Maitland. — Então era atrás disso que ele foi, é? Por Deus, me pergunto se *de fato* encontrou alguma coisa. Seria um pouco coincidência se ele e Miss Johnson descobrissem uma pista da identidade do assassino praticamente ao mesmo tempo. — E acrescentou irritado: — Um estrábico? Estrábico? Tem mais coisa nessa história de estrábico do que me parece. Não sei por que diabos meus homens não conseguem pôr as mãos nele!

— Provavelmente porque ele não é estrábico — disse Poirot, calmamente.

— O senhor está querendo dizer que ele fingia? Não sabia que era possível fingir estrabismo.

Poirot apenas disse:

— O estrabismo pode ser uma coisa muito útil.

— O diabo que pode! Eu daria tudo para saber onde está esse camarada agora, com ou sem estrabismo!

— Um palpite — disse Poirot — é que ele já cruzou a fronteira com a Síria.

— Alertamos Tell Kotechek e Abu Kemal. Todos os postos de fronteira, na realidade.

— Imagino que ele tomou a rota pelas colinas. A rota que às vezes é tomada quando se operam contrabandos.

O Capitão Maitland grunhiu.

— Então é melhor telegrafar para Deir ez Zor?

— Eu fiz isso ontem, avisei para ficarem de olho em um carro com dois homens dentro, cujos passaportes estariam na mais impecável ordem.

O Capitão Maitland o encarou.

— O *senhor* fez isso, foi? Dois homens... hein?

Poirot assentiu.

— Há dois homens nisso.

— Me ocorre, M. Poirot, que o senhor tem guardado um bocado de coisas na manga.

Poirot balançou a cabeça.

— Não — disse ele. — Na verdade não. A verdade veio a mim somente esta manhã, quando estava observando o sol nascer. Um sol nascente muito bonito.

Creio que nenhum de nós havia percebido que Mrs. Mercado estava na sala. Ela deve ter se esgueirado quando todos nós estávamos surpresos com a aparição daquela grande e horrível pedra manchada de sangue.

Mas agora, sem o menor aviso, ela soltou um barulho que era como o de um porco sendo degolado.

— Ai, meu Deus! — gritou. — Estou vendo tudo. Agora eu vejo. *Foi Padre Lavigny*. Ele é louco.... Fanático religioso. Acha que as mulheres são pecaminosas. *Ele está matando todas elas*. Primeiro Mrs. Leidner, depois Miss Johnson. E a próxima serei *eu...*

Com um grito frenético, ela atravessou a sala e se agarrou à casaca do Dr. Reilly.

— Não vou ficar aqui, estou lhe dizendo! Não vou ficar aqui nem mais um dia. Há perigos. Há perigos por toda parte. Ele está escondido em algum lugar... esperando a sua vez. Ele vai pular em cima de mim!

Sua boca se abriu e ela começou a gritar outra vez. Corri para o Dr. Reilly, que a segurou pelo pulso. Dei-lhe um forte tapa em cada bochecha e com a ajuda do Dr. Reilly a fiz sentar-se em uma cadeira.

— Ninguém vai matar a senhora — falei. — Vamos cuidar disso. Sente-se e comporte-se.

Ela não gritou mais. Sua boca se fechou e ela sentou-se olhando para mim com um olhar alerta e estupidificado.

Então houve outra interrupção. A porta foi aberta e Sheila Reilly entrou.

Seu rosto estava pálido e sério. Ela foi direto até Poirot.

— Eu estava no posto dos correios mais cedo, M. Poirot — disse ela. — E havia um telegrama para o senhor, então o trouxe comigo.

— Obrigado, *mademoiselle*.

Ele o pegou da mão dela e o abriu enquanto ela observava seu rosto.

Ele não se alterou, aquele rosto. Ele leu o telegrama, alisou o papel, dobrou-o com cuidado e o guardou em seu bolso.

Mrs. Mercado o estava observando. Ela perguntou, numa voz engasgada:

— Isso é... dos Estados Unidos?

— Não, madame — disse ele. — É de Tunis.

Ela o encarou por um momento como se não tivesse compreendido, então se recostou em seu assento, com um longo suspiro.

— Padre Lavigny — disse ela. — Eu *estava* certa. Sempre achei que havia algo esquisito nele. Ele me disse coisas certa vez... suponho que seja louco. — Ela fez uma pausa e então disse: — Vou ficar quieta. Mas eu *preciso* ir embora deste lugar. Joseph e eu podemos ir e passar a noite na pensão.

— Paciência, madame — disse Poirot. — Eu explicarei tudo.

O Capitão Maitland o observava com curiosidade.

— O senhor crê que entendeu definitivamente essa coisa toda? — insistiu.

Poirot fez uma mesura.

Foi uma mesura muito teatral. Creio que isso incomodou um pouco o Capitão Maitland.

— Bem — bradou ele. — Põe pra fora, homem.

Mas não era assim que Hercule Poirot fazia as coisas. Eu via perfeitamente bem que ele queria deitar e rolar. Perguntei-me se ele realmente *sabia* a verdade, ou se estava apenas se exibindo.

Ele se voltou para o Dr. Reilly.

— O senhor faria a gentileza, Dr. Reilly, de convocar os demais?

O Dr. Reilly deu um sobressalto e saiu gentilmente. Em alguns minutos, os demais membros da expedição começaram a entrar na sala. Primeiro Reiter e Emmott. Depois, Bill Coleman. Depois, Richard Carey e, finalmente, Mr. Mercado.

Pobre homem, ele realmente parecia morto. Suponho que estava com um medo mortal de ser levado à fogueira por descuido ao deixar produtos químicos perigosos por aí.

Todos se sentaram em volta da mesa, da mesma forma que tínhamos feito no dia da chegada de M. Poirot. Tanto Bill Coleman quanto David Emmott hesitaram antes de se sentar, olhando para Sheila Reilly. Ela estava de costas para eles, olhando pela janela.

— Quer uma cadeira, Sheila? — disse Bill.

David Emmott disse em seu sotaque baixo e agradável:

— Você não vai se sentar?

Ela então se virou e ficou por um minuto olhando os dois. Cada um indicava uma cadeira, empurrando-a à frente. Perguntei-me qual delas ela iria aceitar.

No fim das contas, não aceitou nenhuma.

— Vou me sentar aqui — disse ela, bruscamente. E se sentou na ponta de uma mesa, bem perto da janela. — Isto é — acrescentou —, se o Capitão Maitland não se opuser a que eu fique?

Não tenho bem certeza do que o Capitão Maitland teria dito. Poirot se adiantou a ele.

— Fique à vontade, *mademoiselle* — falou ele. — De fato, é necessário que a senhorita fique.

Ela ergueu as sobrancelhas.

— Necessário?

— Foi a palavra que usei, *mademoiselle*. Há algumas questões que precisarei lhe perguntar.

Outra vez suas sobrancelhas se ergueram, mas ela não disse mais nada. Ela virou o rosto na direção da janela, como se determinada a ignorar o que acontecia na sala atrás de si.

— E agora — disse o Capitão Maitland —, talvez tenhamos a verdade!

Ele falou de modo um tanto impaciente. Ele era essencialmente um homem de ação. Naquele mesmo momento, eu tinha certeza de que ele queria sair e fazer alguma coisa, comandar as buscas pelo corpo de Padre Lavigny, ou em alternativa, enviar grupos de busca e captura.

Ele olhou Poirot com algo próximo de desgosto.

"Se o vagabundo tem algo a dizer, por que não diz logo de uma vez?", podia sentir as palavras na ponta de sua língua.

Poirot lançou um lento olhar calculista para todos nós, e então se pôs de pé.

Não sei o que eu esperava que ele dissesse. Algo dramático, certamente. Ele era esse tipo de pessoa.

Mas eu certamente não esperava que ele começasse com uma frase em árabe.

Contudo, foi isso que aconteceu. Ele disse as palavras devagar e de modo solene, de modo bastante religioso, na verdade, se entende o que digo.

— *Bismillahi ar rahman ar rahim.*

E então ele deu a tradução em inglês.

— Em nome de Alá, o Misericordioso, o Compassivo.

Capítulo 27

O início de uma viagem

— *Bismillahi ar rahman ar rahim*. Essa é a frase árabe usada antes de se iniciar uma viagem. *Eh bien*, nós também começamos uma viagem. Uma viagem ao passado. Uma viagem aos lugares estranhos da alma humana.

Acho que até aquele momento eu nunca havia sentido nada do chamado "glamour do Oriente". Francamente, o que me impressionava era a bagunça em todos os lugares. Mas de repente, com as palavras de M. Poirot, um tipo estranho de visão parecia crescer diante de meus olhos. Pensei em palavras como Samarcanda e Isfahan, e em mercadores com barbas longas, em camelos ajoelhados, carregadores balançando e carregando grandes fardos nas costas presos por uma corda em volta da testa, mulheres com cabelos manchados de hena e rostos tatuados ajoelhadas ao lado do Tigre lavando roupas, e ouvi seus gritos estranhos e lamentosos e o gemido distante do moinho d'água.

Eram principalmente coisas que eu havia visto e ouvido e que não havia pensado muito a respeito. Mas agora, de alguma forma, elas pareciam *diferentes*. Como um pedaço de uma coisa velha e bolorenta que se leva à claridade e de repente se vê as ricas cores de um bordado antigo...

Então olhei ao redor da sala em que estávamos sentados e tive a estranha sensação de que o que M. Poirot disse era verdade. Estávamos todos começando uma jornada. Estávamos aqui juntos agora, mas todos seguíamos caminhos diferentes.

E olhei para todos como se, de certa forma, os estivesse vendo pela primeira, e pela última vez. O que parece bobo, mas era o que eu sentia mesmo assim.

Mr. Mercado torcia os dedos com nervosismo, seus olhos esquisitos e claros, com pupilas dilatadas, fitavam Poirot. Mrs. Mercado estava olhando para o marido. Ela tinha uma aparência estranha e atenta, como uma tigresa esperando para saltar. O Dr. Leidner parecia ter encolhido de uma forma curiosa. Este último golpe o havia apenas esmagado. Quase se podia dizer que ele nem estava na sala. Ele estava em algum lugar distante, em um lugar só seu. Mr. Coleman estava olhando diretamente para Poirot. Sua boca estava ligeiramente aberta, e seus olhos, saltados. Ele parecia quase idiota. Mr. Emmott estava olhando para seus pés e eu não conseguia ver seu rosto direito. Mr. Reiter parecia confuso. Sua boca estava esticada em um beicinho e isso o fez parecer mais do que nunca com um bom e limpo leitão. Miss Reilly estava olhando fixamente para fora da janela. Não sei o que ela estava pensando ou sentindo. Então olhei para Mr. Carey e, de algum modo, seu rosto me feriu e desviei o olhar. Lá estávamos nós, todos nós. E, de alguma forma, senti que quando M. Poirot terminasse, estaríamos todos em algum lugar bem diferente...

Foi uma sensação estranha...

A voz de Poirot continuou calmamente. Era como um rio correndo uniforme entre as margens... correndo para o mar...

— Desde o início, senti que para compreender este caso, não se devia procurar sinais ou pistas externas, mas sim as pistas mais verdadeiras, as do conflito de personalidades e dos segredos do coração.

"E posso dizer que, embora agora tenha chegado ao que acredito ser a verdadeira solução do caso, *não tenho nenhuma prova material disso*. Sei que foi assim, porque *precisa* ser assim, porque de *nenhum outro modo* cada fato pode se encaixar em seu lugar devido e organizado.

"E essa, na minha opinião, é a solução mais satisfatória que pode haver."

Ele fez uma pausa e continuou:

— Vou começar minha jornada no momento em que eu mesmo fui trazido para o caso, de quando ele foi apresentado a mim como um fato realizado. Agora, cada caso, na minha opinião, tem uma forma e um modelo definidos. O padrão deste caso, a meu ver, girava em torno da personalidade de Mrs. Leidner. Até que eu soubesse exatamente que tipo de mulher Mrs. Leidner era, eu não seria capaz de saber por que ela foi assassinada e quem a assassinou.

"Esse, então, foi meu ponto de partida: a personalidade de Mrs. Leidner.

"Havia também outro ponto psicológico de interesse: o curioso estado de tensão descrito como existente entre os membros da expedição. Isso foi atestado por várias testemunhas diferentes, algumas delas externas ao ambiente, e observei que, embora dificilmente seja um ponto de partida, deveria, no entanto, ser levado em conta durante minhas investigações.

"A ideia aceita parecia ser a de que essa tensão era diretamente o resultado da influência de Mrs. Leidner sobre os membros da expedição, mas por motivos que delinearei para vocês mais tarde, isso não me pareceu totalmente aceitável.

"Para começar, como disse, concentrei-me única e inteiramente na personalidade de Mrs. Leidner. Eu tinha vários meios de avaliar essa personalidade. Havia as reações que ela produziu em várias pessoas, todas variando amplamente em caráter e temperamento, e havia as que pude notar por minha própria observação. O escopo deste último foi naturalmente limitado. Mas *aprendi* certos fatos.

"Os gostos de Mrs. Leidner eram simples e pendiam até mesmo para o lado do austero. Ela claramente não era uma mulher de luxos. Por outro lado, alguns bordados que ela vinha fazendo eram de extremo requinte e beleza. Isso indicava uma mulher de gosto artístico e meticuloso. A partir da observação dos livros em seu quarto, fiz uma nova estimativa. Ela era inteligente, e também imaginei que fosse, essencialmente, uma egoísta.

"Foi sugerido que Mrs. Leidner era uma mulher cuja principal preocupação era atrair o sexo oposto. Que ela era, na verdade, uma mulher sensual. Isso eu não acreditei que fosse o caso.

"Em seu quarto, notei os seguintes livros em uma estante: *Quem foram os gregos?, Introdução à Relatividade, A vida de Lady Hester Stanhope, De volta a Matusalém, Linda Condon, O trem de Crewe.*

"Ela tinha, para começar, um interesse pela cultura e pela ciência moderna, ou seja, um lado intelectual distinto. Dos romances, *Linda Condon* e, em menor grau, *O trem de Crewe*, pareciam mostrar que Mrs. Leidner tinha simpatia e interesse por mulheres independentes, desimpedidas ou aprisionadas pelo homem. Ela também estava obviamente interessada pela personalidade de Lady Hester Stanhope. *Linda Condon* é um estudo requintado da adoração de sua própria beleza por uma mulher. *O trem de Crewe* é um estudo de um individualista apaixonado, *De volta a Matusalém* está mais de acordo com a atitude intelectual do que emocional em relação à vida. Senti que estava começando a entender a vítima.

"Em seguida, estudei as reações daqueles que formaram o círculo imediato de Mrs. Leidner, e minha imagem da falecida ficou cada vez mais completa.

"Ficou muito claro para mim, pelos relatos do Dr. Reilly e outros, que Mrs. Leidner era uma daquelas mulheres dotadas pela natureza não apenas de beleza, mas do tipo de magia desastrosa que às vezes acompanha a beleza e pode, de fato, existir independentemente dela. Essas mulheres geralmente deixam um rastro de acontecimentos violentos para trás. Eles trazem desastres, às vezes para os outros, às vezes para si próprias.

"Eu estava convencido de que Mrs. Leidner era uma mulher que essencialmente idolatrava *a si mesma* e que gostava, mais do que de qualquer outra coisa, da sensação de *poder*. Onde quer que ela estivesse, ela *precisava* ser o centro do universo. E todos ao seu redor, homem ou mulher, tiveram que reconhecer seu domínio. Com algumas pessoas isso foi fácil. A enfermeira Leatheran, por exemplo, uma mulher de natureza generosa com uma imaginação romântica, foi imediatamente capturada e deu-lhe seu total apreço de modo obstinado. Mas havia uma segunda maneira pela qual Mrs. Leidner exercia seu domínio: o caminho do medo. Onde a conquista era muito fácil, ela se entregava a um lado mais cruel de sua natureza, mas eu gostaria de enfatizar que não era o que se poderia chamar de uma crueldade *consciente*. Era tão natural e impensada quanto a conduta de um gato com um rato. Onde a consciência agia, ela era essencialmente gentil e muitas vezes saía de seu caminho para fazer ações gentis e atenciosas para outras pessoas.

"Agora, é claro que o primeiro e mais importante problema a resolver era o problema das cartas anônimas. Quem as escreveu e por quê? Eu me perguntei: será que foi *a própria* Mrs. Leidner que as escreveu?

"Para responder a este problema, foi necessário voltar muito tempo. Voltar, na verdade, à data do primeiro casamento de Mrs. Leidner. É aqui que começamos nossa jornada propriamente dita. A jornada da vida de Mrs. Leidner.

"Em primeiro lugar, precisamos observar que a Louise Leidner de todos aqueles anos atrás é essencialmente a mesma Louise Leidner dos tempos atuais.

"Ela era jovem então, de beleza notável, aquela mesma beleza obsessiva que afeta o espírito e os sentidos de um homem como nenhuma mera beleza material poderia, e ela já era essencialmente uma egoísta.

"Essas mulheres naturalmente se revoltam com a ideia de casamento. Elas podem ser atraídas por homens, mas preferem pertencer a si mesmas. Eles são verdadeiramente *La belle dame sans merci* da lenda. Mesmo assim, Mrs. Leidner se *casou*. E podemos presumir, creio eu, que seu marido deve ter sido um homem com certa força de caráter.

"Então ocorre a revelação de suas atividades traidoras e Mrs. Leidner age do modo como contou à enfermeira Leatheran. Ela deu informações ao governo.

"Agora, suponho que houve um significado psicológico em sua ação. Ela disse à enfermeira Leatheran que era uma garota idealista, muito patriótica, e que esse sentimento foi a causa de sua ação. Mas é um fato bem conhecido que todos nós tendemos a nos enganar quanto aos motivos de nossas próprias ações. Instintivamente, selecionamos o motivo que soa melhor! Mrs. Leidner pode ter acreditado que foi o patriotismo que inspirou sua ação, mas acredito que foi realmente o resultado de um desejo não reconhecido de se livrar do marido! Ela não gostava de dominação. Não gostava da sensação de pertencer a outra pessoa. Na verdade, ela não gostava de ser a segunda voz. Ela adotou uma maneira patriótica de recuperar sua liberdade.

"Mas, por detrás de sua consciência, havia um sentimento de culpa que a consumia e que desempenharia um papel em seu futuro destino.

"Agora chegamos diretamente à questão das cartas. Mrs. Leidner era muito atraente ao sexo masculino. Em várias ocasiões ela ficou atraída por homens, mas em cada caso, uma carta ameaçadora desempenhou seu papel e o caso deu em nada.

"Quem escreveu essas cartas? Frederick Bosner, seu irmão William ou *a própria Mrs. Leidner*?

"Há elementos que sustentam qualquer uma dessas teorias. Parece-me claro que Mrs. Leidner era uma daquelas mulheres que inspiram devoções devoradoras nos homens, o tipo de devoção que pode se tornar uma obsessão. Acho perfeitamente possível acreditar que exista um Frederick Bosner para quem Louise, sua esposa, importava mais do que qualquer coisa no mundo! Ela o traiu uma vez e ele não se atreveu a abordá-la abertamente, mas estava determinado que pelo menos ela deveria ser dele ou de mais ninguém. Ele preferia sua morte a que ela pertencesse a outro homem.

"Por outro lado, se Mrs. Leidner tinha, no fundo, uma aversão a assumir vínculos matrimoniais, é possível que ela tenha assumido esse método para se livrar de posições difíceis. Ela era uma caçadora que, uma vez tendo já alcançado sua presa, não precisava mais dela! Desejando drama em sua vida, ela inventou um drama altamente satisfatório: um marido ressuscitado, proibindo os proclamas de casamento! Isso satisfez seus instintos mais profundos. Isso a tornou uma figura romântica, uma heroína trágica, e permitiu que ela não se casasse novamente.

"Este estado de coisas continuou ao longo de vários anos. Sempre que havia alguma probabilidade de casamento, uma carta ameaçadora chegava.

"*Mas agora chegamos a um ponto realmente interessante.* O Dr. Leidner entrou em cena e nenhuma carta ameaçadora chegou! Nada a impedia de se tornar Mrs. Leidner. Só *depois* de seu casamento chegou uma carta.

"Imediatamente nos perguntamos: por quê?

"Vamos analisar cada teoria separadamente.

"*Se* Mrs. Leidner escreveu ela mesma as cartas, o problema é facilmente explicado. Mrs. Leidner realmente queria se casar com o Dr. Leidner. E ela então *se casou* com ele. Mas, nesse caso, *por que escreveu uma carta para si mesma depois disso*? Seu desejo por drama era muito forte para ser suprimido? E por que apenas essas duas cartas? Após isso, nenhuma outra carta foi recebida até um ano e meio depois.

"Agora pegue a outra teoria, que as cartas foram escritas por seu primeiro marido, Frederick Bosner (ou seu irmão). Por que a carta ameaçadora chegou *depois* do casamento? Presumivelmente, Frederick não poderia querer que ela se casasse com Leidner. Por que, então, ele não impediu o casamento? Ele o havia feito com bastante sucesso em outras ocasiões. E por que, *tendo esperado até que o casamento tivesse ocorrido*, ele então retomou suas ameaças?

"A resposta, insatisfatória, é que ele foi incapaz de protestar mais cedo. Pode ter estado na prisão ou no exterior.

"Em seguida, há que se considerar a tentativa de envenenamento por gás. Parece extremamente improvável que tenha sido provocado por um agente externo. As pessoas prováveis que a encenaram foram o próprio doutor e Mrs. Leidner. Parece não haver nenhuma razão concebível para que o Dr. Leidner fizesse tal coisa, então somos levados à conclusão de que Mrs. Leidner planejou e executou isso ela mesma.

"Por quê? Mais drama?

"Depois disso, o doutor e Mrs. Leidner vão para o exterior e, por dezoito meses, levam uma vida feliz e pacífica, sem ameaças de morte para perturbá-la. Eles atribuíram isso ao fato de terem coberto com sucesso seus rastros, mas tal explicação é completamente absurda. Hoje em dia, ir para o exterior é totalmente inadequado para esse propósito. E foi especialmente assim no caso dos Leidner. Ele era o diretor da expedição de um museu. Ao investigar no museu, Frederick Bosner poderia imediatamente obter seu endereço correto. Mesmo admitindo que ele estava em circunstâncias muito reduzidas para perseguir o casal, não haveria impedimento para que continuasse com suas cartas ameaçadoras. E me parece que um homem com sua obsessão certamente o teria feito.

"Em vez disso, nada se sabe dele até quase dois anos depois, quando as cartas são retomadas.

"*Por que* as cartas foram retomadas?

"Uma pergunta muito difícil, respondida mais facilmente dizendo que Mrs. Leidner estava entediada e queria mais drama. Mas não fiquei muito satisfeito com isso. Essa forma particular de drama parecia-me um tanto vulgar e grosseira para combinar bem com sua personalidade exigente.

"A única coisa a fazer era manter a mente aberta sobre a questão. Havia três possibilidades definidas: (1) as cartas foram escritas pela própria Mrs. Leidner; (2) foram escritas por Frederick Bosner (ou o jovem William Bosner); (3) poderiam ter sido escritas *originalmente* por Mrs. Leidner ou seu primeiro marido, mas as de agora eram falsificações, isto é, estavam sendo escritas por uma *terceira* pessoa que estava ciente das cartas anteriores.

"Agora passo a considerar diretamente a comitiva de Mrs. Leidner.

"Eu examinei primeiro as oportunidades reais que cada membro da equipe teve para cometer o assassinato.

"A grosso modo, aparentemente, *qualquer um* pode ter cometido (no que diz respeito à oportunidade), com exceção de três pessoas.

"O Dr. Leidner, por testemunho esmagador, nunca saiu do terraço. Mr. Carey estava a serviço na colina. Mr. Coleman estava em Hassanieh.

"Mas esses álibis, meus amigos, não são tão bons quanto parecem. Exceto o do Dr. Leidner. Não há dúvida de que ele ficou no terraço o tempo todo e só desceu cerca de uma hora e quinze minutos depois de o assassinato ter acontecido.

"Mas era *certo* que Mr. Carey estava no monte o tempo todo? E *realmente estaria* Mr. Coleman em Hassanieh no momento em que o assassinato ocorreu?"

Bill Coleman ficou vermelho, abriu a boca, fechou-a e olhou inquieto ao redor.

A expressão de Mr. Carey não mudou. Poirot continuou, suavemente.

— Também considerei outra pessoa que, estou convencido, seria perfeitamente capaz de cometer um assassinato *se ela sentisse uma necessidade forte o bastante*. Miss Reilly tem a coragem, a inteligência e um certo toque de crueldade. Quando Miss Reilly estava falando comigo sobre o assunto da falecida, eu disse a ela, brincando, que esperava que ela tivesse um álibi. Acho que Miss Reilly estava ciente de que tinha no coração o desejo de, no mínimo, matar. De todo modo, ela proferiu imediatamente uma mentira muito boba e sem propósito. Disse que estava jogando tênis naquela tarde. No dia seguinte, soube por meio de uma conversa casual com Miss Johnson que, longe de jogar tênis, Miss Reilly *na verdade estava perto desta casa na hora do assassinato*. Ocorreu-me que Miss Reilly, se não for culpada do crime, pode ser capaz de me dizer algo útil.

Ele parou e disse baixinho:

— Pode nos contar, Miss Reilly, o que a senhorita viu naquela tarde?

A garota não respondeu de imediato. Ela ainda olhava pela janela sem virar a cabeça e, quando falou, foi com uma voz distante e comedida.

— Eu fui para a escavação depois do almoço. Devia ser cerca de 13h45 quando cheguei lá.

— A senhorita encontrou algum de seus amigos na escavação?

— Não, parecia não haver ninguém lá além do capataz árabe.

— A senhorita não viu Mr. Carey?

— Não.

— Curioso — disse Poirot. — Tampouco M. Verrier o viu, quando foi lá naquela mesma tarde.

Ele olhou de modo convidativo para Carey, mas este não se moveu nem falou.

— O senhor tem alguma explicação, Mr. Carey?

— Fui dar uma volta. Havia nada de interessante aparecendo.

— Em que direção o senhor foi dar um passeio?

— Perto do rio.

— Não de volta à casa?

— Não.

— Suponho — disse Miss Reilly — que o senhor estava esperando por alguém que não veio.

Ele olhou para ela, mas não respondeu.

Poirot não insistiu. Ele falou mais uma vez com a garota.

— A senhorita viu mais alguma coisa, *mademoiselle*?

— Sim. Não estava longe da casa da expedição quando notei o caminhão da expedição parado em um uádi. Achei meio esquisito. Então vi Mr. Coleman. Ele caminhava com a cabeça baixa, como se procurasse por algo.

— Olhe aqui — explodiu Mr. Coleman. — Eu...

Poirot o deteve com um gesto autoritário.

— Espere. A senhorita falou com ele, Miss Reilly?

— Não. Não falei.

— Por quê?

A menina disse lentamente:

— Porque, de vez em quando, ele se assustava e olhava em volta com um olhar extraordinariamente furtivo. Isso... me deu uma sensação desagradável. Virei a cabeça do meu cavalo e fui embora. Não acho que ele me viu. Eu não estava muito perto e ele estava absorto no que estava fazendo.

— Olhe aqui. — Mr. Coleman não aceitaria mais ser silenciado. — Tenho uma explicação perfeitamente boa para o que, admito, pareceu um pouco suspeito. Na verdade, na véspera, coloquei um selo cilíndrico bem fino no bolso do meu casaco, em vez de colocá-lo na sala de antiguidades. Esqueci completamente. E então percebi que havia esquecido, e o perdi do bolso, derrubei em algum lugar. Eu não queria entrar em uma discussão sobre isso, então decidi que faria uma busca em silêncio. Eu tinha certeza de que o deixei cair no caminho de ida ou volta para a escavação. Corri para resolver meu negócio em Hassanieh. Mandei um *walad* para fazer algumas compras e voltar cedo. Estacionei a caminhonete onde ela não seria vista e fiz uma boa varredura por mais de uma hora. E não encontrei a maldita coisa! Então entrei na caminhonete e dirigi para a casa. Naturalmente, todos pensaram que eu tinha acabado de voltar.

— E o senhor não fez nada para esclarecer isso? — perguntou Poirot, com doçura.

— Bem, isso é bastante natural dadas as circunstâncias, não acha?

— Eu dificilmente concordaria — disse Poirot.

— Ah, vamos, não fique criando problemas, esse é meu lema! Mas o senhor não pode me acusar de nada. Eu nunca entrei no pátio e o senhor não vai encontrar ninguém que diga que eu entrei.

— Essa, é claro, tem sido a dificuldade — disse Poirot. — O testemunho dos criados de *que ninguém entrou no pátio vindo de fora*. Mas me ocorreu, depois de refletir, que não foi isso que eles disseram. Eles juraram que nenhum *estranho* havia entrado no local. Eles não foram questionados se *um membro da expedição* o fez.

— Bem, pergunte a eles — disse Coleman. — Como meu chapéu se eles tiverem visto a mim ou ao Carey.

— Ah! Mas isso levanta uma questão bastante interessante. Eles notariam um estranho, sem dúvida, mas eles teriam notado um membro da expedição? Os membros da equipe estão entrando e saindo o dia todo. Os criados dificilmente perceberiam suas idas e vindas. É possível, eu acho, que Mr. Carey ou Mr. Coleman tenham entrado e a memória dos criados não se lembrasse de tal evento.

— Baboseira! — disse Mr. Coleman.

Poirot continuou calmamente:

— Dos dois, creio que Mr. Carey fosse o menos provável de ser notado indo ou vindo. Mr. Coleman havia partido para Hassanieh de carro naquela manhã e deveria voltar nele. Sua chegada a pé seria, portanto, perceptível.

— É claro que sim! — disse Coleman.

Richard Carey ergueu a cabeça. Seus olhos de um azul profundo fixaram-se diretamente em Poirot.

— O senhor está me acusando de assassinato, M. Poirot? — perguntou ele.

Seus modos eram bastante calmos, mas sua voz tinha um tom perigoso.

Poirot fez uma reverência para ele.

— Por enquanto, estou apenas levando todos vocês em uma viagem, minha viagem rumo à verdade. Eu havia estabelecido um fato: de que todos os membros da equipe da expedição, e também a enfermeira Leatheran, poderiam de fato ter cometido o assassinato. O fato de haver pouca probabilidade de alguns deles o terem cometido era uma questão secundária.

"Eu examinei *meios* e *oportunidades*. Em seguida, passei ao motivo. Eu descobri que *cada um e todos vocês podem ser creditados com um motivo*!

— Oh! M. Poirot — protestei. — Eu não! Ora, eu vim de fora. Eu havia recém-chegado.

— *Eh bien, ma soeur*, e não era isso que Mrs. Leidner temia? Um estranho vindo de fora?

— Mas... mas... ora, o Dr. Reilly sabia tudo sobre mim! Foi ele quem sugeriu minha vinda!

— O quanto ele realmente sabia sobre a senhorita? Quase só o que a senhorita mesma havia dito a ele. Os impostores já se faziam passar por enfermeiras de hospital antes de agora.

— O senhor pode escrever para o hospital de São Cristóvão... — comecei.

— Por enquanto, a senhorita vai se calar. Impossível prosseguir enquanto a senhorita conduz esta discussão. Não estou dizendo que suspeito da senhorita agora. Tudo o que digo é que, mantendo a mente aberta, a senhorita pode facilmente ser uma pessoa diferente do que fingia ser. Existem muitos homens que se disfarçam de mulheres com sucesso, vocês sabem. O jovem William Bosner poderia ser algo desse tipo.

Eu estava prestes a lhe dar mais um pouco da minha opinião. Homem disfarçado de mulher, ora essa! Mas ele ergueu a voz e apressou-se com tal ar de determinação que pensei duas vezes.

— Agora vou ser-lhes franco, brutalmente franco. É necessário. Vou expor a estrutura subjacente deste lugar.

"Eu examinei e considerei cada alma aqui. Para começar com o Dr. Leidner, logo me convenci de que seu amor por sua esposa era a mola mestra de sua existência. Ele era um homem dilacerado e devastado pela dor. A enfermeira Leatheran, já mencionei. Se ela fosse uma pessoa travestida, então era incrivelmente talentosa, e estou inclinado a acreditar que ela seja exatamente quem diz ser: uma enfermeira hospitalar plenamente competente."

— Obrigada por nada — interrompi.

— Minha atenção foi imediatamente atraída para Mr. e Mrs. Mercado, que estavam ambos claramente em um estado de grande agitação e inquietação. Primeiro considerei Mrs. Mercado. Ela seria capaz de matar e, se fosse, que motivo teria?

"O físico de Mrs. Mercado era frágil. À primeira vista, não parecia possível que ela pudesse ter força física para golpear uma mulher como Mrs. Leidner com um pesado instrumento de pedra. Se, no entanto, Mrs. Leidner estivesse de joelhos na hora, a coisa seria ao menos *fisicamente possível*. Existem maneiras pelas quais uma mulher pode induzir outra a se ajoelhar. Ah! Não por motivos emocionais! Por exemplo, uma mulher pode estar levantando a bainha de uma saia e pedir a outra para colocar os alfinetes para ela. A segunda mulher se ajoelharia no chão sem suspeitar.

"Mas o motivo? A enfermeira Leatheran me contou sobre os olhares zangados que viu Mrs. Mercado dirigir contra Mrs. Leidner. Mr. Mercado, evidentemente, sucumbia facilmente ao feitiço de Mrs. Leidner. Mas não achei que a solução pudesse ser encontrada no mero ciúme. Eu tinha certeza de que Mrs. Leidner não estava realmente interessada em Mr. Mercado e, sem dúvida, Mrs. Mercado sabia disso. Ela poderia ficar furiosa no momento, mas para assassinato teria que existir uma provocação maior. Mas Mrs. Mercado era em essência um tipo ferozmente maternal. Pela maneira como ela olhava para o marido, percebi não apenas que ela o amava, mas que lutaria por ele com unhas e dentes, e mais do que isso, *que via a possibilidade de ter que fazê-lo*. Ela estava constantemente em guarda e inquieta. A inquietação era por causa dele e não por causa dela. E quando estudei Mr. Mercado, pude adivinhar com bastante facilidade qual era o problema. Busquei meios para me assegurar da verdade em meu palpite. Mr. Mercado é viciado em drogas, em um estágio avançado de vício.

"Agora, é provável que eu não precise dizer a todos que o uso de drogas por um longo período tem por resultado embotar consideravelmente o senso moral.

"Sob influência de drogas, um homem comete atos que não teria sonhado em cometer alguns anos antes, antes de começar a se drogar. Em alguns casos, um homem comete assassinato e é difícil dizer se ele foi totalmente responsável por suas ações ou não. A lei de cada país varia ligeiramente nesse ponto. A principal característica do criminoso viciado em drogas é a confiança arrogante em sua própria inteligência.

"Ocorreu-me que seria possível haver algum incidente desonroso, talvez um incidente criminoso, no passado de Mr. Mercado, que sua esposa, de uma forma ou de outra, conseguiu abafar. Mesmo assim, sua carreira estava por um fio. Se algo desse incidente passado fosse revelado, Mr. Mercado estaria arruinado. Sua esposa estava sempre vigilante. Mas havia Mrs. Leidner a se levar em conta. Ela tinha uma inteligência aguçada e amor pelo poder. Ela poderia até mesmo induzir um pobre coitado a confiar nela. Seria adequado ao seu temperamento peculiar, sentir que conhecia algum segredo que pudesse revelar a qualquer minuto com efeitos desastrosos.

"Aqui, então, estava um possível motivo para assassinato por parte dos Mercado. Para proteger seu companheiro, Mrs. Mercado, eu tinha certeza, não hesitaria a nada! Ela e o marido tiveram a oportunidade, durante aqueles dez minutos em que o pátio estava vazio."

Mrs. Mercado gritou:

— Isso *não é* verdade!

Poirot não lhe deu atenção.

— Em seguida, considerei Miss Johnson. Seria *ela* capaz de matar?

"Acreditei que seria. Ela era uma pessoa de forte força de vontade e um autocontrole de ferro. Essas pessoas estão constantemente se reprimindo, e um dia a barragem rompe! Mas se Miss Johnson cometeu o crime, só poderia estar, por algum motivo, relacionado ao Dr. Leidner. Se de alguma forma ela se sentisse convencida de que Mrs. Leidner estava estragando a vida de seu marido, então o ciúme profundo e não percebido dentro dela saltaria com a possibilidade de um motivo plausível e reinaria livre.

"Sim, Miss Johnson era claramente uma possibilidade.

"Então havia os três jovens.

"Primeiro, Carl Reiter. Se, por acaso, um dos membros da equipe da expedição fosse William Bosner, então Reiter era de longe a pessoa mais provável. Mas se ele *era* William Bosner, então certamente era um ator talentoso! No entanto, se ele fosse apenas *ele próprio*, teria algum motivo para o assassinato?

"Considerado do ponto de vista de Mrs. Leidner, Carl Reiter era uma vítima fácil demais para um bom exercício. Ele estava preparado para prostrar-se de cara no chão e a adorar imediatamente. Mrs. Leidner desprezava a adoração indiscriminada, e a postura de capacho quase sempre traz à tona o pior lado de uma mulher. Ao lidar com Carl Reiter, Mrs. Leidner demonstrou uma crueldade realmente deliberada. Ela dava um golpe aqui, uma alfinetada ali. Tornou a vida do pobre rapaz um inferno para ele."

Poirot se interrompeu de súbito e se dirigiu ao jovem de um modo pessoal e bastante íntimo.

— *Mon ami*, que isso lhe sirva de lição. O senhor é um homem. Comporte-se, então, como um *homem*! É contra a natureza um homem rastejar. As mulheres e a natureza têm quase exatamente as mesmas reações! Lembre-se de que é melhor pegar o maior prato ao alcance e jogá-lo na cabeça de uma mulher do que se contorcer feito um verme sempre que ela olhar para o senhor!

Ele abandonou sua postura pessoal e voltou ao seu estilo de palestra.

— Será que Carl Reiter foi levado a tal ponto de tormento que se voltou contra sua algoz e a matou? O sofrimento faz coisas estranhas ao homem. Eu não tenho como ter *certeza* de que não *foi* por isso!

"O próximo era William Coleman. Seu comportamento, conforme relatado por Miss Reilly, era certamente suspeito. Se ele era o criminoso, só poderia ser porque sua personalidade alegre ocultava a personalidade oculta de William Bosner. Não acho que William Coleman, agindo como William Coleman, tenha o temperamento de um assassino. Suas falhas podem estar em outra direção. Ah! Talvez a enfermeira Leatheran possa adivinhar quais sejam?"

Mas *como* que esse homem fazia isso? Eu tenho certeza de não aparentar estar pensando em nada.

— Não é nada, na verdade — falei, hesitante. — Mas se for verdade, Mr. Coleman disse uma vez que ele teria sido um bom falsificador.

— Bem lembrado — disse Poirot. — Portanto, se ele tivesse encontrado algumas das antigas cartas ameaçadoras, poderia tê-las copiado sem dificuldade.

— Oi, oi, oi! — gritou Mr. Coleman. — Isso é o que se chama de armação.

Poirot continuou.

— Quanto a ele ser ou não William Bosner, tal questão é difícil de verificar. Mas Mr. Coleman falou de um *tutor*, não de um pai, e não há nada em definitivo que vete a ideia.

— Que baboseira — disse Mr. Coleman. — Por que todos vocês dão ouvidos a este cara, eu não entendo.

— Dos três rapazes, resta Mr. Emmott — continuou Poirot. — Novamente, ele poderia ser um possível disfarce para a identidade de William Bosner. Quaisquer que fossem os *motivos pessoais* que ele pudesse ter para eliminar Mrs. Leidner, logo percebi que eu não teria meios de descobri-los com ele. Ele sabia guardar sua própria opinião incrivelmente bem e não havia a menor chance de provocá-lo, nem de induzi-lo a se trair em qualquer ponto. De toda a expedição, ele parecia ser o melhor e mais imparcial juiz da personalidade de Mrs. Leidner. Creio que ele sempre soube exatamente o que ela era, mas não consegui descobrir que impressão sua personalidade causou nele. Imagino que a própria Mrs. Leidner deve ter se sentido provocada e irritada com a atitude dele.

"Posso dizer que, de toda a expedição, *no que diz respeito ao caráter e à capacidade*, Mr. Emmott me pareceu o mais adequado para conduzir um crime inteligente e oportuno de modo satisfatório."

Pela primeira vez, Mr. Emmott ergueu os olhos das próprias botas.

— Obrigado — disse ele.

Parecia haver um pequeno traço de divertimento em sua voz.

— As duas últimas pessoas da minha lista são Richard Carey e o Padre Lavigny.

"De acordo com o testemunho da enfermeira Leatheran e de outros, Mr. Carey e Mrs. Leidner não gostavam um do outro. Ambos faziam o esforço de serem educados. Outra pessoa, Miss Reilly, propôs uma teoria totalmente diferente para explicar sua atitude de polidez fria.

"Eu logo tive poucas dúvidas de que a explicação de Miss Reilly era a correta. Adquiri minha certeza pelo simples expediente de provocar Mr. Carey a se tornar imprudente e baixar suas defesas. Não foi difícil. Como logo vi, ele estava em um estado de alta tensão nervosa. Na verdade, ele estava, e está, muito perto de um colapso nervoso completo. Um homem que está sofrendo até o limite de sua capacidade raramente pode resistir muito.

"As defesas de Mr. Carey foram baixadas quase de imediato. Ele me disse, com uma sinceridade de que não duvidei nem por um instante, que odiava Mrs. Leidner.

"E estava sem dúvida falando a verdade. Ele *odiava* Mrs. Leidner. Mas por que ele a odiava?

"Eu falei de mulheres que têm uma magia calamitosa. Mas os homens também têm essa magia. Há homens que conseguem, sem o menor esforço, atrair mulheres. O que eles chamam hoje em dia de *le sex appeal!* Mr. Carey tinha essa qualidade muito forte. Ele era, no início, dedicado ao seu amigo e empregador, e indiferente à esposa dele. Isso não combinava com Mrs. Leidner. Ela precisava dominar e se propôs a capturar Richard Carey. Mas aqui, acredito, algo totalmente imprevisto aconteceu. Ela mesma, talvez pela primeira vez na vida, foi vítima de uma paixão irresistível. Ela se apaixonou, ficou realmente apaixonada, por Richard Carey.

"E ele... foi incapaz de resistir a ela. Aqui está a verdade sobre o terrível estado de tensão nervosa que ele tem suportado. Ele tem sido um homem dividido por duas paixões opostas. Ele amava Louise Leidner, sim, mas também a odiava. Ele a odiava por minar sua lealdade ao amigo. Não existe ódio tão grande como o de um homem que foi levado a amar uma mulher contra sua vontade.

"Eu tinha aqui todos os motivos de que precisava. Estava convencido de que, *em certos momentos*, a coisa mais natural que Richard Carey faria seria golpear com toda a força de seu braço o belo rosto que o enfeitiçara.

"O tempo todo eu tinha certeza de que o assassinato de Louise Leidner era um *crime passionel*. Em Mr. Carey, encontrei o assassino ideal para esse tipo de crime.

"Resta um outro candidato ao título de assassino: o Padre Lavigny. Minha atenção foi imediatamente atraída para o bom padre por uma certa discrepância entre sua descrição do homem estranho que fora visto espiando pela janela, e aquela que foi feita pela enfermeira Leatheran. Em todos os relatos que são dados por diferentes testemunhas, geralmente há *alguma* discrepância, mas isso era absolutamente gritante. Além disso, o Padre Lavigny insistia em uma certa característica, o estrabismo, que deveria tornar a identificação muito mais fácil.

"Mas logo ficou claro que, *embora a descrição da enfermeira Leatheran fosse substancialmente precisa*, a do Padre

Lavigny *não era nada disso*. Parecia quase que o Padre Lavigny estava nos enganando deliberadamente, como se ele *não quisesse que o homem fosse pego*.

"Mas, nesse caso, *ele devia saber de algo sobre esse curioso*. Ele tinha sido visto conversando com o homem, mas nós tínhamos apenas sua palavra sobre o que eles estavam conversando.

"O que o iraquiano estava fazendo quando a enfermeira Leatheran e Mrs. Leidner o viram? Tentando espiar pela janela. A janela de Mrs. Leidner, elas pensaram, mas percebi quando saí e parei onde elas estiveram, que também poderia ser a janela da *sala de antiguidades*.

"Na noite seguinte, um alarme foi dado. Alguém estava na sala de antiguidades. Contudo, provou-se que nada havia sido levado. O que é interessante para mim é que quando o Dr. Leidner chegou lá, *encontrou o Padre Lavigny antes dele*. Padre Lavigny conta sua história sobre ter visto uma luz. *Mas, outra vez, temos apenas sua palavra quanto a isso.*

"Comecei a ficar curioso sobre Padre Lavigny. Outro dia, quando sugeri que ele fosse Frederick Bosner, o Dr. Leidner descartou a sugestão. Disse que Padre Lavigny era um homem conhecido. Propus a suposição de que Frederick Bosner, que teve quase vinte anos para fazer uma carreira para si, sob uma nova identidade, poderia muito bem *ser* um homem renomado a esta altura! Mesmo assim, não creio que ele tenha passado esse meio-tempo numa comunidade religiosa. Uma solução muito mais simples se apresentava.

"Alguém na expedição conhecia o Padre Lavigny de vista, antes de sua chegada? Aparentemente não. *Por que então não poderia ser alguém personificando o bom padre?* Descobri que um telegrama havia sido enviado a Cartago a respeito do adoecimento súbito do Dr. Byrd, que deveria ter acompanhado a expedição. O que poderia ser mais fácil do que interceptar um telegrama? Quanto ao trabalho, não havia outro epigrafista vinculado à expedição. Com um pouco de conhecimento, um homem inteligente *poderia* blefar por todo seu caminho. Tinha havido muito poucas tabuletas e inscrições até agora, e já soube que as traduções de Padre Lavigny foram consideradas um tanto incomuns.

"Parecia que o Padre Lavigny era um impostor.

"Mas seria ele Frederick Bosner?

"De algum modo, os casos não pareciam estar se moldando dessa forma. A verdade parecia estar em uma direção bem diferente.

"Tive uma longa conversa com Padre Lavigny. Sou católico praticante e conheço muitos padres e membros de comunidades religiosas. Padre Lavigny não me pareceu soar muito fiel ao seu papel. Mas ele me pareceu, por outro lado, familiar em uma qualidade bem diferente. Eu tinha encontrado homens desse tipo com bastante frequência, mas eles não eram membros de uma comunidade religiosa. Longe disso!

"Comecei a enviar telegramas.

"E então, sem querer, a enfermeira Leatheran me deu uma pista valiosa. Estávamos examinando os ornamentos de ouro na sala de antiguidades e ela mencionou que um traço de cera foi encontrado aderido a uma taça de ouro. Eu falei: 'Cera?', e Padre Lavigny falou: 'Cera', e seu tom foi o suficiente! Eu soube em um instante exatamente o que ele estava fazendo aqui.

Poirot fez uma pausa e se dirigiu diretamente ao Dr. Leidner.

— Lamento dizer-lhe, *monsieur*, que a taça de ouro na sala de antiguidades, a adaga de ouro, os enfeites de cabelo e várias outras coisas *não são artigos genuínos encontrados por vocês*. Eles são eletrótipos muito bem-feitos. Padre Lavigny, acabo de saber por esta última resposta aos meus telegramas, não é outro senão Raoul Menier, um dos mais espertos ladrões conhecidos pela polícia francesa. Ele é especialista em roubos de *objets d'art* e coisas do tipo em museus. Associado a ele está Ali Yusuf, um meio-turco, que é um mestre joalheiro de primeira classe. Nosso primeiro contato com

Menier foi quando certos objetos no Louvre foram considerados não genuínos: em casa caso, descobriu-se que um distinto arqueólogo *anteriormente desconhecido de vista pelo diretor* havia recentemente lidado com os artigos espúrios ao fazer uma visita ao Louvre. Quando indagados, todos esses distintos cavalheiros negaram ter feito qualquer visita ao Louvre nas horas mencionadas!

"Soube que Menier estava em Túnis abrindo o caminho para um roubo dos Santos Padres quando seu telegrama chegou. O Padre Lavigny, que estava doente, foi forçado a recusar, mas Menier conseguiu obter o telegrama e substituí-lo por um de aceitação. Ele estava muito confiante ao fazer isso. Mesmo que os monges lessem em algum jornal (em si mesmo uma coisa improvável) que Padre Lavigny estava no Iraque, eles apenas pensariam que os jornais diziam uma meia-verdade, como tantas vezes acontece.

"Menier e seu cúmplice vieram. Este último foi visto quando estava identificando a sala de antiguidades pelo lado de fora. O plano era que Padre Lavigny fizesse impressões de cera. Então Ali cuidaria de fazer excelentes duplicatas. Sempre há certos colecionadores que estão dispostos a pagar um bom preço por antiguidades genuínas e não farão perguntas embaraçosas. O Padre Lavigny faria a substituição do artigo genuíno pelo falso, de preferência à noite.

"E isso sem dúvida era o que ele estava fazendo quando Mrs. Leidner o ouviu dar o alarme. O que ele podia fazer? Rapidamente inventou a história de ter visto uma luz na sala de antiguidades.

"Isso 'caiu', como se diz, muito bem. Mas Mrs. Leidner não era boba. Ela pode ter se lembrado do resto de cera que havia notado, e então somar dois mais dois. E se ela fez isso, o que faria então? Não seria *dans son caractère* não fazer nada a princípio, mas divertir-se, deixando escapar insinuações para a derrota do Padre Lavigny? Ela o deixaria perceber que suspeita, mas não que *sabia*. Talvez fosse um jogo perigoso, mas ela gostava de um jogo perigoso.

"E talvez ela tenha jogado esse jogo por tempo demais. Padre Lavigny percebeu a verdade e atacou antes que ela percebesse o que ele pretendia fazer.

"Padre Lavigny é Raoul Menier, um ladrão. Mas será que ele também é... um assassino?"

Poirot caminhou pela sala. Ele pegou um lenço, enxugou a testa e continuou:

— Essa era minha posição esta manhã. Havia oito possibilidades distintas e eu não sabia qual dessas possibilidades era a certa. Eu ainda não sabia quem era o assassino.

"Mas matar é um hábito. O homem ou mulher que mata uma vez, matará novamente.

"E no segundo assassinato, o assassino me foi entregue em mãos.

"Esse tempo todo, sempre esteve na minha cabeça que algumas dessas pessoas estariam escondendo algo, algo que pudesse incriminar o assassino.

"Nesse caso, essa pessoa estaria em perigo.

"Minha apreensão recaía sobretudo na enfermeira Leatheran. Ela tinha uma personalidade enérgica e uma mente ágil e inquisitiva. Eu estava com medo de que ela descobrisse mais do que era seguro que soubesse.

"Como todos aqui sabem, um segundo assassinato ocorreu. Mas a vítima não foi a enfermeira Leatheran, foi Miss Johnson.

"Gosto de pensar que eu teria chegado à solução correta de qualquer modo por puro raciocínio, mas a verdade é que o assassinato de Miss Johnson me ajudou a chegar a ela muito mais rápido.

"Para começar, um suspeito foi eliminado: a própria Miss Johnson. Porque nem por um momento pensei na teoria do suicídio.

"Vamos examinar agora os fatos desse segundo assassinato.

"Primeiro fato: no domingo à noite, a enfermeira Leatheran encontrou Miss Johnson em lágrimas, e nessa mesma noite Miss Johnson queimou um fragmento de uma carta que a enfermeira acreditava ter a mesma caligrafia das cartas anônimas.

"Segundo fato: na noite anterior à sua morte, Miss Johnson foi encontrada pela enfermeira Leatheran em pé no terraço em um estado que a enfermeira descreveu como um horror incrédulo. Quando a enfermeira a questionou, ela disse: 'Eu vi como alguém poderia entrar vindo de fora... e ninguém jamais iria notar.' Ela não disse mais nada. Padre Lavigny estava atravessando o pátio e Mr. Reiter estava na porta do ateliê fotográfico.

"Terceiro fato: Miss Johnson foi encontrada à beira da morte. As únicas palavras que ela conseguiu articular foram 'a janela, a janela'.

"Esses são os fatos e estes são os problemas que enfrentamos:

"Qual é a veracidade das cartas?

"O que Miss Johnson viu do terraço?

"O que ela quis dizer com 'a janela, a janela'?

"*Eh bien*, vamos considerar o segundo problema primeiro como a solução mais fácil. Subi com a enfermeira Leatheran e fiquei onde Miss Johnson estivera. De lá, ela podia ver o pátio e a arcada, o lado norte do prédio e dois membros da equipe. Suas palavras tinham a ver com Mr. Reiter ou com o Padre Lavigny?

"Quase de imediato, uma possível explicação me veio à mente. Que se um estranho viesse *de fora*, ele só poderia fazê-lo *disfarçado*. E havia apenas uma pessoa cuja aparência geral se prestava a tal personificação. Padre Lavigny! Com um capacete de safári, óculos de sol, barba preta e a longa túnica de lã de um monge, um estranho poderia entrar sem que os criados *percebessem* que um estranho havia entrado.

"Foi *isso* o que Miss Johnson quis dizer? Ou ela foi mais longe? Ela percebeu que toda *a personalidade* de Padre Lavigny era um disfarce? Que ele era alguém diferente do que fingia ser?

"Sabendo o que eu sabia sobre o Padre Lavigny, estava inclinado a dar o mistério por resolvido. Raoul Menier era o assassino. Ele havia matado Mrs. Leidner para silenciá-la antes que ela pudesse denunciá-lo. *Agora outra pessoa deixa escapar que havia descoberto seu segredo.* Ela também deveria ser removida.

"E então tudo é explicado! O segundo assassinato. A fuga de Padre Lavigny, sem manto ou barba. (Ele e seu amigo estão, sem dúvida, viajando pela Síria com passaportes irretocáveis, como dois caixeiros-viajantes.) Sua ação ao colocar a mó manchada de sangue sob a cama de Miss Johnson.

"Como falei, fiquei quase satisfeito, mas não totalmente. Pois a solução perfeita precisa explicar *tudo*, e não foi isso o que aconteceu.

"Não explicava, por exemplo, por que Miss Johnson teria dito 'a janela, a janela', enquanto morria. Isso não explicava sua crise de choro pela carta. Não explicava seu estado mental no terraço, ou seu horror incrédulo e sua recusa em contar à enfermeira Leatheran o que *ela agora suspeitava ou sabia*.

"Era uma solução que se ajustava aos fatos *externos*, mas não satisfazia os requisitos *psicológicos*.

"E então, enquanto eu estava no telhado, repassando em minha mente esses três pontos: as cartas, o telhado, a janela, eu *vi*... exatamente como Miss Johnson havia visto!

"*E desta vez, o que vi explica tudo!*"

Capítulo 28

O fim de uma viagem

Poirot olhou ao redor. Cada olhar estava fixo nele agora.

Havia ocorrido um certo relaxamento, um alívio da tensão. Agora, a tensão havia retornado de súbito.

Havia alguma coisa chegando... alguma coisa...

A voz de Poirot, calma e fria, continuou:

— As cartas, o terraço, "a janela"... sim, tudo se explicava... tudo se encaixava.

"Eu disse agora há pouco que três homens possuíam álibis para a hora do crime. Dois desses álibis, provei serem inúteis. Eu percebo agora meu grande... meu surpreendente erro. O terceiro álibi também não valia nada. Não apenas o Dr. Leidner *poderia* ter cometido o crime, como estou convencido de que ele o *cometeu* de fato."

Houve um silêncio, um silêncio de assombro e incompreensão. O Dr. Leidner não disse nada. Ele ainda parecia perdido em algum mundo distante. David Emmott, contudo, ficou inquieto e falou:

— Não sei o que o senhor está querendo insinuar, M. Poirot. Eu lhe disse que o Dr. Leidner nunca saiu do terraço até as 14h45. Essa é a absoluta verdade. Eu juro solenemente. Não estou mentindo. E teria sido bastante impossível para ele ter feito isso sem que eu o tivesse visto.

Poirot assentiu.

— Ah, eu acredito no senhor. *O Dr. Leidner não desceu do terraço*. Esse é um fato inquestionável. Mas o que eu vi e o que Miss Johnson havia visto... *era que o Dr. Leidner poderia ter matado sua esposa do terraço sem descer dele.*

Todos nós o encaramos.

— A *janela* — anunciou Poirot. — A janela *dela*! Foi isso o que percebi, assim como Miss Johnson percebeu. A janela dela ficava diretamente abaixo, no lado afastado do pátio. E o Dr. Leidner estava sozinho lá em cima sem ninguém para testemunhar suas ações. E aquelas pesadas mós e pilões de pedra estavam ali em cima ao alcance de sua mão. Tão simples, tão simples, exceto por uma coisa: que o assassino tivesse a oportunidade de mover o corpo antes que qualquer um visse... Ah, é lindo, de uma simplicidade inacreditável!

"Ouçam, foi assim:

"O Dr. Leidner está no terraço trabalhando em algumas cerâmicas. Ele o chama para subir, Mr. Emmott, e enquanto o mantém conversando ele percebe que, como em geral acontece, o menininho se aproveita de sua ausência para deixar o trabalho e sair do pátio. Ele o segura por dez minutos, então o libera para voltar e, assim que o senhor está lá embaixo gritando com o menino, ele põe seu plano em operação.

"Ele tira do bolso a máscara com massa de modelar grudada, com a qual havia assustado sua esposa em ocasiões anteriores, e a pendura pela beira do parapeito até que fique batendo na janela de sua esposa.

"Aquela, lembrem, é a janela que dá para os campos, voltada para o lado oposto do pátio.

"Mrs. Leidner está deitada na cama semi-adormecida. Ela está em paz e feliz. De repente, a máscara começa a bater em sua janela e atrai sua atenção. Mas agora não se está no crepúsculo, é em pleno dia, não há nada de aterrorizante nisso. Ela a reconhece pelo que é: uma forma tosca de embuste! Ela não está assustada, mas indignada. Faz o que qualquer outra mulher teria feito em seu lugar. Pula da cama, abre a janela, põe a cabeça para fora por entre as grades e vira o rosto para cima, para ver quem está pregando uma peça nela.

"O Dr. Leidner está no aguardo. Ele tem em mãos, posicionada e pronta, uma pesada mó. E no momento propício *ele a solta...*

"Com um leve gritinho (escutado por Miss Johnson), Mrs. Leidner tomba sobre o tapete debaixo de sua janela.

"Agora, há um buraco nessa mó, e por ele o Dr. Leidner antes havia passado uma corda. Ele agora só precisa puxar a corda e trazer para cima a mó. Ele a repõe com cuidado, o lado sujo de sangue para baixo, por entre outros objetos do tipo sobre o telhado.

"Então continua seu trabalho por uma hora ou mais até que julga ter chegado o momento para o segundo ato. Ele desce as escadas, fala com Mr. Emmott e a enfermeira Leatheran, cruza o pátio e entra no quarto de sua esposa. Essa foi a declaração que ele mesmo prestou quanto à sua movimentação ali: '*Vi o corpo de minha esposa amontoado perto da cama. Por alguns instantes, fiquei paralisado, como se não pudesse me mover. Então, por fim, fui e me ajoelhei ao lado dela e ergui sua cabeça. Eu vi que ela estava morta... Por fim, me ergui. Me senti atordoado e como se estivesse bêbado. Dei um jeito de chegar até a porta e chamei alguém.*'

"Uma declaração perfeitamente plausível das ações de um homem tomado pelo pesar. Agora, escutem o que eu acredito que seja a verdade. O Dr. Leidner entrou no quarto, correu até a janela e, tendo colocado um par de luvas, a fechou e trancou, então pegou o corpo de sua mulher e levou à posição entre a cama e a porta. Então ele notou uma pequena mancha no tapete voltado para a janela. Ele não tem como trocá-lo com o outro tapete, eles são de tamanhos diferentes, mas ele faz o melhor que pode. Coloca o tapete manchado em frente ao lavatório e o tapete do lavatório debaixo da janela. *Se* a mancha for percebida, será ligada ao *lavatório*, e não à *janela*, um ponto muito importante. Não pode haver nenhum indício de que a janela teve parte no negócio. Então ele vai até a porta e faz o papel do marido transtornado, o que, imagino eu, não é difícil. Pois ele de fato *amava* sua esposa."

— Meu bom homem — bradou o Dr. Reilly, impaciente —, se ele a amava, por que a mataria? Qual seria o motivo? Você não fala nada, Leidner? Diga-lhe que ele está louco.

O Dr. Leidner não falou nada nem se moveu. Poirot disse:

— Não falei desde o começo que este era um *crime passionnel*? Por que o primeiro marido dela, Frederick Bosner, a ameaçaria de morte? Porque ele a amava... e no final das contas, veja só, ele cumpriu sua promessa...

"*Mais oui, mais oui... assim que me dei conta de que foi o Dr. Leidner quem cometeu o assassinato*, tudo o mais se encaixou...

"Pela segunda vez, recomeço minha viagem pelo princípio: o primeiro casamento de Mrs. Leidner, as cartas ameaçadoras, seu segundo casamento. As cartas evitaram que ela se casasse com qualquer outro homem, mas não evitaram que se casasse com o Dr. Leidner. O quão simples é... *o Dr. Leidner é, na realidade, Frederick Bosner*.

"Mais uma vez, vamos começar nossa viagem, mas desta vez, pelo ponto de vista do jovem Frederick Bosner.

"Para começar, ele ama sua esposa Louise com uma paixão avassaladora, como apenas uma mulher de seu tipo pode evocar. Ela o trai. Ele é condenado à morte. Foge. Envolve-se em um acidente ferroviário, mas consegue emergir com uma segunda personalidade, *a de um jovem arqueólogo sueco, Eric Leidner*, cujo corpo foi gravemente desfigurado e que será convenientemente enterrado como Frederick Bosner.

"Qual é a postura do novo Eric Leidner para com a mulher que estava disposta a enviá-lo para a morte? Primeiro e mais importante, ele ainda a ama. Ele se põe ao trabalho para construir sua nova vida. É um homem de grande habilidade, sua profissão lhe agrada e ele alcança o sucesso nela. *Mas nunca se esquece da paixão dominante de sua vida*. Ele se mantém informado sobre os movimentos de sua esposa. Em uma coisa está determinado em seu sangue frio (lembre-se da própria descrição dele feita por Mrs. Leidner à enfermeira Leatheran: gentil e bondoso, porém implacável), *ela não pertencerá a ne-*

nhum outro homem. Sempre que julga necessário, envia uma carta. Imita algumas das peculiaridades de sua caligrafia, caso ela pense em levar suas cartas à polícia. Mulheres que escrevem cartas anônimas sensacionalistas para si mesmas são um fenômeno tão comum que a polícia certamente chegará a essa conclusão, dada a semelhança da caligrafia. Ao mesmo tempo, ele a deixa em dúvida quanto a estar ou não realmente vivo.

"Por fim, depois de muitos anos, julga que a hora chegou, e entra novamente em sua vida. Tudo vai bem. Sua esposa nunca sonha com sua verdadeira identidade. Ele é um homem conhecido. O jovem empertigado e bonito agora é um homem de meia-idade com barba e ombros caídos. E assim vemos a história se repetindo. Como antes, Frederick consegue dominar Louise. Pela segunda vez, ela consente em se casar com ele. *E não chega nenhuma carta proibindo os proclamas.*

"Mas *depois*, uma carta *chega*. Por quê?

"Acho que o Dr. Leidner não estava correndo riscos. A intimidade do casamento *pode* despertar memórias. Ele deseja deixar claro para sua esposa, de uma vez por todas, *que Eric Leidner e Frederick Bosner são duas pessoas diferentes.* Tanto que uma segunda carta ameaçadora chega por conta do anterior. Segue-se o caso bastante pueril do envenenamento por gás, arranjado pelo Dr. Leidner, é claro. Ainda tendo em vista a mesma questão.

"Depois disso, ele se dá por satisfeito. Não é preciso mais cartas. Eles podem estabelecer uma vida feliz de casados juntos.

"E então, depois de quase dois anos, *as cartas recomeçam.*

"Por quê? *Eh bien*, acho que sei. *Porque a ameaça que permeava as cartas sempre foi uma ameaça genuína.* (É por isso que Mrs. Leidner sempre ficou assustada. Ela *conhecia* a natureza gentil, mas implacável de seu Frederick.) *Se ela pertencesse a qualquer outro homem que não ele, ele a mataria. E ela se entregou a Richard Carey.*

"E então, tendo descoberto isso, com calma e sangue frio, o Dr. Leidner preparou a cena para um assassinato.

"Percebem agora o importante papel desempenhado pela enfermeira Leatheran? Fica explicada a conduta bastante curiosa do Dr. Leidner (que me intrigou de início) ao contratar-lhe os serviços para sua esposa. Era vital que uma testemunha profissional e confiável afirmasse de forma incontestável que Mrs. Leidner estava morta havia *mais de uma hora* quando seu corpo foi encontrado, isto é, que ela foi morta em um momento em que *todos poderiam jurar que seu marido estava no telhado*. Uma suspeita de que ele poderia tê-la matado quando entrou no quarto e encontrou o corpo *poderia surgir*, mas isso estaria fora de questão quando uma enfermeira hospitalar treinada afirmasse positivamente que ela já estava morta havia uma hora.

"Outra coisa que fica explicada é o curioso estado de tensão e inquietação que recaiu sobre a expedição este ano. Desde o princípio, nunca me ocorreu que isso pudesse ser atribuído somente à influência de Mrs. Leidner. Por vários anos, essa expedição em particular teve uma reputação de camaradagem. Na minha opinião, o estado de espírito de uma comunidade é sempre diretamente devido à influência do homem no topo. O Dr. Leidner, por mais quieto que fosse, era um homem de grande personalidade. Foi devido ao seu tato, ao seu julgamento, à sua manipulação simpática dos seres humanos que o ambiente sempre foi tão feliz.

"Se houve uma mudança, portanto, a mudança devia ser devido ao homem no topo, em outras palavras, ao Dr. Leidner. Era o Dr. Leidner, não Mrs. Leidner, o responsável pela tensão e inquietação. Não admira que a equipe tenha sentido a mudança sem entendê-la. O gentil e cordial Dr. Leidner, aparentemente o mesmo, estava apenas desempenhando o papel de si próprio. O homem real era um fanático obcecado, conspirando para matar.

"E agora vamos passar para o segundo assassinato, o de Miss Johnson. Ao arrumar os papéis do Dr. Leidner no escritório (um trabalho que ela assumiu sem ser solicitada, ansiosa em ter algo para fazer), ela deve ter encontrado algum rascunho inacabado de uma das cartas anônimas.

"Deve ter sido incompreensível e extremamente perturbador para ela! O Dr. Leidner ter aterrorizado deliberadamente sua esposa! Ela não consegue entender, mas isso a perturba muito. É nesse estado que a enfermeira Leatheran a descobre chorando.

"Não acho que no momento ela suspeitava que o Dr. Leidner fosse o assassino, mas meus experimentos com sons nos quartos de Mrs. Leidner e do Padre Lavigny não passaram despercebidos por ela. Percebe que, se *foi* o grito de Mrs. Leidner que ouviu, *a janela de seu quarto devia estar aberta e não fechada*. No momento, isso não lhe diz nada de importante, *mas ela lembra*.

"Sua mente se põe a trabalhar, descobrindo o caminho em direção à verdade. Talvez ela tenha feito alguma referência às cartas, que o Dr. Leidner percebe, e seu comportamento mude. Ela pode ver que ele está, de repente, com medo.

"Mas o Dr. Leidner *não poderia* ter matado sua esposa! Ele estava no *terraço* o tempo todo.

"E então, ao entardecer, enquanto ela mesma estava no telhado intrigada com isso, a verdade veio a ela em um lampejo. Mrs. Leidner foi morta *daqui de cima*, pela janela aberta.

"Foi naquele minuto que a enfermeira Leatheran a encontrou.

"E de imediato, seu antigo afeto se sobrepõe, e ela veste uma rápida camuflagem. A enfermeira Leatheran não deve adivinhar a horrível descoberta que acaba de fazer.

"Ela olha deliberadamente na direção oposta (em direção ao pátio) e faz uma observação sugerida a ela pela aparição do Padre Lavigny enquanto ele atravessa o pátio.

"Ela se recusa a dizer mais. Tem que 'pensar um pouco'.

"E o Dr. Leidner, que a observava ansioso, *percebe que ela sabe a verdade*. Ela não era o tipo de mulher que esconderia seu horror e angústia dele.

"É verdade que ainda não o entregou, mas por quanto tempo ele pode depender dela?

"Matar é um hábito. Naquela noite, ele substituiu o copo de água dela por um copo com ácido. Havia a possibilidade de que acreditassem que ela tivesse se envenenado deliberadamente. Havia até mesmo a possibilidade de que ela pudesse ser considerada a culpada pelo primeiro assassinato, e agora tenha sido tomada pelo remorso. Para fortalecer a última ideia, ele pega a mó do telhado e a coloca embaixo da cama.

"Não é de admirar que a pobre Miss Johnson, em sua agonia de morte, pudesse apenas tentar desesperadamente transmitir suas informações duramente conquistadas. Pela 'janela', foi assim que Mrs. Leidner foi morta, não pela porta, mas pela janela...

"E assim, tudo é explicado, tudo se encaixa... Psicologicamente perfeito.

"Mas não há prova... Nenhuma prova..."

Nenhum de nós falou. Estávamos perdidos em um mar de horrores... Sim, e não apenas de horrores. De pena também.

O Dr. Leidner não se moveu nem falou. Permaneceu sentado exatamente como estivera o tempo todo. Um homem cansado, desgastado e velho.

Por fim, mexeu-se um pouco e olhou para Poirot com olhos gentis e cansados.

— Não — disse ele. — Não há provas. Mas isso não importa. O senhor sabia que eu não negaria a verdade... Eu nunca neguei a verdade... Eu acho, mesmo, fico até feliz... Estou tão cansado... — Então simplesmente falou: — Sinto muito por Anne. Aquilo foi ruim, sem sentido, não era *eu*! E também o sofrimento dela, pobre alma. Sim, não era *eu*. Era o medo...

Um leve sorriso pairou em seus lábios retorcidos de dor.

— O senhor teria sido um bom arqueólogo, M. Poirot. O senhor tem o dom de recriar o passado. Foi tudo bem como o senhor disse. Eu amava Louise e eu a matei... se o senhor tivesse conhecido Louise teria entendido... Não, acho que o senhor entende de qualquer modo...

Capítulo 29

L'Envoi

Não há realmente mais o que se falar sobre isso.

Eles pegaram o "Padre" Lavigny e outro homem assim que subiram a bordo de um vapor em Beirute.

Sheila Reilly casou-se com o jovem Emmott. Acho que isso será bom para ela. Ele não é nenhum capacho, vai mantê-la em seu lugar. Ela teria feito gato e sapato do pobre Bill Coleman. Eu cuidei dele, por sinal, quando teve apendicite no ano passado. Fiquei bastante apegada a ele. Sua família o mandará para uma fazenda na África do Sul.

Nunca voltei outra vez para o Oriente. É engraçado, às vezes gostaria que tivesse. Penso no barulho que o moinho d'água fazia e nas mulheres lavando roupa, e aquele olhar esquisito que os camelos nos dão, e começo a sentir saudades. Talvez, no fim das contas, a poeira não seja tão insalubre quanto se é levado a crer! O Dr. Reilly em geral me procura quando está na Inglaterra e, como eu disse, foi ele quem me meteu nessa.

— É pegar ou largar — eu disse a ele. — Sei que está cheio de erros de ortografia e nem está escrito de modo adequado ou qualquer coisa assim, mas aí está.

E ele pegou. Não se fez de rogado. Vai me dar uma sensação esquisita se algum dia for impresso.

M. Poirot voltou para a Síria e, cerca de uma semana depois, voltou para casa a bordo do Expresso do Oriente, onde se viu envolvido em outro assassinato. Ele era esperto, isso não nego, mas não posso perdoá-lo tão fácil por ter me feito de boba do modo como fez. Fingindo acreditar que eu pudesse estar metida naquele crime e que não fosse sequer uma enfermeira hospitalar legítima!

Médicos são assim às vezes. Querem fazer uma piada, e alguns deles a farão, sem jamais pensar nos *nossos* sentimentos!

Pensei bastante em Mrs. Leidner e sobre como ela realmente era... Às vezes me parece que era apenas uma mulher terrível, e às vezes eu lembro o quão gentil ela foi comigo e como sua voz era suave, e seu lindo cabelo loiro e tudo o mais, e sinto que talvez, afinal de contas, ela era mais de se ter pena do que ser culpada...

E não posso deixar de sentir pena do Dr. Leidner. Sei que ele havia cometido duplo homicídio, mas isso não parecia fazer nenhuma diferença. Ele era tão terrivelmente apegado a ela. É horrível gostar de alguém desse jeito.

De certa forma, quanto mais velha eu fico e quanto mais conheço pessoas e tristezas e doenças e tudo o mais, mais pena sinto por cada um. Às vezes, digo eu, não sei que fim levaram os princípios bons e rígidos com que minha tia me criou. Ela era uma mulher muito religiosa e muito peculiar. Não havia nenhum vizinho nosso cujas falhas ela não conhecesse de trás para a frente...

Ai, céus, é muito verdade o que o Dr. Reilly disse. Como a gente para de escrever? Se eu apenas conseguisse encontrar uma citação muito boa...

Preciso pedir ao Dr. Reilly alguma em árabe.

Como a que M. Poirot usou.

Em nome de Alá, o Misericordioso, o Compassivo.

Algo assim.

Notas sobre
Morte na Mesopotâmia

Agatha Christie utilizou sua experiência em escavações arqueológicas para criar os ricos detalhes do cenário deste romance. Os personagens são, em grande parte, derivados das pessoas que ela conheceu durante suas viagens ao Oriente Médio com o marido Max Mallowan, incluindo a determinada Katherine Woolley, cuja natureza tempestuosa provavelmente inspirou a vítima deste livro.

Hassanieh é uma cidade fictícia localizada no Iraque. Está a cerca de um dia e meio de viagem de Bagdá e era a cidade mais próxima da escavação da expedição arqueológica do Dr. Leidner em Tell Yarimjah. De Hassanieh à casa da expedição em Tell Yarimjah leva-se mais de meia hora de estrada. O Dr. Reilly e sua família vivem em Hassanieh, onde ele trabalha no hospital.

No capítulo 5, a enfermeira Leatheran descreve que na mesa "havia torradas, geleia, um prato de *rock cakes* e um bolo". *Rock cakes* são bolinhos pequenos cuja aparência lembra a de uma pedra, feitos com cereais, popularizados no período logo após a Segunda Guerra Mundial devido ao racionamento de comida, por levarem menos ovos e açúcar.

No capítulo 6 e ao longo da história, Louise Leidner é frequentemente comparada a *La belle dame sans merci* ("A bela dama sem piedade"), uma fada que condena um cavalheiro a um destino cruel, após seduzi-lo com seu canto e olhar, personagem de um poema de 1819 de John Keats.

No capítulo 10, diz-se que a enfermeira Leatheran passou a tarde lendo o romance policial *Morte na casa de repouso*, uma obra conhecida de Ngaio Marsh, mas o final do livro de Leatheran difere do final original de Marsh.

Mr. Coleman compara, no capítulo 10, a enfermeira Leatheran à personagem Sairey Gamp, enfermeira que protagoniza o romance *Martin Chuzzlewit* (1844), de Charles Dickens.

No capítulo 12, o Dr. Leidner se lembra de ter ouvido Mr. Van Aldin falar bem de Poirot. Rufus Van Aldin foi um personagem proeminente na obra *O trem azul*.

No capítulo 22, é mencionada uma história nórdica sobre uma rainha de gelo. *A rainha da neve* é um conto de fadas do autor dinamarquês Hans Christian Andersen, publicado pela primeira vez em 1844.

No capítulo 27, Miss Reilly diz ter visto Mr. Coleman parado em um uádi, ou seja, no leito seco de um rio, onde as águas correm somente nas estações chuvosas.

Mr. Coleman, por sua vez, diz que mandou "um *walad* para fazer algumas compras e voltar cedo". *Walad* pode ser traduzido do árabe como "rapaz".

Ainda no mesmo capítulo, Poirot diz que certos objetos eram "eletrótipos muito bem-feitos". A eletrotipagem, ou galvanoplastia, é um processo químico para formar peças de metal reproduzindo objetos, muito utilizada em esculturas de bronze.

Em *Morte no Nilo*, Poirot menciona a experiência vivida na expedição deste livro: "Já fui a uma expedição arqueológica, e lá aprendi algumas coisas. No decorrer de uma escavação, quando algo sai do solo, tudo ao seu redor é limpo com muita atenção. Remove-se a areia, raspa-se aqui e ali com uma faca até que, por fim, o objeto está lá, à parte, pronto para ser retirado e fotografado sem matéria alheia que cause confusão. É isso que venho buscando fazer: limpar a matéria alheia para que possamos enxergar a verdade, a verdade nua e reluzente."

Em seu retorno da Mesopotâmia, Poirot viaja no Expresso do Oriente e resolve o assassinato que ocorre a bordo, descrito no livro de 1934, *O assassinato no Expresso do Oriente*.

Uma adaptação para a TV foi transmitida em 2001 como parte da série estrelada por David Suchet. Hastings foi adicionado à história, interpretado por Hugh Fraser, e se torna tio de um dos personagens. A história também foi dramatizada para a BBC Radio 4 em 2005, apresentando John Moffatt como Poirot.

Uma adaptação desta história para quadrinhos foi publicada em inglês, em 2008, tendo sido traduzida da edição francesa de 2005, *Meurtre en Mésopotamie*.

Este livro foi impresso pela Gráfica Ipsis,
em 2022, para a HarperCollins Brasil.
A fonte usada no miolo é Cheltenham, corpo 9,5/13,5pt.
O papel do miolo é pólen natural 80g/m²,
e o da capa é couché 150g/m² e offset 150g/m².